AMNESTY

Aravind Adiga

特 赦

〔印度〕阿拉文德·阿迪加 著

仲文明 路旦俊 译

人民文学出版社
PEOPLE'S LITERATURE PUBLISHING HOUSE

著作权合同登记号　01-2023-1888

Aravind Adiga
AMNESTY

图书在版编目(CIP)数据

特赦/(印)阿拉文德·阿迪加著;仲文明,路旦俊译.—北京:人民文学出版社,2024
ISBN 978-7-02-018296-1

Ⅰ.①特…　Ⅱ.①阿…　②仲…　③路…　Ⅲ.①长篇小说-印度-现代　Ⅳ.①I351.45

中国国家版本馆 CIP 数据核字(2023)第 195905 号

责任编辑　**卜艳冰　刘佳俊**
封面设计　**钱　珺**

出版发行　**人民文学出版社**
社　　址　**北京市朝内大街 166 号**
邮政编码　**100705**

印　　刷　**山东临沂新华印刷物流集团有限责任公司**
经　　销　**全国新华书店等**

开　　本　**890 毫米×1240 毫米　1/32**
印　　张　**10.375**
字　　数　**189 千字**
版　　次　**2024 年 1 月北京第 1 版**
印　　次　**2024 年 1 月第 1 次印刷**

书　　号　**978-7-02-018296-1**
定　　价　**59.00 元**

如有印装质量问题,请与本社图书销售中心调换。电话:010-65233595

献给马克·格雷夫

感谢他二十二年的友谊

四海一家

——悉尼唐人街一个牌坊

老家

斯里兰卡海岸线蜿蜒曲折，神秘而美丽，但要说神秘，没有什么地方比得上拜蒂克洛。这座城市因其潟湖而闻名，而且潟湖里会发生非同寻常的事。这里的鱼会唱歌：真的，不骗你。把一根芦苇贴在耳朵上，从小船俯下身子，你就能听到潟湖里的鱼奏响的音乐。午夜时分，水面裂开，美人鱼卡达尔·坎尼从潟湖里现身，月光洒落在她的身上。

从四五岁起，丹尼就一直想和美人鱼说话。

站在学校的屋顶上，他可以越过城市的棕榈树和色彩鲜艳的房屋，看到那有着许多尖角、圆角的潟湖逐渐变窄的地方，看到潟湖流入一个更大的水域。就在注入印度洋之前，潟湖表面像烈火一样燃烧着，如同解开了一个古老的谜题，他们学校校徽下方的校训：Lucet Ardet。那些穿灰袍的神父把它翻译成“闪光与燃烧”(但闪光的是什么？燃烧的又是什么?)。

丹尼站在屋顶上，这一刻他明白了。

这个潟湖在闪光。这个潟湖在燃烧。

他望着远处那个燃烧的地方，知道潟湖还有一个注入大海的地方；那是一个神秘之处，一年中的大部分时间都隐藏在一个叫穆加瓦拉姆的地方，也就是“入口之脸”，靠近古老的荷兰灯塔。丹尼确信，这个隐秘的入口就是美人鱼卡达尔·坎尼现身的地方。

他一直等到十五岁时，也就是母亲去世几年后，才去寻找“入口之脸”。某个星期六，他告诉父亲他要参加学校的野餐活动，然后，他坐在一位朋友自行车的后座上，生平第一次去了老荷兰灯塔，再从那里去了隐秘的海滩，听说在那里可以看到第二个入口。他从自行车上下来时颇为失望，因为只能看到远处一个连绵不断的沙洲，挡住了潟湖的这一部分：“它不可能在这里流入海洋。”他朋友是泰米尔人，也是基督徒，他们用棕榈叶把自行车遮挡起来，免得被人偷走。他对丹尼说道：“我们得去那里，它肯定会出现的。”于是，他和丹尼从灯塔偷了一艘船，然后轮流划向穆加瓦拉姆。他们距离那里越来越近，下方的鱼儿弄出的乐声也越来越响，这时，奇迹发生了：沙洲从中间一分为二，看上去貌似一个完整的整体，却是一种视觉误差，宛如两条手臂的沙洲之间现在出现了几米宽的裂口。

入口打开了。

裂口的中央，神奇的穆加瓦拉姆岛闪闪发光，上面覆盖着珊瑚和水母。两个男孩从小船下到岛上，注视着海水交汇、翻腾的情景，鸬鹚、红胸海鹰、宽翅鹈鹕在他们头顶盘旋。潟湖的水往外流，印度洋的水往里流，两者相互抵消，产生了一种海水完全静止的错觉：那里有一只孤独的白鹭，一只黑色的脚站在那里，标志着通往世界的大门。

丹尼知道自己猜对了。这是美人鱼卡达尔·坎尼最有可能出现的地方。他和朋友并排坐着，等待着美人鱼现身。潮水开始上涨，他们划过来的小船开始左右摇晃。光线变暗，海洋变成了家中旧银器的颜色。他父亲希望他每天晚上五点半回家，然后开始做作业。父亲此刻一定坐在门外，手中还拿着一根藤条。丹尼等待着。他身边有一位朋友，他并不害怕。他们不会不跟美人鱼说一声就回去的。

澳大利亚

打扫房间，每小时60澳元。丹尼正要开口，却忍住了，冲那个女人露出了笑脸。

他的背上背着一个类似宇航员喷气助推器的东西——一个银色罐子，上面露出一个蓝色橡胶吸嘴，罐子上还盘着一圈圈猩红色的电线——这是一个便携式吸尘器，E型涡轮增压，超强吸力，一年前在凯马特连锁店花 79 澳元买的。他的右手拿着一个塑料袋，里面装着他这一行的必备工具。

“我刚才问你，”澳大利亚女人说，“你是什么人?”

丹尼想，也许是我头发上的金色挑染惹恼了她。他抽了一下鼻子。丹尼的鼻子从外面看是直的，但从里面看是断的；他小时候就有医生告诉过他，他应该引以为豪，因为他患有鼻中隔偏曲。也许这个女人指的就是这个。

“澳大利亚人。”他大着胆子说道。

“不，你不是，”她回答，“你是个完美主义者。”

直到这时，她才用手一指，表示她在说他吃早饭的方式。

他的左手握着一个吃了一半的奶酪卷，是他自己边走边做好的。他当初买清洁设备时顺带买了一包 2.25 澳元十片的黑金牌奶酪，他边走边打开奶酪，从中取出两片，夹在 60 澳分一个的全麦面包中，而那女人显然一直看着他将这些东西组合在一起变成三明治，看着他咬了一口，然后才对他说出这句话。

丹尼挪了挪背上的吸尘器，嘴巴仍然不停地咀嚼着。他看了一眼剩下的自制奶酪卷，然后望着那个澳大利亚女人。

他想到，这就是别人突然注意我的原因。因为她对我吃东西的样子感到不舒服。四年过去了，他还在学习，还在做笔记：永远不要在白天边走路边吃东西。他们会看到你的。

现在得靠嘴巴解决目前的难题了，丹南嘉亚。也许你应该说，我以前读书时是练三级跳远的。单足跳、跨步跳、跳跃。同样还有：计划、吃饭、步行。我同时做这些事。

或者还需要讲个故事，一个简短感人的故事：我父亲总是说我不行，说我不能边走边吃东西，所以这在现在算是一种叛逆。

不过，和白人打交道的时候，你有时只需要开始思考，这就够了。就像在丛林里碰上老虎的时候，你只要屏住呼吸，盯着老虎看。它就会离开的。

那女人看起来是要走开，却又突然改变了主意，转过身来喊道："我说的是反话，伙计。刚才说你是个完美主义者，那就是反话。"

丹尼朝格里伯角路的尽头走去，从那里左转就能走到中央车站。他边走边吃完了三明治。她是说我什么都做不好吗？

这时，他眉头紧皱，满脑子都在想着那女人的话：反话。

丹尼知道"反话"在字典里的意思。他还注意到，反话的用途其实更加多样、更加令人难以琢磨，而且通常与用词语冒犯他人的欲望有关。反话。

那么她叫我完美主义者，一定是想说……

去她的。我就喜欢这样吃东西。

丹尼在去中央车站的路上又给自己弄了一个三明治，然后在站台上等待 8:35 开往圣彼得斯的火车，又做了第三个三明治。

他那一米六八的躯体看上去就像被巧妙地压缩过一般，即便在做繁重的体力活时，他的目光里也充满了梦幻，仿佛他在某个遥远的地方拥有一个农场。他的下巴呈椭圆形，很优雅，又长又瘦的前额带有一点书呆子气，除了微笑时露出的破牙齿，他怎么看都不像外国人进入澳大利亚的威胁。他的左前臂上有一处隆起，出生的时候并没有，如今却非常显眼；他右手无名指的指甲已经长得很长，呈乳白色。他的头发刚刚挑染了几缕金色。

上午 8 点 46 分

火车差不多坐满了人。丹尼坐在靠窗的座位上。他用手指捋了捋自己的金发，那可是他花了 47.5 澳元在格里伯的一家理发店里染的。他意识到有人在看着他，于是将目光转向了那个拿着黑白相间购物袋的亚洲人。

这个人不是在看丹尼，而是在看他背的东西。

更糟。

丹尼最近正面临日益激烈的竞争，这是事实。悉尼到处都有三三两两组队的中国人，提供与丹尼相同的服务，价格也相同，却只需一半的时间。更别提那些尼泊尔人了。四个人只要一个人的价格。

所以丹尼才会带上自己的装备。他已经为此投入了资金。除了背上的便携式吸尘器，他还带了一个塑料袋，里面装着一卷纸、一次性垫子、一个用来喷在玻璃上的泡沫喷雾器，还有一个可以解决任何马桶问题的红色橡胶泵。当然，每个家庭都在壁橱的某个地方放着吸尘器、刷子和喷雾器，但是有自备工具的清洁工自然会让人印象深刻。

澳洲人逻辑性很强，也很有条理。

他的塑料袋里还有一样东西：一个带刺的小盆栽，泥土里插着种养说明（我是一棵仙人掌），这是他花了 3.8 澳元从一个坐在格里伯公园旁的女人那里买来的，而且他打算当天晚些时候将它送给一个人。

算是一个惊喜的礼物吧。

厄斯基维尔车站，就在玻璃车门打开之前，那个亚洲人拿着购物袋站了起来，丹尼立刻明白他不是自己的竞争对手。黑白相间的袋子里没有便携式吸尘器。这只是火车上一个爱管闲事的家伙。

丹尼往后仰头，用手指梳理自己的头发，嗅了嗅手指，看看别人是否还能闻到理发店所用的染发剂（挺恶心的东西）气味，然后再次用手指捋着头发。

简直是传奇。

他还记得索尼娅看见他的头发时眼睛发亮的样子。“好怪异。”她就是这么说的。算是夸奖吧。因为在澳大利亚人们最渴望见到的就是怪异的东西，自信且怪异的东西，具有挑战性的怪异东西：就像一个做了金色挑染的泰米尔人。少数派。一旦明白了“少数派”这个词在这里的意思，尝到了因为与众不同且被人追捧的滋味，那么怎么还会有人要你回斯里兰卡？要你再次以少数族群的身份生活在那里呢？

为了庆祝他的金发，索尼娅前一天晚上在帕拉马塔做了晚餐，丹尼边吃边看着她，通过她对他的想象刷新他对自己的想象。

我这是在澳大利亚，他想。算是在澳大利亚吧。

的确，虽然是第一次与一个非泰米尔人上床，可是在体验到与索尼娅上床的第一晚所带来的喜悦之后，他还是感到有些困惑，为自己想再次见到这个越南素食女孩的想法感到困惑。他一直认为人以群分。你怎么能和一个不会说泰米尔语，或者对你的血统一点都不了解的女人在一起？丹尼只能无奈地将这归咎于爱情。身边就有先例，比如，马来西亚就有很多华人和泰米尔人结婚的例子。当然，并不因为索尼娅是华人，他只是说说而已。这些一半泰米尔、一半华人血统的孩子事业都很成功，有一个人还在拜蒂克洛住了一个夏天，日子过得像个百万富翁。

拜蒂克洛附近有个村庄，那里有棵榕树的树根冲破了保护某位穆斯林圣人坟墓的波纹铁皮棚，像巨人的手指一样触摸着圣人绿色的水泥坟墓：丹尼在这片新大陆仍然记得那个大胆冒犯的榕树树根，仍然记得它，就像一个知道自己或者自己的躯体尚未充分体验过生活的人一样。

于是他又见了她，一次又一次，他们的关系现在已经进入了第二年。

索尼娅有信仰。纯素食主义。社会主义。同性恋权利。政治观点。开发商控制着工党，没错，但开发商属于自由党。你看到区别了吗，丹尼？有些东西丹尼甚至都不明白，但他知道索尼娅在这些方面固执己见。她的信仰。他喜欢她这一点。他也喜欢她在帕拉马塔的住处，那里有一间空房。晚饭后，丹尼会去那里，坐在床上的羽绒被旁，拨弄着台灯，一边大声回答她在厨房里提的问题。

“是啊！职业培训！我会在职业技术和继续教育网站上查看晚上的课程！你说得太对了，索尼娅！光打扫卫生是不够的！”

也许她明白了他的意思。也许她会邀请他住在空房间里。

今天早上，她在医院开始工作之前给他打了个电话——表面上是提醒他去买仙人掌，但他知道那只是为了听到他的声音。她问他：“你这周有什么计划？”因为她相信每个人都需要一个计划，无论是生活还是每一个星期。丹尼回答说：“根据澳大利亚统计局的数据，每周平均实得工资是一千一……”

“我不是这个意思，”她笑着说。“我是说你这周见我有什么计划。”

他站起身，把后背上沉重的滤罐移了移，站在玻璃门旁。他看了一眼手机上的时间：手机背面脱落了，丹尼只好用创口贴把电池固定住。显示屏也裂了，是一个意外，而时间被设定成快四分钟。这样做是为了时刻处于焦虑（迟到了，迟到了，迟到了）和安慰（还有四分钟，记住，多出来的四分钟）之间——这种模式强化了丹尼的责任感。

嘶嘶的液压开门声，玻璃门在圣彼得斯车站打开。丹尼提起塑料袋，走到站台上。

又一个工作日开始了。

车站外耸立着四根带有钢箍的黑烟囱，宛如埃及方尖碑，仿佛在宣告“一切在这里终止”，但事实上一切并没有在这里、那里或任何地方终止——悉尼这座城市总是在扩张，只有那些觉得它总是在收缩的人除外。丹尼一路步行。他看到郊区人家的篱笆后面种着热带芭蕉，秋海棠的叶子背面红得就像嚼槟榔的男人的舌头，还有鸡蛋花树，白色的花瓣散落在人行道上，隐隐约约地盖住了有人用粉笔手写的标语：“这里绝对没有免费停车”“请消除儿童癌症”。一条守护着白人秘密的斗牛犬，透过炭黑色的板条向外窥视，咆哮着。

丹尼打了个喷嚏。宛如坐在王座上的一团蓝色迷雾笼罩着树林，到处都是烟味：他马上猜到山里着火了。今晚的电视新闻肯定会报道：昨晚发生在布莱克希斯附近的森林大火虽然已经被扑灭，不过我们可能在城市的部分地区还会连续几天闻到烟味。

他走过一辆停着的车，看到车里有一条粉红色的橡胶鲨鱼、一份专门报道赛马、赛狗和博彩的报纸，还有一个可爱的纪念品——一个安装好的地球仪，就是超级大反派在手指上转动的那种。丹尼弯下腰，在地球仪上寻找着斯里兰卡，突然，身后有人……

走开。

——说了句什么。

他转过身，却连一个人影都没有看到。

一架飞机在郊区上空低飞，发出刺耳的响声，经过一座座建筑时，澳航的红色标志时隐时现。

下一个灰色的篱笆旁扔着一对断了的古典式圆柱，圆柱旁还有一个缺了脑袋的水泥塑像，丹尼觉得这是白人在耶稣出现之前所崇拜的众神之一。空气中弥漫着淡淡的烟雾，仿佛悉尼的这片郊区一夜之间就总结出了几个世纪以来的毁灭。丹尼看着塑像，琢磨着是不是可以把它变成送给索尼娅的礼物，那可比他放在塑料袋里的3.8澳元的仙人掌好多了，然而他再次听到了声音。

那是一个棕色皮肤的男人的声音。

丹尼绕过篱笆，看到了花园里那个声音的主人。他身穿灰色的搬运工制服，手机塞在右肩上，边说边随意地撕开硬纸板。他的前肢充满暴力，每一次用力仿佛都在说着：我在这里，澳大利亚人。不管你是否看到我，我就站在这里。

肌肉强壮的男人停下手中的活，扔掉纸板，看着丹尼，好像想和他说话。

这个棕色皮肤的人肯定来自爪哇或者马来西亚——不是我们的人。

丹尼还没来得及说话，肌肉男就转向右边，调整着身体，似乎是在寻找方向，然后跪在地下，闭上了眼睛。他的嘴唇在蠕动。他把脸转来转去，嘴里念叨着什么，然后把头贴在了人行道上。啊。他在祈祷，丹尼意识到了。他看着我，想知道我是不是穆斯林，是不是想和他一起祈祷。

有些人的身体天生就有时间感。就像这个人的身体，此时此刻。悉尼所有嘀嗒作响的指针正按照他的心意在重新校正。

他们一天五次，不是吗？

这是第二次还是第三次？丹尼想问，可那祈祷的男人只是朝左右两边转了一下脸，然后又把额头贴在了地上。

一个带着红绿相间尾巴的天使出现在他们的头顶上方：丹尼抬起头，看到那是阿联酋航空公司的一趟航班，真是再恰当不过了。悉尼机场就在不远处。

他又打了个喷嚏，想知道自己是否打扰了那个正在祈祷的人。

印尼人祈祷完毕后，继续搬运家具。丹尼看了他最后一眼，然后向前走去。

弗洛拉街 36 号比它周围的建筑高出一些，这栋三层砖结构楼没有什么装饰，是为年轻的专业人士而建的。丹尼把悉尼分成了两类郊区——“大屁股”区，那里住着工人阶级，吃得不好，还要自己打扫卫生；还有“小屁股”区，住在那里的体格健壮的年轻人吃沙拉，经常慢跑，几乎从不打扫自己的房间。厄斯基维尔属于第二类。在这样的郊区，像弗洛拉街 36 号这样的建筑，里面有十五到二十个单元，对于每周给人打扫一次卫生的清洁工而言，这里简直就是蜜罐。丹尼有时都不敢相信自己在这里只有一份固定的活。

首先，钥匙。

你只要看看门垫底下或者第二个花盆后面，就可以闯进厄斯基维尔一半的人家。在这里，钥匙甚至会放在更加明显的地方。丹尼掀开淡紫色邮箱的破盖子，从里面取出一个闪闪发光的银制物件。

然后他走进弗洛拉街 36 号，跑上楼梯。

上午 8 点 57 分

家里没有人。达里尔律师星期一或星期二很少在家，甚至晚上来搞卫生都见不到他。有时候，这些客户只能见到一次，也就是在第一天与你商定打扫卫生的日期之时，然后就是几个月都见不到面。甚至几年。

丹尼放下背包，把它扔在地上；他脱下 T 恤衫，把它挂在浴室门上。

第一条规则：要想在竞争中保持优势，一定要穿白色背心。正如他向女朋友解释的那样，“人们认为中国人更干净，因为他们没有体毛”。

规则，一切都是规则。

我们很多人逃离混乱来到这里。澳洲人乐观，有条理，他们受法律管制。理解“不能被打破的规则”这一概念，对于在这里调整好自己至关重要。(《在我的矛盾言辞中成长：一个移民对当地人所说的话》，第 24 页）

书中最有用的一段。从那张图以及它所包含的真理中，丹尼为自己打造出了那么多规则，而这些规则给他带来的一个结果便是：他现在每周需要为悉尼城区十二套公寓负责清洁工作，外加每月两次为玫瑰湾一户人家搞全面卫生，报酬是 110 澳元。这户人家可以看到蔚蓝的海水和游艇，不过他每次来回需要支付 9 澳元的车钱。

丹尼轻轻拍了一下背心，然后咳了一声。

还有一条规则：永远不要像许多中国自由职业者那样戴口罩——这会让客户感到害怕。灰尘？污垢？吸气，吸气。

他把 E 型涡轮吸尘器背到背上，开始干活，并确保不会被插在墙上的暗红色电线绊倒。

吧嗒——吧嗒——吧嗒——嘣。丹尼在地毯上移动着吸尘器，一遇到特别脏的地方，嘴里就会这样念念有词。他戴着耳机，耳机连着手机，手机正在播放老歌金曲。后街男孩。麦当娜。席琳·迪翁。没有泰米尔语，全是英语。他向前移动时，看见一个柳条篮下面压着三张 20 澳元的钞票，篮子里装着律师积攒的 20 和 50 澳分的硬币。

丹尼看到了，再次看到了，却没有伸手去碰它。

等他打扫完之后再说吧。这钱是基于信任留下的，所以这钱也要基于信任拿走。清洁这套公寓的报酬是 60 澳元，包括两个浴室，每多增加一个卫生间或浴室另收 15 澳元。

传奇清洁工。

丹尼确信，第一个给自己起这个绰号的是达里尔律师，也就是第四户的主人，现在每个人都这么说。对于这个绰号，他一直感到不太舒服；此刻，他拿着吸尘器在沙发四周伸来伸去，心里却在不停地想着，这是不是再次体现了那个怪异、令人不快的词：反话。他得问问索尼娅。

达里尔律师叫我“传奇清洁工”是在嘲笑我吗？

你为什么叫他达里尔律师？也许你在嘲笑他。索尼娅大概会这么说：一报还一报。

那个女人。

吧嗒吧嗒吧嘣……他将吸尘器的吸嘴伸到摇椅下。“达里尔——！达里尔——！”丹尼的声音盖过了吸尘器的噪声。我来了，达里尔律师！

凡是成为传奇清洁工的人，都会对自己的客户抱有一定程度的攻击性。

噗隆噗。丹尼用嘴唇发着颤音。从孩提时候起，每当他在做不愉快的事时，他就会发出这种声音。吧嗒吧嗒吧嗒吧嗒嘣……

吸尘器的吸头穿过了一个又一个房间。丹尼关掉了吸尘器，滤罐里面的袋子原本因热气和灰尘膨胀着，此刻立刻松弛了下来。

吸尘器放到了一边，盘子收拾好了，桌子和椅子也放了下来，接下来开始清洁工作的关键部分。卫生间是评判清洁工的标准，而坐便器又是评判卫生间的标准。他从卫生间里出来时摘下手套，坐在律师的椅子上，打量着客厅。

他从律师的书架上拿起一本葡萄酒色皮面的精装书：《旅行者的信赖：伊斯兰法律指南》。他们从来不看印度教法律方面的书吗？白人。醉心于穆斯林。因为他们害怕穆斯林。他飞快地翻阅着这本书。

一天下午，在拉肯巴，玩绳降的日裔巴西人安倍给了丹尼一个信息，有一份付现金的粉刷屋子的活。他看到三个阿拉伯人站在门廊上，每个人都光着上身，手里都拿着一个水烟枪，对着花园吞云吐雾，而花园里到处都是废铁和垃圾。悉尼西部的一些郊区——"特大屁股"区——非常肮脏，到处都是腐烂木头的前院，翻倒的购物车，漂浮着白色花瓣的小沟；但是，这座穆斯林宅邸无疑是他在澳大利亚见过的最脏的建筑。丹尼喜欢它。当然，你很欣赏这种"混蛋白人"态度，但你仍然想知道，这样的人是怎么变得合法的，除非移民局有人真的认为："你看起来不像恐怖分子。对不起，你永远进不了澳大利亚。下一个！是的，你有大胡子，你当然可以进来！"瞧：前几天雅虎新闻里有这样一个故事，一个身体超重且重度失明的马来西亚人弹着吉他（其实他根本不会弹），澳大利亚人在网上为他征集签名，因为他是穆斯林，并给了他永久居留权。我告诉你，有泰米尔人在自焚。

上周，墨尔本有一名来自斯里兰卡贾夫纳半岛的男子，在他们不给他难民身份的情况下，用汽油和火柴点燃了自己。谁得到了难民身份？这位马来西亚穆斯林。

丹尼小的时候，穆斯林和泰米尔人之间经常发生暴力冲突。萨特鲁康丹大屠杀，泽维尔普兰大屠杀，西斯坦迪大屠杀：昔日的名字，昔日的流血事件。

翻完了伊斯兰法。当丹尼弯腰把书放回书柜下层的书架上时，他清楚地看到了沙发，然后看到沙发下面有一个球。

它一直滚到了墙边。

在澳大利亚，不成文的规定是清洁工绝不可弯腰去碰低于咖啡桌的任何东西。在你开始干活之前，主人必须把地板上的东西都收拾好。买卖双方都有规矩。（“我们得把这里打扫干净，这样清洁工才能打扫干净。”他的一个客户——可能是达里尔律师——曾经抱怨过。）但是在斯里兰卡，那里的规矩是女佣会弯下腰，按你的要求擦洗地板，但她绝不会碰高于咖啡桌的任何东西，以免被指控偷窃。丹尼笑了。噗啦噗。吧嗒吧嗒咚。

我们来干吧。让我们给他留下深刻印象。

丹尼在地毯上张开四肢，将弯曲的手指伸到沙发下面，却发现自己够不着。那蓝色的球。

噗啦噗。吧嗒吧嗒咚……

他伸直手指……

“平均每周实得工资是1150澳元40澳分，根据……”

“统……计……局……”

一直到指尖碰到橡皮球。

(“我的怪孩子。”他妈妈过去常说。例如，当她发现剪掉她花园里玫瑰枝头所有尖刺的人是丹尼时，她会说：“刺在这里是为了保护玫瑰。如果你把它们剪掉了，并没有让玫瑰更安全。我奇怪的怪孩子。”)

我们是传奇清洁工。

丹尼的手指伸出去，抓住球，把它从沙发下面取了出来，然后在黑暗中把那东西凑到了自己的鼻子前。一个球：蓝色的球。他闻了闻。他用长长的指甲刮了一下蓝色橡皮球的表面，又闻了闻。

一种非生命体的刺鼻气味，让丹尼想起了一件事。

别忘了仙人掌。她今天在圣文森特医院上班。

对她来说，每周不是去这家医院就是去那家养老院上班。“现在都私有化了，”她说，“我们必须在公司派我们去的地方工作，一直干到他们不要我们为止，要不然就啥也别干了。”

我真应该回去，把那尊希腊塑像拿回来当礼物。

丹尼站起身，走到律师家的餐桌前，把蓝色的球放在那里，用手掌按住它，然后环顾着公寓。

他小时候问过一位刚从国外回来的邻居：“多伦多是个什么样的城市?”邻居问他：“你知道科伦坡的加拉达里五星级酒店是什么

样的吗？”丹尼点点头。“多伦多的每一寸土地都是那样的。”

他们在你来这里之前对你说的关于西方的那些话。澳大利亚没有哪个地方像加拉达里国际酒店。悉尼到处都是蟑螂、蟋蟀和飞虫，只有丹尼刚刚用吸尘器、海绵和拖把打扫过的房间除外。

传奇清洁工。

他的手机当然不是传奇，它立刻响了起来。

上午9点16分

来自电话公司的信息：

随着我们继续为未来建设移动网络，我们将不得不向旧技术说再见。这意味着你现在使用的2G手机从下周开始将无法使用。尽快从我们的网站、我们的许多便利零售商店或者任何我们的零售合作伙伴那里购买一个新的3G手机。

这些信息是两周前开始出现的。丹尼一直在删除它们。

“欢迎，先生。”便利店或者零售合作伙伴的店员会说，“先生，你想买一部新手机吗？好的，先生。你的税号是多少？先生，你带护照了吗？”

律师家的厨房里有股西兰花的味道钻进了他的鼻子，让他的胃一阵痉挛。这么多年过去了，他的胃依然受不了那恶心的东西。这些人怎么能吃得下那么多，而且还是生的？西兰花！

丹尼仍然被那种蔬菜的气味吓得往后退缩，他从挂钩上取下T恤衫穿上，然后自己动手，从柳条篮底下一张接一张地取出了三张20澳元的钞票。篮子里装满了20澳分和10澳分的硬币，还有其他对澳大利亚白人没用的硬币。

将60澳元装进口袋后，丹尼举起双手，手指插进头发中。他通过指尖感觉到那几缕金色挑染所带来的力量，这会让每一个看到他的人心生嫉妒，不管这个人是什么人种。

谁也不会再把他误认为是一个在澳大利亚以外出生的人。

毕竟，在悉尼这样的城市，你怎么知道谁是外国人？观察、理解，然后制作图表。这是丹尼的方式。

我们和他们

1. 第一也是最重要的区别：姿势。

2. 大胡子（我们——太野蛮），然后剪头发（太温顺）。

3. 大肚子。澳大利亚的年轻人没有大肚腩。

4. 不要在公共场所吐痰。

5. 阶层（但是与老家的人相比，这里没有阶层）。

他模仿那些真正的澳大利亚人，在公共场所穿着短裤，享受着看上去又像个孩子那样的低级快感。两年以来，他一直把自己打扮得整整齐齐。丹尼的心在一步步地对他说话；第三年，他留起了头发。甚至早在他还是个孩子的时候，他就想留长发了。（不仅要留长发，还要养狗：养一条阿尔萨斯犬。）头发长到向后卷曲时，他想起了安莫里的一个男人。一个非洲人站在他曾经打扫过的房间（第二户）下面谈论他的文身。“最后，我去了邦迪文身馆，那个人说他们每小时收费 200 澳元，至少要花三个小时。人只能活一次，对吧？只能活……”当非洲人转过身来展示他那条黑腿上的鹦鹉文身时，他的口音变了，变成了英国口音，或者可能一直都是英国口音，“一次，对吧？”

丹尼那天看到了自己的男性形象，身上布满条纹和刺青，而他，第一次成为了自己身体的主人，可以为了自己的快乐不停地旋转……

等级虽然看不见、摸不着，却无处不在；总有更好的方法不引人注目。

他没有去文身（那种东西档次太低，甚至不文明），而是留起了长发。但这还不够。不够。你现在是在悉尼。玩绳降的安倍把他的头发染成了金色，而且他也是非法移民，于是丹尼决定去格里伯的理发师那里问问。头发上能否挑染一些红棕色？这需要花费 47.5 澳元，但索尼娅同意了；她非常赞成。

来自电话公司的信息。

他的手机又传出一声提示音。随着我们继续为未来建设移动网络，我们将不得不向旧的技术形式说再见。

丹尼想，一定有办法让这部手机至少再用一两个月。不用在接下来的一两个月里走进澳洲电信的办公室，回答关于我自己的各种问题。

律师的台式电脑上满是考拉图案：在印花桌布上。

他可以在这里做的是：上网搜索答案。这台电脑的密码到底是什么呢？返回键。达里尔，你这个所谓的律师。

丹尼以前曾在这台覆盖着缎子布的台式电脑上做过很多了不起的事情：说实在的，他就是在这台电脑上遇到了他一生的挚爱。

但是他今天要去纽敦干活，所以他想他可以在那里的公共图书馆免费查看电子邮件。

澳大利亚政府虽然拒绝给丹尼提供医疗保险、驾照和警察保护，却向他提供了不受限制、不受监控的公共阅览室和信息中心。离旭日杂货店不远的地方就是格里伯图书馆，这也是这个地区每一个非法移民都熟悉的地方；帕拉马塔、布莱克顿、萨利山和海马克特的图书馆也很不错；但最棒的地方是纽敦图书馆，因为它有高高的教堂似的天花板，而且一楼很开阔，你可以在地上躺好几个小时，忘记自己是谁。丹尼甚至和在图书馆工作的秃头印度人拉梅什成为了朋友。不过那家伙是合法移民。友谊只能到此为止。

丹尼收拾好清洁工具，把真空罐背到背上：他又成了一名宇航员。

丹尼看了看手机上显示的时间，下一家是罗德尼会计位于纽敦的公寓，在国王大街大约中间路段。在那里除了那只绝对不能让它跑出去的白猫外，他还会看到三张20澳元的钞票，就放在冰箱顶上，而冰箱上则贴满了反对开采铀矿的标语贴。

好吧。我们走。

但那玩意儿出现在了门楣上方，正等着他最后一次环顾四周：它黑黝黝的，充满了危险，像个小小的湿婆，还有许多跃跃欲试的胳膊。

他立刻拿出手机，滚动着号码，找到了索尼娅。

然后按了绿色的呼叫键。

“丹尼，”索尼娅接通了电话，“我在上班，怎么了？”

“我在达里尔律师家里。搞卫生。这里有只蜘蛛。就在门的正上方。我得从它下面走过去。”

“什么种类？高脚蜘蛛？”

“我不知道。个头很大，都是毛。”

“是的，这是高脚蜘蛛。它们不会伤人，别担心。从它下面走过去。它不会掉在你身上，就算掉到你身上也不会伤你。”

“但我是传奇清洁工。如果律师回来看到这只蜘蛛，他会认为……”

“丹尼。不要伤害它。它不会伤人。我现在得干活了。我是护士，丹尼。我要照顾别人，要干的活很多。”

他把电话放回口袋里。好吧。他盯着门上一动不动的东西。

“高脚蜘蛛。”丹尼说了这怪物的名字。

嘘。嘘。它们能感觉到你言不由衷。再加点音效（吧嗒——吧嗒——嘣——嘣）。毫无作用。

砰一声关上门也许会吓到它。

他转动大门的球形门把手，推开门，却发现三个穿蓝色制服的警察顺着楼梯径直朝他跑来。

丹尼一动不动地站着。

他们一言不发地从他身边经过，继续往楼上走，来到律师家的楼上。他们中的一个开始敲门。另一个站着不动。第三个人从楼梯顶上往下看着丹尼。

上午9点21分

“伙计，你住在……？”他冲着楼下大声问道。

丹尼点点头，回到律师的公寓，关上了门。

他回到了被高脚蜘蛛盯着的安全环境中。

他数到十，又数到二十，再数到三十，然后他把门开了一条缝。三个警察中的一个，就是刚才开口的那个警察，正跑下楼梯。

警察停了下来，眯着眼睛从敞开的门缝里观察着丹尼：他一身蓝制服，那种鲸一般无边无际的蓝色；他的肚子顶着衬衫，在黑皮带上方鼓在外面，如同一大袋硬邦邦的蓝肉。他把双手放在屁股上，肚子又往外鼓了鼓，然后呼了口气。

“伙计，我刚才问你，你住在这儿?”

“只是……”

警察把丹尼拨到一边，探头进去，环视了一下已经打扫干净的公寓。他抽着鼻子，一副也要打喷嚏的样子。

“清洁工……”

警察说道：“好吧，好……吧。不出我所料。街对面出了点事。只是过来查看一下。”

“是的，警官。好的，警官。”

至少他们不是来找我的。至少我现在是安全的。丹尼锁上了门。街对面的事——警察一定是在说蓝山的大火，也就是弄得街上烟雾弥漫的大火。仅此而已。上面的大蜘蛛还在看着他，但是丹尼知道如何凭直觉分辨出高音谱（澳大利亚警察）和低音谱（斯里兰卡警察）所引起的神经紧张。他提醒自己，不管警察为什么来这里，他们不是来找你的。他们甚至看不到你。

于是，他拿开台式电脑上印有考拉图案的罩布，按下回车键，等待着。屏幕一亮起来，他就进入谷歌新闻网站，输入：基兰·拉奥。

丹尼认为全悉尼市只有他一个清洁工随身带着书。一个人如果必须坚持思考，就必须坚持读书。最初，那是一本粉红色的平装书：玛德琳·布莱特所写的《锦缎之美》。后来，他在纽敦图书馆的废弃书堆中发现了基兰·拉奥写的《在我的矛盾言辞中成长》，也看到了封面上基兰那张英俊的南亚人脸。从此之后，这本书便与马桶刷子、喷雾剂和黑金牌奶酪片厮混在一起，在他的清洁之旅上陪伴了他一年多，直到他已经将大部分内容牢记于心，不再需要将它带在身边。

对丹尼来说，这是本世纪最伟大的书。

新闻（过去二十四小时）

拉奥在悉尼艺术节上演讲

……基兰一如往常，身着深色西装，系着红领带，回答了观众提出的问题，讲述了这位移民在悉尼生活中的酸甜苦辣。

丹尼在达里尔律师家的电脑前举起手，不请自来地将自己想象成了观众，把自己的困难处境化作一个问题，向他最喜欢的作家提出来：

基兰，如果我交手机的时候他们问我的税务档案号码，我该怎么办？

他可以听到那位身着西装、德高望重的人将目光从艺术节上崇拜他的观众身上移开，然后说道：

丹尼，旧手机还能用一段时间。不要想太多。如果我是你，丹尼，我只会担心一件事。如何维持各种关系。（观众大笑。）相信我，这对澳洲人来说才是最困难的。

真的吗？丹尼并没有觉得这有多难：他和索尼娅的关系很好。而这一切都是在这里开始的，就在这个律师没有设置密码的电脑里。一个知道他所有秘密的澳大利亚朋友，一个满嘴至理名言的人，给他说了这个约会网站的事，他就在这里登录了这个网站。

VeggieDate（素食者之约）

慈悲的爱

“吃素的人。悉尼最美的人都是素食者。”

“可我吃……”

“听着，你这个白痴：他们以为所有印度人都是素食者，因为印度人崇拜牛。难道你不觉得这是个高明的骗局吗？”

当然，他知道这样做不对：使用律师的个人电脑是错误行为，联系网上的女人也是错误的。素食者？丹尼喜欢羊肉。他也喜欢猪肉。

这是不对的，是完全错误的。他们叫我诚实的丹尼。但他还是做了。他确实有欺诈的本事。

索尼娅是他联系的第三个素食女性。那个周末他们在帕拉马塔见了面。

他先到了酒吧，在一个木隔间里等她，一边等，一边对着墙上的镜子观察自己。他觉得这里的灯光是为了优化皮肤白皙的人的性吸引力而设计的，因而过于耀眼，甚至都照亮了他深色手指的角质层和眼睛里的眼白。"看起来很聪明。"他为自己在镜子中的形象沾沾自喜，并把手指和向后弯曲的拇指交错在一起，去摸他的嘴——这是一个思考的姿势——而她就在这时找到了他。

"你知道我喜欢印度人哪一点吗？印度人是世界上唯一肥胖的素食者。快乐、肥胖的素食者。"

她个子不高，有几分姿色，意志坚定，穿着一件上面写着素食者优先的 T 恤衫，两眼急切地寻找着差异。她是华人。

越南人。先生们知道其中的区别吗？

她为两人点了啤酒，是她所说的那种有机啤酒。当她谈到动物受到的不公平待遇时，丹尼绷紧耳朵上方的肌肉，微笑着。"你知道牛奶是什么吗？一种脓。想想看，你是在狂饮脓汁。"她说着，喝了三口啤酒才把杯子放下。丹尼想，她也很紧张。

她准备再次端起啤酒时，又问道："你是穆斯林吗？"他的回答显然令她失望；但她回过神来，说道："至少你不是高管[1]。"

这让人很困惑，因为丹尼一直认为自己是来悉尼穿西装的。一套带银扣子的顶级羊毛西服，口袋里放着一块真丝手帕。拜蒂克洛只有一个裁缝能裁剪出那么高级的西装，镇上也只有四个人买得起那样的衣服。

"你觉得牛奶作为一种食物来源怎么样？"

"你在多大程度上支持动物权利？"

"你们那里有素食主义者吗？"

他把话题从食物上转移开后，向这位素食者介绍了斯里兰卡和迪拜。是的，他去过那里。在迪拜德伊勒商业区的一家商业汽车旅馆工作了一年。穿着绿色西装，打着绿色领带，微笑着帮客人登记入住。说真的。那是丹尼来澳大利亚之前的工作。在这里吗？他是个清洁工。打扫房屋。是的，他在找更好的工作。

过了一会儿，他们俩沿着帕拉马塔河散步。

这与他之前见过的任何河流都不一样：河岸一片葱绿，十分完美，河道则仿佛一台造河机器在泥土里捣出来的一样。

"那玩意儿是什么意思？"她问道，"你知道吗？"

他注意到她的目光盯着河边一座古老的建筑。

---

① 此处原文为suit，索尼娅的意思是指"企业高管"，丹尼不明白，以为她是在说西装。

“他们为什么要把这样的字母写在古老的教堂上？这是什么意思？”

丹尼凝视着那里。

MDCCCLXXVII。

“1877 年。”他告诉她。

她惊讶地张大了嘴巴。“你是怎么知道的？”他解释说，罗马人有一种非常奇特的数字书写方式，当他们从印度教徒那里偷取了十进制数字之后，这种书写方式得到了极大的改进。

她看着他问道：“你一到澳大利亚就看起了字典吗？”

他一句话也没说。她的脸沉了下来，笑了笑，意识到自己说的话是多么无礼。

之后的大部分话都是他说的。

最后，她问道：“你住在斯里兰卡一个真正的潟湖附近吗？为什么要放弃这一切来澳大利亚？”

“我有一种病，”丹尼说，“叫鼻中隔偏曲。”他摸了摸自己的鼻子。“意思就是我很容易头晕。鼻窦会感觉很沉。”

这是真的。

鼻窦安全列表

1. 温水：一旦感觉鼻窦变沉，就开始漱口。

2. 禁止吸烟。严格禁止。无不良习惯。

3. 第一天和第二天使用薄荷喷雾。

鼻窦有问题的生活成了主要话题。他和那个吃素的女孩一起走到一个小水坝前，水从那里落下去，注入一个更加黝黑的水体中。她转过身来对他说：“你能不能别再谈鼻中隔偏移了，回答我的问题?”

“对不起。”

“我的问题是：你为什么放弃一个潟湖来到这个国家?”

现在我得开始撒谎了，丹尼想。但帕拉马塔河救了他：一根白色的羽毛浮在水面上，他指给她看。

“那是因为他们把悉尼的一切都私有化了。”这位素食者以为他指的是水面漂浮的垃圾，便随口说道，“就连这条河也是。”

“我那潟湖里的鱼，”丹尼告诉她，“会唱歌。”

真的，他告诉这个半信半疑的女人，向她解释在他那没有私有化的家乡如何把一根芦苇放到潟湖的水面上，然后听到鱼儿在水面下发出的嗡嗡声。拜蒂克洛，会歌唱的鱼儿之城。斯里兰卡东部的明珠。

庙里走过火堆的人。舌头穿孔的人。银色的海滩。美人鱼生活在潟湖中。我们把美人鱼叫作卡达尔·坎尼。

“你听懂我说的话了吗?”他问她。她摇了摇头说道:“不一定非要懂,你继续说吧。”于是他继续往下讲,不一定非要说潟湖的事。

“你喜欢足球吗?”她问道。

“不喜欢。”

“板球呢?”

丹尼说:“我不喜欢体育运动。你听我说:人类在体育方面的成就比值只有 1 比 1.4。”

“这是什么意思?”

丹尼咧嘴一笑。“成就是指已经功成名就,不是吗?”

她笑了。“什么呀?”

两年来,丹尼一直很注意自己的口音,但他说话时从未掩饰过自己这种独特的表达方式。无糖就是不含糖,不是吗?这种文字游戏他已经信手拈来。是的,他的口音(不完全是澳大利亚口音,但也比较接近)里藏着一只来自另一种英语的动物,现在,在这里生活了两年之后,他让这种动物呜呜发声了。

他向她解释起了所有体育荣誉最根本的欺骗性。

“普通二十一岁的男性,只要经过一个月的基本训练,百米跑就能在 14 秒左右。明白了吗?跑同样距离最快的人需要 9.9 秒。差别不大。成就比值是 1 比 1.4。那么,普通人的智力和爱因斯坦的智力差多少呢？无法测量。”

两个人沿着帕拉马塔河来回走着，丹尼就这样信口说出各种事实，奇怪的事实，只有一条充满活力的颠覆性线索将这些事实联系在一起。一只小鸟在他们周围绕来绕去，仿佛发现了一片专属它的甘蔗地。

第二天早上，正当丹尼在格里伯的旭日杂货店里整理罐头时，有人打来了电话，原来是索尼娅。他的心怦怦直跳，想起了《碟中谍 2》中所有赛马一起从汤姆·克鲁斯身边冲过去时的场景。

上午 9 点 43 分

“现在肯定结束了。”他大声说道。

“街对面的事”肯定已经结束了。穿蓝制服的警察也肯定已经走了，于是丹尼从电脑旁起身，站在门边，把耳朵贴在门上。

警官，能不能问一下，是不是出了什么事。

对不起。例行公事。马路对面出了点事。我们只是从这里给那地方拍几张照片。例行公事。

出了点事？

是的。有人被害了。

天哪。是谁？

你认识周围的邻居吗？

不太熟。不熟。哪栋楼？你说她叫什么名字？不，我不认识叫这个名字的女人。

他从门口往后退了一步。

他不知道自己要被困在这里多久，也不知道自己是否需要打电话给罗德尼会计师，告诉对方他可能会迟到。

这也提醒了他，他还没有杀死头顶上的那只大蜘蛛。

上午 9 点 47 分

丹尼拿着达里尔律师放在水槽下的一罐驱虫剂，慢慢走近那只八条腿都是棕色的蜘蛛。他哼起了《碟中谍》的主题曲，给那只蜘蛛最后一次机会。但蜘蛛只是扭动着腿，好像在欣赏这段音乐，也喜欢他的笑话。太晚了，它终于明白了；它开始移动。但丹尼已经按下了喷雾剂的白色按钮。它缩成一团，掉了下来。

丹尼一边用纸巾把它捡起来一边想着：死了之后的蜘蛛缩成一团，颜色更红，也显得更加危险。

水槽上面有一扇窗户，是公寓里唯一正对着屋后马路的窗户，此刻早已上了插销。丹尼伸直了右手，握住死蜘蛛，拉起插销，用另一只手打开窗户。这是几个月来他第一次打开这扇窗户，也是他第一次望着弗洛拉街后面那条安静的马路。

下面的街道上，一栋楼房前停了一辆面包车，车顶上有一盏蓝红两色的灯悄无声息地亮着，就像被施了魔法突然冒出来、只是为了惩罚他打开窗户的决定一样。

一辆警车。

街上只有一个人，一个穿蓝色制服的人。他背靠一棵大桉树站在那里，吐出了一股充满阳刚力量的烟雾。

那是一棵巨大的桉树，斑驳的白灰色树皮正在脱落，宛如剥落的旧漆皮。刚到澳大利亚的时候，这些树的树皮会吓到你，因为它们会让你想起麻风病，想起老家人仍然会害怕的其他东西。

丹尼的目光转向了警车，然后又转向了警车后面的新砖房。他看到警察正一层一层地往上爬。

在那里。第四层。丹尼停下手来观看。

警车后面那栋楼的四楼有一个窗户，一个黑色的托盘里种着红色的郁金香。

对了，他在门外看到的那个警察清楚地说过，马路对面发生了一起谋杀案。不是在街道后面。丹尼暗想，所以这不可能是那栋楼，不可能。只是不可能。

因为这栋楼前面有一棵树皮像患了麻风病似的桉树，四楼种着郁金香，你知道这栋楼——这是她的楼。拉达的楼。

丹尼喉咙发痒。

两年来——将近两年——每个星期一的早晨，他都带着吸尘器去那套种着郁金香的公寓。那是他的第五户。

马路对面发生了一起谋杀案。

死蜘蛛！他把这件事全忘了。丹尼松开餐巾，看着这个轻如鸿毛的红色身影旋转着落到街上。他把窗户放下来，拴上。

他开始深呼吸，一——二——三，一——二——三，就像他们在迪拜汽车旅馆员工培训项目中所教的那样。然后他搔了搔自己的后脖子。他从口袋里拿出手机，顺着地址簿查找，花了些时间才找到号码……

他往下翻到电话本的第十八条。

上面的标注只有——H5。

意思是第五户。

是的。就是她。窗台上有红色郁金香的那间公寓的主人，就在街的后面。

或者说就在街对面。澳大利亚人说英语的方式。对面，后面。

给她打个电话，确保她没事。确定是街对面别的女人出了事。

他正要按拨号键。但是下面有一辆警车，还开着不停旋转的蓝红灯。如果他打电话给她，而他们恰好在她家里……悉尼的警察现在可是什么都能查到的。

他站在厨房窗户旁的墙边，慢慢地看向下面的道路。

倚靠在树皮像麻风病人的桉树上的警察扔掉了香烟，这时另一个身着蓝色制服的警察走到了他的身旁。

丹尼从窗口走开。然后，他又走过去，拉下百叶窗。

他看了看桌子上的蓝色球，将它拿起来，在地板上弹了几下，然后用鞋子轻推它，让它重新滚到沙发下面。那里。回去。

丹尼现在意识到，律师沙发下的暗处是悉尼城的另一个禁地：我不应该把手伸向那里的。

他回到书桌旁，重新坐下来，输入了几个词：悉尼命案新闻。

他一边等待慢速的电脑显示搜索结果，一边拿出手机，打开通讯录，向下滚动，拇指点在越来越前的名单上，一直移动到通讯录上的第一个号码

家。

然后按下了电话上的绿色拨号键。铃声响了四下，然后咔嗒一声，接着便传来了一个老人的声音，慢吞吞的，背景是一首七十年代的流行歌曲。

“为什么给我打电话？我已经够紧张的了，”他的房东说，“对我们来说，这是一个非常糟糕的早晨。非常糟糕。”

除了帕拉马塔鳗鱼队——他的足球队外，托莫从来没有用“我们”这个代词指代任何人。

“托莫。你能帮我看一下电视吗？”

“他们说乔伊·米切尔明年不能上场了。别用手机给我打电话，丹尼。你知道这一点。”

“事情很急。你能不能看看有没有发生凶杀案？”

片刻的停顿。

“在厄斯基维尔。弗洛拉街附近。电视上有没有报道？”

“凶杀案？”托莫·查夫达里迪斯压低了声音，“你今天在厄斯基维尔干活，对不对？”

“是的。你能不能看看电视上有没有关于厄斯基维尔凶杀案的新闻？”

电话挂断了。

去他的。丹尼回到厨房。他又打开了窗户。

他重新打开手机上的通讯录，滚动到列表中的第十九个号码，上面的标注只有一个H6。

如果第五户家出了什么事，那么第六户肯定会知道的。

不过，丹尼没有拨打第六户，而是再次拨通了旭日杂货店。

“托莫，请打开电视。我手机上看不到电视。旧手机。”

“丹尼，你为什么打电话给我？我告诉过你，永远不要给我打电话。”

“你只需要告诉我电视上有没有说一个叫拉达的女人被杀了。”

片刻沉默之后，丹尼住了四年的旭日杂货店老板查夫达里迪斯问："为什么？"

"去看看有没有一个叫拉达·托马斯的女人昨晚被谋杀了。在厄斯基维尔。我在这儿等你告诉我。"

查夫达里迪斯说话的声音很低。"丹尼。丹尼。乔伊·米切尔今天被停赛了。我们完了。"

说完，他的房东兼保护人挂断了电话。

窗台上有一双滚圆的黄眼睛在凝视着丹尼。一只乌鸦——但绝对不是老家那种乌鸦——另一种生物，比老家的乌鸦大两倍，长着卡通般的眼睛，趴在窗户玻璃外面，阳光照在它光滑的皮肤上。

这些动物——澳大利亚乌鸦——是他刚到澳大利亚时让他感到困惑的地方之一。这里的人给它们喂了什么东西，能够让它们长这么大，叫声那么响亮呢？

突然间，老家就在眼前。

他能听到街上警察的窃窃私语，听到行人提示器①发出的哔哔声。

丹尼站在窗边，看着那些红郁金香——它们看起来如此鲜艳，如此充满活力——他又想给拉达·托马斯打电话，也就是他的

① 行人提示器是安装在汽车保险杠上的一种装置，用于提醒行人可以安全通过街道。

第五户。如果她拿起电话，他可以叫她到窗口来。只是为了能见到她。

可是当郁金香全部晃动起来时，窗户开了，那里出现的不是女人，而是一个男人，一个白人男子，正凝视着窗外，让警察看到他。丹尼立刻认出了那个白人男子。马克。她丈夫。他满脸通红，肯定一直在哭。而她……

上午9点54分

律师的家里充满了噪声；又一架飞机正下降穿过厄斯基维尔郊区，飞往金斯福德·史密斯国际机场。

上午9点56分

"吸毒。"

丹尼将这个词说了一遍又一遍，感觉好多了。他已经洗了三次脸，但没有把脸擦干。在澳大利亚，只要知道所有年轻人因为吸毒都会有一双呆滞的蓝眼睛，其他一切便都好理解了。

他确定自己带上了所有的东西。

所以，丹尼。某个吸毒的家伙闯进了她家，开枪打死了她，或者勒死了她，或者……她可能根本就没死。你不知道警察为什么会在那里，丹尼。在这个问题上，不要三级跳。

他出门后把门锁上，走下了楼梯，把钥匙留在弗洛拉街36号的邮箱里，保持着冷静，非常冷静。突然，两个巨大的蓝色生物，两个巡警，两个新南威尔士州的女警察，从人行道另一边径直朝他走来。丹尼身体一僵，心想，他们看到我了。

他的一条腿开始打颤。他感到自己咬紧了牙齿。维拉伍德拘留中心！

两个女警察从他身边走了过去，他松了口气。他把手从邮箱里缩回来，捋了捋头发。

安全吗？

他可以看到远处那四个灰色的砖塔，旁边就是圣彼得斯车站，但是从这里过去有许多斑马线，五十个符号、圆点、破折号、曲线——柏油马路上用浓油漆画出的白色弧线、曲线、神秘的数字、之字线，宛如一个森林，因为这已经不再是一条道路，而是布满彩绘和文身的猎人之躯。叫作悉尼城。小东西融入了大东西中，自动收费亭融入了先进的交通管理系统中，再融入各种磁卡和感应卡中，而所有这些加起来就是一台随时随地都可以使用的机器。这台机器正在猎捕一个名叫丹南嘉亚·拉贾拉特南的人。

丹尼。

上午 10 点 11 分

玻璃门上的贴纸写着：监控摄像头持续监控本列火车的内部和外部。尽管列车电子显示屏上的橙色字母信息也在重复相同内容，但贴纸上的信息有一点不同。

……持续监控本列火车的内部和外部。

丹尼坐在火车的最后一节车厢里，仔细研究着贴纸和电子显示屏信息之间的差异。

他背上的蓝色罐子、包里的喷枪和泡沫刷，变得越来越重。

他环顾四周。他要耍一耍老计策。

比如，这位正在阅读《悉尼先驱晨报》的女士：她的金发盘成一个发髻；紧绷有力的下巴上可以看到紧张的线条。如果斯里兰卡宪兵或移民局让她坐在锥形灯光中，她会紧咬双唇，一言不发。她会如何接受这种奚落：逆反心理、侮辱、耳光……

如果有一支香烟烫在你的大腿上呢，小姐？

金发女郎翻着报纸。丹尼用双手罩着眼睛。荒谬。你这是在澳大利亚。你在这里已经四年了。开始像他们那样思考。

第五户。她本可以不受折磨的。是的，本来可以的。

第五户，拉达，一个身强力壮的女人：宽大的臀部，浑身是肌肉。他的眼前浮现出了她的形象，穿着一件白衬衫，衬衣垂在黑色的紧身运动裤外。这个女人有力量，又很轻盈；她是个舞者，丹尼看到她在香港那个楼顶上，跳着林迪舞。她反应敏捷。

杀死她不是件容易的事。

如果她死了的话。也许警察在问她丈夫别的事。他是房地产经纪人，对吗？前几天还有一个房地产经纪人因为诈骗被捕了。报纸上登的。

给拉达打电话，丹尼心中暗想。第五户。问问她还好吗？

后面车厢吱吱嘎嘎的响声越来越大，好像火车的尾部随时都会与其他车厢脱离似的。

但如果她有事，警察有她的手机。

在中央车站附近，一位铁路员工背着双手在铁轨上搜寻着什么。他身穿灰色衬衫，满头银发，留着银白色的胡须，简直就是澳大利亚版的泰米尔圣人泰鲁瓦卢瓦。

火车经过了车站的砂岩钟塔：丹尼记得在拜蒂克洛附近有一个伊斯兰教宣礼塔，上面安有一个钟，整个斋月都在银光下闪闪发光。快。盯着它看，丹尼，记下时间。在他小的时候，人们总是这样想，因为那时的他们一无所有，甚至连一块手表都没有。又有了那种感觉：老家。

就在这时，铁轨上那个满头银发的铁路工人抬起头，发现了丹尼的眼睛。

“O-kay。”丹尼大声说。

这就是她说话的方式：她说话的独特之处，从她那澳大利亚人的嘴里说出的唯一陌生的东西，元音O上带着一丝H音，kay则是完全爆破音，一种神经质的抽搐，企图平息烦恼。

“O-kay。”他重复道。

火车里的空气中散发着一股动物脂肪的腐臭味，但其他乘客似乎都没有注意到。丹尼不免担心这是他的清洁工具的气味或者是他的命运。

在他对面的座位上，有人展开了报纸。丹尼看到了他面前的广告：中国龙餐馆，8澳元的菜单，每周七天营业！

空气中的动物脂肪味更浓了。不要做傻事，丹尼警告自己的胃，不要呕吐。要隐形四年，你需要澳大利亚人的口音，我们都知道这一点。

在我刚到悉尼的时候，我说话还带着一些新移民的口音，我在学校里被欺负，但我和那些欺负我的人讲道理，他们成了我的朋友。（《在我的矛盾言辞中成长》，第12页）

丹尼在到达澳大利亚之前，就已经在练习如何成为澳大利亚人。甚至在他还生活在拜蒂克洛的时候。在镜子前。放慢发出V音的速度。说volleyball（排球）一词时咬着下嘴唇。

后来，在格里伯的旭日杂货店里，他一边整理成箱的保质期较长的牛奶和巧克力奶昔，一边寻找掌握澳大利亚特征的密钥。他记得他在迪拜听到的事情，中国的村民要求医生在他们的舌头上切一个凹槽，这样说英语的时候就可以不带口音。如果他们能做到，我也能做到。我想我可以。因为究竟是什么让澳大利亚人成为澳大利亚人呢？说话像澳大利亚人。消除泰米尔人说英语时的不良习惯：起伏的节奏、说单词时所带的 yo 和 ree 音、说句子时使用“非也”来强调或停顿。

他喜欢这种变化。

因为他可以将这些与国内人们争论的方式一一进行比较和对比。吸烟致癌，但某天早上你说：哦，非也，非也，非也，非也！那边的埃斯瓦兰呢？非也，他已经活了九十九岁，每天早晚都抽生烟卷。这是个例外，伙计，澳大利亚人指出。丹尼喜欢。合乎逻辑。有一天，在阿什菲尔德打扫第九户的时候，他弄得浴室里到处是水，可是等他向户主——一个红头发的女销售员——解释说水龙头坏了，并且通过演示证明了这一点，她就冷静了下来。这不是丹尼的错——她甚至觉得她欠他 25 澳元，因为他为此多花了时间。讲究逻辑的人。你的生活属于你，我的生活属于我。

澳大利亚口音。说 receipt（收据）一词时，p 不发音。说 I reckon（我想）时，一定要把每个音发清楚。在句子前面大声加上一个Look（听着），结尾处加上一个ridiculous（荒谬）。高兴的话，可以聊聊橄榄球："加油，鳗鱼队。"不高兴的话，还是可以聊聊橄榄球："那兔子队呢？"

永远不要叫它英式橄榄球。

你当然需要澳大利亚口音，但是要想不引起别人的注意，你还需要澳大利亚人的肠胃。

中国龙餐馆，8澳元的菜单，每周七天营业！

请翻到另一页，丹尼在心中恳求着正在看报纸的人。我不想在这里拉屎。

他把脸从报纸上移开，向身后和左边瞥了一眼，就这样发现有人在监视他。

身穿白衬衫和牛仔裤的女人正在看报，她那金发孩子却在看着丹尼。他把头靠在妈妈的大腿上，就像一只坐在腿上的猫。

在母亲报纸的遮挡之下，他的眼睛开始闪闪发光。伙计，你那头发中的挑染可骗不了我。我知道你是什么人。

令人讨厌的法律事务。丹尼把头侧向一边，回应着孩子的目光。

小执法警察。我再也不回老家了。

那孩子一点点地歪着脑袋，仍然目不转睛地盯着他。

丹尼也同样盯着他。

我在这里待了还不到四年，小警察，不会被你抓住的。

作为非法移民的第一年

甚至都不到六个月，一天早上在伯伍德的购物中心，他们发现了他。

她撑着一把很打眼的绿伞，突然停下来盯着丹尼看；然后，她另一只手拎着的袋子往下一沉，仿佛突然变重了一样。她肯定是泰米尔人。他立刻知道，她立刻知道了他来自斯里兰卡，是泰米尔人。看到她装得满满的购物袋，再看到她在阳光下行走而不是躲避阳光的方式，他知道她一定是合法移民；看到他的一切正好与自己相反，她知道他是非法移民。

丹尼立刻转身就跑。

他向托莫坦白说，来自老家的一个女人看到了他，或者几乎肯定看到了他，这位希腊老人听到后，坐在柜台后面，指着街道喊道："马上给我出去。出去。我是这里的公民。我有护照。我在帕拉马塔公共大厅里宣过誓，而且我有公民证书，他们拿我没办法。丹尼，我可以以每周300澳元的价格把这个房间租给某个大学生。轻而易举的事。但我免费给你住。为什么？你真是一无是处，一无所能。"

丹尼跑上金属楼梯，躺在格里伯旭日杂货店仓库的沙发上，耳朵保持着警觉——“那下面有个非法移民吗？那下面有没有来自斯里兰卡的非法移民？”他知道托莫马上就会出卖他。

我为我的所作所为感到抱歉。他希望自己能对警察、移民局、海关和他父亲这样说。他希望自己能告诉他们更多：从他成为非法移民的那一天起，他就一直在努力扭转局面。想办法纠正自己的决定。

提问：

我是用学生签证来澳大利亚的，但我意识到我的大学是一个骗钱的野鸡大学。他们不会帮我在这里找工作，所以我辍学了。但是，我犯了一个无心之过，离开大学后，我待的时间超过了二十八天。这个论坛里有没有人能够告诉我，现在是否还可以向移民部门申请，给我延期？

最佳回答（3个点赞）：

伙计，你不会看日历吗？作为一名执法人员，我可以非常准确地告诉你接下来会发生什么，因为我逮捕过几十个像你一样的人：我非常清楚，你并不是因为失误而待在这里。是你选择来这里的。没关系。无论你是诚实还是（更有可能）不诚实，在你离开学校却并没有离开澳大利亚的二十八天后，你就成了非法移民。你可能对这个国家已经有足够的了解，相信它对任何形式的非法活动都是零容忍的。这里不是法国。这里不是美国。我们是一个岛国，没有我们的许可你不能上下船。我的建议是：请立即到移民局自首，并接受驱逐出境的判决。因为如果你继续我行我素，如果你继续跑、躲、藏，直到被逮捕（你一定会被逮捕的），那么你将面临更糟糕的结果。要知道，每一位警官、税务人员、移民局或海关官员都有权立即逮捕你并无限期拘留你，除非你能在现场出示文件，证明你有权在澳大利亚逗留。还有一种叫作公民逮捕的选择。我敢打赌你有口音，换句话说就是：嘿，执法官，来看看我有合法身份，我的合法身份就是不待在这里。

提问：

然后呢？

最佳回答（3个点赞）：

然后。孩子。让我来告诉你。然后你会被抓住，是的，接下来就是：和很多陌生人待在一个房间里——可能是伊拉克人，也可能是巴基斯坦人，但基本上，他们都是一群可爱的人。希望你早餐时喜欢阿拉伯语！在我们驱逐你之前，你将因你的非法活动和未纳税情况而面临法庭审判。预计政府的后续账单将超过一万澳元。你将支付自己遣返的所有费用，包括在拘留所每天300澳元左右的费用。嘿，你猜怎么着……孩子，在你登陆这个网站提问时，你的IP地址已经被记录下来。因为执法部门积极监控雅虎！对恋童癖者、骗子、吸毒者和像你这样的非法外国人的回答，他们已经知道你在哪个城镇，哪怕不知道你住在哪个房子里。你明白我在说什么吗？孩子——你懂足够多的英语吗？

提问：

是的。难得理。

最佳回答（3个点赞）：

这他妈是什么意思？

它的意思是：每当格里伯有一扇门打开或砰的一声关上时，丹尼的心就会一紧；他看见一个棕色皮肤的人，手指夹着一支香烟；一名斯里兰卡审讯官，通常驻扎在班达拉奈克国际机场附近。每次门打开或砰的一声关上时，他都想大喊：对不起，先生。我真的很抱歉。但现在说这些有什么意义呢？他现在是这个世界上一个没有权利的人。

上午 10 点 32 分

中央火车站有七个出口，可以把你带到萨里山阴影笼罩的城市后面；或者通过 U 形砂岩拱廊把你带到明亮的中央商务区；或者用自动扶梯把你带到轻轨站；或者，就丹尼此刻正穿行的长隧道而言，把你带到铁路广场公共汽车站。这条长隧道还用马赛克拼出的图案讲述着一个个故事。

他在一家三明治店前停了下来，天花板的一角装有一个电视屏幕；柜台后面的一个女人边擦着盘子，边看着这个背着宇航员背包、拎着塑料袋的男人。

再过一分钟，就会有人告诉他，这里的设施只对顾客开放，不过此刻，他张着嘴，手里紧紧抓着装满清洁工具的袋子，正在看电视屏幕：

……警方请任何一个了解厄斯基维尔一名女性被害案的知情者站出来。这名四十三岁的女子曾是联邦医疗保险局的管理人员，她是在图恩加比的一条小溪附近被人发现的。凶手刺死她之后，将她的尸体裹在一件皮夹克里，并在皮夹克里塞满了石头，然后将她扔进河里，企图让它沉下去。但它浮到水面后被冲上岸，清晨被一位慢跑者发现。警方称她的脖子和头部有很可怕的刀伤。

电视上正在展示死者的一张旧照片，照片中有一个棕色皮肤的女人，笑容灿烂，手臂粗壮有力。身上没有血迹，也没有受伤。他立刻闭上了眼睛。

噗隆姆噗。吧嗒吧嗒吧嗒嘣。我是诚实的丹尼。

有一次，在他小时候，他步行了六公里，去归还一个老亲戚落下的雨伞。“亚伯拉罕·林肯，”有人说，“在同样的年龄也做了同样的事。这个男孩会成为一个伟人。”他成了迪拜一家商业汽车旅馆的经理助理。一天，丹尼在一个客人丢的钱包里发现了一些美钞，而那个客人已经坐出租车去了机场。客人给他发来了一个带PDF附件的邮件，感谢他的诚实守信。在丹尼长大的地方，你别无选择；在拜蒂克洛，就算是罪犯也必须守法。一天晚上，政府宣布宵禁。每家商店必须在八点前关门。两个警察在市场里走来走去，听到卷帘门后面有声音。“开门！”原来是店主和他儿子正在关着的卷帘门后面吃饭。两个警察说道，严格来说，因为我们能从外面听到你们吃东西的声音，所以你们违反了宵禁。走吧。父子俩洗手后就被警察拘留了。那天晚上，父亲被放了出来，喝得烂醉如泥。警察是被人误解的家伙，真的。可爱的人。第二天儿子没有出来。父亲每天都去警察局询问。一周后，人们发现一具赤裸的尸体脸朝下漂在潟湖中，脚踝处有块木头。父亲花了好几个小时来确认。所以，如果宵禁从 8 点开始，你必须从 7 点 45 分就开始遵守。如果法律说是小写的 a，你得说是大写的 A。

百分百诚实的丹尼。

噗隆姆噗。他睁开了眼睛。

电视上还在展示着一张拉达·托马斯的老照片，这就是丹尼以前的雇主，也是第五户的主人。

这么说来，他们并没有暴力闯进她种着红色郁金香的公寓。不是为了毒品或钱。警察去那里只是为了询问她丈夫，也许吧。另一组警察肯定在发现尸体的小溪那边。

死在小溪边。裹在一件夹克里，然后被扔进小溪里。

他想，淹死的尸体完全不是这样的。就像电视上播放的那样。他知道。2004 年印度洋海啸过后的一天，他和一群人站在卡拉迪桥上（正是这座桥把拜蒂克洛与世界连接在了一起），低头望着水面，看着涨水后的潟湖将那些失踪的人一个接一个地送回来，每一具膨胀、乳白色的尸体在被人认出后都伴随着一声哭喊。

拉达·托马斯被冲上岸时应该就像那样。只是她在溺水之前就已经死了。

刺伤。血喷出来的时候是什么感觉？血是什么样的？也许像鲨鱼的鱼肝油。丹尼小时候妈妈喂过他。她告诉他那是鲨鱼的血，可以让他变得强壮。

对肉的渴望让他的胃一阵抽搐：一顿里面有猪肉或鸡蛋的快餐，一个三角形的帕拉塔饼（里面悄悄包裹着深色的肉），一个油炸的萨莫萨三角饺，在斯里兰卡茶馆里，还有斯里兰卡茶馆里玻璃后面放着的所有那些小型油炸食品，供人们饥肠辘辘时食用。但是再也不能吃肉了，永远不能。这就是和一个素食女人在一起的代价。

他把背包的重量挪了挪，环视着四周，看见了一个钟。

等等。他扭头望着电视机。那夹克是什么颜色的？他们提到了吗？

上午10点37分

“都还满意吗，伙计？”三明治柜台后面的一位女士问道。

丹尼朝她笑了笑。

电视这时正在播报着：

蓝山的大火预计将持续整个——

丹尼转身朝火车走去，跑上楼梯，来到他能找到的第一个站台。他站在那里，不知道火车驶往哪里。

一个被压扁的健怡可乐罐被困在微风形成的旋涡中，碰到铁轨后发出高低不等的嘎嘎声。

打电话给普拉卡什医生。给他打电话。看看他是否听说了第五户发生的事。只是问问。

甚至在中央车站的 17 号站台，都能闻到远处蓝山森林燃烧的味道。丹尼站在显示站台边缘的黄线旁，目光从铁轨转向了他身后的人。

一个戴着锡克教头巾的弱视男孩正盯着电子布告栏，好像那是他被告知要吃的东西。三个天主教修女在闲聊，丹尼觉得她们说的可能是法语，也可能是西班牙语——他听到了印地语，还听到站台上很远的地方有人在说泰米尔语：这是悉尼市中心，这样的一群人，温暖，扩张，很像他记得在物理课本中读到的对流驱动的液体分子，将会淹没并隐藏丹尼——完全不像他在澳大利亚见过的其他人群，比如在远离悉尼的某个县城的站台或公交站——冷淡，纯西方面孔，让人望而却步，也让人越来越孤立。丹尼在这里感觉很安全，就在这条黄线上，就在站台的边缘。

可是，当他转过身来望着那个锡克教男孩的时候，丹尼注意到了他的眼睛：那双眼睛是榛子色的。

与普拉卡什医生的眼睛相同的颜色。拉达 · 托马斯的情人。那个近两年来一直被丹尼称作第六户的男人。

丹尼想问那个锡克教男孩，夹克是什么颜色的？凶手包裹她的那件夹克？你知道吗？

在下方铁轨上，金属罐发出的嘎嘎声越来越响，因为下一列火车正在驶近。

上午 10 点 44 分

火车的玻璃门后面有一个印度人，穿着蓝色正装，眼睛望着地板；车门一打开，她就在乘客们刚走下 17 号站台的那一刻，抬起眼睛，把头发往后一甩，直直地盯着丹尼。

拉达·托马斯。

你不是昨晚被杀了吗？你不是被扔进小溪里了吗？你不是今天早晨被冲上岸了吗？你不是被一个慢跑的人发现了吗？我猜，那个人看到你的样子时一定尖叫了一声。

穿蓝色正装的印度女人走了过去，丹尼吞下哽在喉咙里的东西，跟在后面，直到在人群中跟丢了她。

上午 10 点 54 分

中央车站有七个出口，第七个出口在一溜台阶之上，沐浴在阳光中。

再往前便是明亮的查尔默斯，只要走到那里，你就到了城市背后。

这一次，背着银色喷气推进器的男子正试图从中央车站的后门离开。

有些人沿着台阶往上走，有些人乘坐自动扶梯，丹尼却仍然站在黑暗的台阶上，注视着那条粗黑线之外的道路两旁的树木。在悉尼的阳光下，浓密的树叶摇曳着，向他示爱。来吧，传奇清洁工。越过黑线。问问普拉卡什，看他对这起谋杀案了解多少。

但是丹尼必须穿过一条黑线才能接近那些树叶。澳大利亚人谁也看不到这条线，它却跟随着丹尼走遍了整个世界；不过，二十世纪九十年代在斯里兰卡长大的所有人都知道这条黑线，都知道它大声命令着什么，也都知道它在悄无声息地允许什么。

禁忌。

黑线表示：生存。

不要卷入这件事中。

你在这个世界上没有权利。

但在这条粗黑线条的另一边，每一个闪亮的叶尖，每一根被太阳晒黑的叶脉，都在用一个死去的女人的声音说着：

我不能离开悉尼是有原因的，那就是光。你知道我接到了香港最大医院的工作邀请，做行政人员。还有来自迪拜的邀请。那里的一切都是免税的。我本可以去任何地方——香港、马来西亚、新加坡。但我离不开这道光。

看着阳光普照的树林，丹尼这个善于与禁忌谈判的人，提出了这样的建议：他还有一个半小时才能赶到会计家。也就是说，再过一个半小时他就该继续干活了。

我去中心区只待五分钟。然后我再回来。

你在干什么？那条黑线变粗了。

如果他有空闲时间，他应该待在格里伯。待在仓库里。或者待在图书馆，和其他非法移民聊天。而不是待在这里。

那个健怡可乐罐仍然落在 17 号站台的钢轨上，每当有一列火车到来，他都能听到钢铁车厢将可乐罐碾碎的声音。

一个白人男子从丹尼身边擦身而过，匆匆走上台阶，边朝明亮的道路走去，边用眼角打量着他。

丹尼感觉就像肚子上挨了一拳。我看起来一定很可笑。他能感觉到那几缕用洗发水洗过的金色头发压在头皮上，沉甸甸的，很可笑。那就像一个猎人坐在他的头上，而他正带着这个猎人在悉尼到处跑。他的耻辱感在对他说，马上回去，回到格里伯的仓库等着。

可就在这时，所有的树叶在风中泛起涟漪，在南半球的阳光下闪闪发光。

但对你来说，纳尔逊，这城市一定很糟糕，对吧？有些早晨，肯定是这样。到处都是光，像个监狱。我会尽力帮你的，清洁工。我认识政府的人，我会问他们，当然不会提及任何人名。我会问有没有办法让你道个歉，然后让你为自己的所作所为得到原谅。我会问的。

到了最后，那声音震耳欲聋。那个已经死了的女人的声音震耳欲聋。

上午10点57分

他沿着树丛往前走，绿色的树叶隐隐发亮。此时，一列列通勤火车上挤满了本分的郊区人，正缓缓驶进中央车站。

他做到了。他打破了自己的禁忌，离开了车站，跑过了马路。

他立刻想吃一些油炸食品，吃一些含有鸡肉、猪肉或鸡蛋的东西。羊肉。

人如果不能吃肉，那就得有朋友。

丹尼咬紧牙关走了。

他沿着查尔默斯街往前走，看到了一家二十四小时营业的便利店，便朝它走去，因为他能一眼就看出是谁在经营这样一家商店。

丹尼推开店门的时候，门铃发出声响。他环顾四周，寻找着店主。

上午 11 点 01 分

在悉尼，购物的人就像童话故事里的女孩子：各种糖果和色彩在一座魔法城堡里环绕着她，而邪恶的女巫躲在各种政府信息中眯起眼睛斜视着她。

2.5 澳元的糖果和 3.5 澳元的粉色贺卡堆积如山，后面站着一个棕色皮肤的男人，脑袋挡住了“吸烟致命”的牌子。他在看守最值钱的东西：刮刮乐彩票和香烟，这两样东西都装在玻璃保护罩内。

柜台后面的那个男人身材魁梧，留着胡子，可能是孟加拉人，而且，丹尼认为他绝对是合法移民。

从他看你的眼神就能看出来。

那个棕色皮肤的人，在一个白人城市里监视着其他棕色皮肤的人。丹尼研究过各种察言观色的方法：从西郊那些对工作和丰田凯美瑞得意扬扬的印度人和蔼的眼神，到海马克特初来乍到的新学生那如饥似渴的“都还顺利吗？兄弟”（或者，最近那些神秘的牙买加人的“嘿，伙——计”）的眼神，他们会疯狂地跑过马路；再到莫斯曼或城堡山那些医生面对在奥法利亚出生的孩子们明目张胆的“我和你毫无共同之处，伙计”的冷漠眼神（丹尼称他们为“冰箱印度人”，因为他们时刻戴着墨镜，似乎从不出汗，哪怕是在夏天也不出汗）。最糟糕的是，那些从金奈或马来西亚来探亲的家庭，在海滩上咔嚓咔嚓地拍着照片，或者在电话里大声向家里人反复确认，究竟需要从澳大利亚购买什么降胆固醇药物或者袋鼠纪念品。你是一个离家出走的人，不是土生土长的人，棕色皮肤的人告诉丹尼。而丹尼凭着天生的要么锦上添花、要么一无所获的本能，居然在理发店里染了头发。他站在镜子前，模仿着澳大利亚出生的男人的目光：我父亲是韦斯特米德医院的外科医生。我没时间跟你这样的移民打交道。他也纠正了自己的姿势。在悉尼的街道上，巴基斯坦人、印度人、斯里兰卡人仍然看着丹尼，但他们现在用羡慕的目光看着他。

让白人看不见你，这是世上最简单的事，反正他们也不看你。但最难的是让棕色皮肤的人看不见你，因为他们无论如何都会看到你。既然他们一定会看见我，丹尼想，那就让他们看到我的这种样子吧——不是那种目光躲躲闪闪、一副非法移民的害怕样子，而是一个土生土长的悉尼人，一个有着金色光芒的人，一个挺直了腰杆的人，一个身体里每一个细胞都充满傲慢冷漠的人。让他们看到丹尼冷若冰霜。

不过，不是在这里。因为中央车站附近没有人冷若冰霜。

查尔默斯街，德文郡街，火车车身碾压过旧铁轨时的响声仍然在这些街道中回荡。丹尼只看到那不加掩饰的凝视目光，那便是中央车站的凝视目光，那双眼睛在向一个又一个移民传递着令人绝望的事实：悉尼每一个棕色皮肤的人终有一天会不得不跪求他人。

今天便是我求人的日子，丹尼用他的眼睛向那个孟加拉人恳求，因为我今天遇到了麻烦，我合法的兄弟。

合法吗？这个年轻的孟加拉人不仅仅合法——他就是一堵砖墙，上面的每一块砖上都写着：这就是该死的理想移民。

对方也凝视着丹尼，双臂交叉在胸前，体面的形象，勤奋，还有家庭责任感。白人让人进入他们的国度是有所希望的，而这个人则体现了白人希望看到的一切：他不必与人聊天气，不必与人聊板球或足球，不必刻意讨好顾客；私底下，白人反而羡慕他的信仰，羡慕他的目标，羡慕他强大的外国基因。

为了赢得他的好感，丹尼一步一步地走上前，摸着一摞《每日电讯报》最上面的报纸，低下头，弓着腰，满脸堆笑。

意思：我可以不买报纸，只看一眼吗？板球？只看板球报道？

这一切都无需言语。南亚人对南亚人，忽略那些繁文缛节。

孟加拉人板着脸，做出了让步，但又补充道："不要弄脏。"

丹尼继续往前走，经过了更多的贺卡、一些塑料装饰的有用的金属小物件和一个只放玛格南冰淇淋的冰柜，然后伸手拿起了《每日电讯报》。

丹尼一页一页地翻看着。别弄脏了。你这合法的白痴。

报纸上只字未提。那一定是发生在深夜了。他仍然盯着报纸，假装自己就是那持刀凶手，一把将刀刺向空中。你得有足够的力气才能做到。即便那是一把很大的刀子。她很强壮。她会反抗的。

他站在那里，正好听到那位孟加拉国的店长对着电话低声说："真正的马利克是路易兄弟，他是真的……"路易兄弟，丹尼一时被这个名字迷住了，但他随即想到，除非她认识凶手，没有料到自己会被对方捅死，所以她没有反抗。但响指声将他召唤到了现实中：

丹尼抬起头。那个孟加拉人正指着他。时间到了。

丹尼露出一个大大的微笑，叠好报纸，将它放回去。谢谢你，兄弟。

"我有一棵仙人掌。"他说。他从包里把那包着厚塑料的东西拿了出来。

孟加拉国人几乎好奇地看着它。丹尼知道为什么他的眼睛闪闪发光。

丹尼买的不是带枝条的盆景，而是另一种不那么可爱的球形仙人掌。

"给我女朋友的。索尼娅。护士。她是一个护士。今天在圣文森特医院上班。非常好的护士。我想她会喜欢仙人掌的。是的，我想。”

球形仙人掌比枝条仙人掌便宜60澳分，孟加拉人难道不知道吗？看他咧着嘴笑的样子。

“你们有《针织》杂志吗？”丹尼提高了声音，“她喜欢缝纫。澳洲女孩不会缝衣服，但她会，而且缝纫技术高超。”

“在那边。”店长现在已经知道丹尼是哪号人了，“不要免费阅读。”

等丹尼走到摆放着妇女和手工杂志的架子前时，电视新闻播音员已经开始播报体育新闻了。

丹尼翻阅着书架上唯一的一本编织杂志，这时，另一位顾客走进来买了一些东西。

“要收据吗？”孟加拉人问顾客。丹尼笑了：他说收据（receipt）时仍然发了p这个音。

但这个孟加拉人没有什么可隐瞒的：他是一个合法公民，不管他是否念出了p，丹尼在这家商店里停留的时间已经结束了。

路易兄弟，丹尼离开商店的时候想，路易兄弟就是新的酋长，就是多元文化的悉尼的新老板。火车隆隆地行驶在铁轨上，丹尼走出孟加拉人开的商店，心想：我应该找这个人谈谈。路易兄弟，路易兄弟。

他只要一紧张，鼻窦就会疼痛不已。丹尼感到头骨里的空洞仿佛变得有千钧重；鼻子里的偏差很疼；他不禁打了个哆嗦。路易兄弟，路易兄弟……他环顾四周，想在人行道上寻找一个烟蒂。求求你了。哪怕是烟草的气味也能让人变得更加理性。

丹尼漫步在中央车站附近，想找点东西吃，想找点东西抽，或者只是想闻一闻，结果他却看到了一些玻璃碎片。

有扇窗户中央被打了个洞，碎片散落在人行道上。在悉尼，你不会问为什么，因为年轻的白人男人就是这么做的。一拳，粉碎，破坏。

丹尼身不由己地盯着地上的东西。地上的东西是那么熟悉，却又是那么可怕。道尽千言万语。

让他想起了死亡。

……一个突然出现的形象：拉达·托马斯，健康，强壮，悉尼某个游泳池的儿童区，光亮耀眼，红色、蓝色的瓷砖如一条巨大的水蛇盘绕在她的上方，一个女蛇神，一群孩子戴着护目镜，穿着泳衣，欢声尖叫，而这个脖子粗壮、肩膀壮实的女人则朝着他们泼水……

是的，那天晚上医生和拉达给丹尼买了一张 2 澳元的观众票，这样一来，当他们在公共游泳池的儿童区游泳玩耍时，他就可以站着观看，并发表妙趣横生的点评。

那个在绿松石般的水里生龙活虎的女人，那个女人，第五户的房主，拉达·托马斯，已经死了。

被人杀了！

他感到将快乐和恐惧连在一起的那根绳子一紧。丹尼一边试着用脚上的鞋子去拨弄一块被破坏的玻璃，一边暗想，他上一次有这种感觉时是在他违反了澳大利亚学生签证条款后的第二十八天。

然后变成非法移民。直到永远。

玻璃碎片上用油漆写着黑色的字母……看到由袋鼠和鸸鹋构成的澳大利亚盾形纹章那一刻，丹尼猜出了原先写在玻璃上的名字，并开始……

M

用脚上的鞋子把支离破碎的单词拼齐。

生活中的一切，一切美好的事物，都需要时间来显现，就像在黑暗的椰林深处闪闪发亮的芭蕉。慢下来，丹尼。把这个问题想透。

他把第一个字母移到合适的位置，往后退了一步。

E

你知道什么，丹尼？

他们经常吵架。

所以呢？每个人都一样。你和索尼娅不吵架吗？

丹尼想起了自己的叔叔桑卡尔，他走到哪里都带着一个维克斯薄荷醇气雾剂，用鼻孔吸着它……要是我此刻有个薄荷醇气雾剂就好了，他边想边走近下一块碎玻璃。

I

普拉卡什医生是她的情人，没错。拉达的情人。是的，而且是个怪人。他酒量很大，一次能喝二十杯啤酒。可他那个人并不坏，不是国王十字区的贫民，而是私立学校出来的精英。他有一柜子的领带。

丹尼堵住一个鼻孔，用另一个鼻孔吸入空气，这是缓解鼻窦疼痛的老方法。

一列火车轰隆隆地开进了中央车站。随着火车的隆隆声越来越响，明亮的玻璃建筑在四周投射出耀眼的反光，而中央车站巨大的四面钟楼，就像有着四张脸的梵天一样，在热浪中升起，向城市的所有子午线显示着一天中的时间。丹尼惊奇地盯着这些熟悉的东西。

地上的一块玻璃引起了他的注意。他用鞋子移动了它。

C

黑白条纹的领带。旁边挂着一件皮夹克。那是他一直穿着的。

可他穿的是一件红色皮夹克。

报道中没有说死者被人发现的时候身上裹着彩色夹克，对吧？

丹尼现在看到了自己：在国王十字区最高处，就在可口可乐广告牌旁边，俯视着隔离车流的一排加利福尼亚棕榈树。拉达在他身边等待着。那是八月的一个早晨，斯里兰卡和其他正常国家酷热难当。但这里冰冷刺骨，丹尼呼吸时空气都凝结了。拉达靠得太近，她头发上的洗发水香味都吹进了他的鼻孔。在那里，她说。在那里。果不其然：普拉卡什医生穿着一件崭新的皮夹克——不是黑色的，而是红色的——沿着威廉街走了过来，向他们挥手——是的，普拉卡什穿着红色夹克，兴高采烈地笑着，看上去就像一片升到空中的叶子，来告诉每个人，澳大利亚漫长的冬天已经过去了。

你真是疯了，居然会认为是他干的。丹尼一边自言自语，一边走到下一块玻璃片那儿：

A

然后是 R 和 E。

丹尼现在意识到自己在什么地方漏掉了一个 D。无关紧要。他脚上的鞋子熟练而又微妙地拨弄着，把玻璃碎片推到一起，直到每个碎片都像太阳轮缘一样闪闪发光。

ME ICARE

不过，有一点很重要。

他们说，她的尸体是在图恩加比的一条小溪里被发现的。她昨天遇害，而昨天是星期天。

如果她的尸体躺在小溪边，而且是在星期天，那么我想我知道那是哪条小溪。

丹尼感觉自己正站在观众面前，就像基兰·拉奥前一天在悉尼电影节上演讲时所面对的观众一样。是的，先生，说到点子上了。关于死者，我知道一些别人不知道的事。说来也怪，我非法移民的身份给了我这种独特的力量，我用它做了一些好事。通过我自相矛盾的话语，你成长了。

可当他抬起头，看到窗户上医疗保险标志掉下来的地方有个洞时，他感到喉咙后面有什么东西在挠痒。

我只是个清洁工，他现在发现自己正向观众恳求。每周一次，吸尘和打扫卫生间，仅此而已。他希望理性的澳大利亚观众能够理解。我只是喜欢炫耀一下，仅此而已。我非常抱歉。

是的，丹尼用碎玻璃拼出了一个名字，但也许这个名字错了。

ME ICARE

一个白人正注视着他看着地上的碎玻璃。丹尼转身走开，但另一列火车轰隆隆地驶过了中央车站，他在马路中央愣住了。

马路对面那栋建筑的凸透镜把他踩到的斑马线扭曲成了一根弯曲的白垩脊梁，丹尼止住了脚步，摇摇晃晃地止住了脚步。头发上的金色条纹，背上的真空罐，内心的虚伪，还有他的澳大利亚口音。小屁股。大屁股。我认为。噗隆噗。

他穿过马路，笔直地站在曲面玻璃前。宇航员。

正当他看着那形象的时候，他面前那个怪异的宇航员形象变了：变成了堂兄坎南。你还记得坎南堂兄吧？就在丹尼飞往澳大利亚的同一时间，坎南堂兄给一帮蛇头付了钱，蛇头把人从拜蒂克洛送到拉姆斯瓦拉姆，然后从那里绕过非洲，跨越大西洋。坎南在船上坐了十七天，吃着黑面包和煮土豆，望着海中的鲨鱼，收集着雨水，直到加拿大海岸警卫队逮捕了船上的所有人。在监狱里待了八个月。然后——像奇迹一样——获得了合法身份。一个人即使要成为难民，也需要一定程度的自信。

丹尼坐飞机来到澳大利亚，然后申请难民身份，却被告知要他滚蛋。人家不相信他编造的故事，他真的能因此怪罪澳大利亚政府吗？老家那个手指夹着点燃的香烟的审讯官也是这样：人们很容易看穿丹尼，但他们看穿后见到的是错误的东西。他的欺骗，他的微笑，并没有隐藏任何更大的秘密。

有些厚厚的旧墙上会贴着一层又一层的海报。撕掉海报，整个建筑就会倒塌。

诚实的丹尼。有头脑的丹尼。可靠的丹尼。可靠而有头脑的丹尼。

远处传来了火车的鸣笛声。

突然，有人哼起了《碟中谍》的主题曲。丹尼把手伸进口袋，找到了手机。好。他看着手机，觉得它又好又结实。他翻到了电话簿的第十九条，找到 H6，第六户。

他按下了绿色的呼叫键。他等着听铃声。

“太荒谬了，”他说，“太荒谬了。”然后立刻挂断了电话。

他的腿在发抖，宛如见到了警察；但他的嘴唇张着，心里充满了喜悦。

又一列火车进站，整个车站随之而晃动，车站的砂岩墙壁四周，树木闪闪发亮，树叶呈半透明状，酷似绿色的葡萄。丹尼在每一棵颤抖的、亮闪闪的树上都看到了力量之神穆卢干所骑的孔雀的烈火尾巴。随着火车头驶过，孔雀的尾巴颤动着，承诺着：你将再次成为一个完整的人。

穆卢干大神：然后他闭上了眼睛。

佛陀是他们的神，是僧伽罗人的保护神。穆卢干也是泰米尔人在需要时所敬奉的神，他手握长矛，坐在孔雀背上：印度、贾夫纳、拜蒂克洛都有供奉他的寺庙，马来西亚的黑风洞外还有他的一座金像。

丹尼睁开眼睛时，听到自己的手机响了起来，因为号码簿上的第十九个号码——第六户——正在回他的电话。

穆卢干大神，少数人种之神，今天要保护我，就像你这四年来所做的那样。

丹尼接了电话。“普拉卡什医生，”他说，“是你吗？”

作为非法移民的第二年

在坎贝尔镇清除仙人掌的活是查夫达里迪斯透露给他的。托莫·查夫达里迪斯不仅拥有格里伯的旭日杂货店和彼得舍姆的一家当铺，还经营着一个从城市延伸到郊区的名为“别人”的小网络。

坎贝尔镇某户人家的后院有五棵树形仙人掌。消息传到了格里伯的托莫那里。赚大钱。当地一位园丁在看了那五位“来自得克萨斯的绅士”之后，报了一个将它们移走的价格。太高了，房主觉得。“那就另请高明吧。”这位当地人说。就在那时，消息通过“别人”网络传到了托莫那里，他亲自去了坎贝尔镇。这位老人，即使现在患有关节炎，也时刻准备着挣一些外快……可当他站在坎贝尔镇的后院看到那五棵仙人掌时，连他都不吭声了。

丹尼是“别人”的别人。

托莫上午给他放了假，又给了他地址，甚至还付了他一半的火车票钱，但前提是报酬要对半分。丹尼同意了。去坎贝尔镇之前，他在火车站附近的商店买了三支烟，抽了一支，将另外两支包在白手绢里，然后拿了一份免费的当地报纸。

维拉伍德拘留中心再次发生死亡事件

一名在悉尼维拉伍德拘留中心等待被驱逐出境的非法移民在“严防自杀”期间自杀身亡。内政部承认了媒体报道，一名三十三岁的阿富汗男子吞下剃须刀片，于夜间因内出血死亡。非官方报告显示，该中心估计有三千五百名拘留人员，而这是今年第六百九十八起试图自残事件。

那次的火车之旅很漫长。三个年轻人坐在他前面，赤裸的白色双腿间夹着两瓶两升装的可乐。“所以我祖父有一半苏格兰血统，对吗?”中间那位对另外两人说道，“也就是说他们必须给我英国的准入权，然后我就能拿到欧盟的护照……提醒你们，不是因为我想去苏格兰……”

丹尼走出坎贝尔镇车站时，经过了一排炸鱼薯条店，他看见四只肥嘟嘟的澳洲八哥昂首阔步地走来走去。这可不是老家那种矜持的八哥，而是胖乎乎、吵吵闹闹的那种，喜欢走路而不喜欢飞，围着炸薯条打转。因为悉尼没有猛禽。胆小的家伙在这里也能变得胆大妄为。

他找到了那座房子：切割好的草皮卷成一个个圆筒，堆在外面，黑色的泥土包裹着青草，像极了填满肉豆蔻的自制巧克力。

丹尼舔了舔嘴唇。

一名三十多岁的澳大利亚女子开了门，陪他走到后院，让他看她所称的“来自得克萨斯的绅士”。树形仙人掌。五个得州巨人，最高的比另外四个高出将近半米，颜色泛白，呈U形往上长，而且布满了尖刺，根部则牢牢地扎入了卵石铺成的后院深处；丹尼绕着它们走了一圈。

“之前的住户给它们施了化肥，现在看看它们有多危险啊，我们还计划明年要一个孩子呢。”

丹尼猜想，割草的那个人没有同意割掉这些仙人掌。他摸了摸一根刺。

“等我们有了孩子，我们可不想让孩子的眼睛碰到这些东西上。”在她家后院的一间小棚屋里，她给他看了一些工具，包括一个电池驱动的电锯。“把它们连根拔起，因为你也知道，这些东西可以从树桩上再长出来——然后把它们滚到墙角去。你明白我的意思吗？”

丹尼打开白手绢，点燃了第二支香烟。

他当然明白。

节日期间，在斯里兰卡东部的寺庙里，印度教徒会走在熊熊燃烧的煤炭上，因为东部人就是那样的。在卡尔穆奈的穆斯林圣墓，虔诚的穆斯林信徒用金属叉子刺穿自己的舌头；在四月炎热的天气里，一个男人用匕首割破自己的前臂。因为斯里兰卡东部的人就是这样。在整个内战期间，最糟糕的事情都发生在东部，而且都是由东部人针对东部人造成的。

丹尼在仙人掌上掐灭了烟头，那个澳大利亚女人尖叫了一声，然后关上玻璃门，从后面注视着一切。

他用铲子把第一棵仙人掌周围的土弄松。他干了二十分钟，挖掘着仙人掌的根部周围，并且试探性地用铲子敲打每一棵仙人掌。他开始唱歌，并启动了电锯。仙人掌的刺、汁液和果肉飞了出来。“等一下。把这个戴上。”女人从玻璃门后面喊道，手里举着一副护目镜。

他拿着电锯攻击得州绅士，歌也唱得越来越大声。

刺是用来保护玫瑰的。电锯切开仙人掌时，丹尼咧嘴一笑。这里的刺是为了——“你是非法移民吗？”

他关掉机器，摘下护目镜，转过身来，看着站在门口、抱着双臂的白人女子。

“钱这么少，你居然还愿意干这个活。”

丹尼放下锯子，准备逃跑。但她只是回到屋里，关上了门，然后又打开门喊道：“你把得州来的绅士们切割完之后，还要把它们滚到墙边去。”

她让他独自待了三刻钟，当她再次打开门出来时，她看到那五棵死仙人掌的树干已卷起来靠着花园的墙垣。电锯已经收了起来。丹尼正在户外水槽里洗手。她走过去，看到他流出的血已经改变了水槽的颜色。“去医院，这是目前的最佳办法，可能会感染的。真的……”但是她看着他，知道他当然不能去医院。

她家里有抗菌剂，还有柔软的白毛巾。她替他把手臂包扎好。

“我以前是非法移民，”她说，“不是在这里，而是在美国。”

她叫萨姆。而且她也不是出生在澳大利亚。她来自津巴布韦。丹尼知道人们为什么要离开那个国家吗？他应该在谷歌上查一下。他直勾勾地盯着自己裹扎好的双臂，等着她付钱。萨姆不停地说着。七年来她一直试图在美国定居。丹尼去过那里吗？萨姆曾在科罗拉多州、得克萨斯州、拉斯维加斯住过，几乎在美国到处都住过，总是想拿到绿卡。始终没有拿到。她一年又一年地把签证延期，但是有一天没有得到续签。就这样，她在美国非法逗留了十八个月，从一个移民律师找到另一个移民律师。

“你知道我什么时候放弃的吗？”她问丹尼，“就是我和何塞·迭戈交谈的那一天，他是一个清洁工，在我律师的办公室里。他告诉我他是如何成为美国人的。他母亲怀孕六个月，一路步行穿过得克萨斯州的边境——涉水过河——进入美国领土，就为了在美国的土地上生下他。你得有这样的热情才能拿到那该死的绿卡。另一方面，”萨姆补充道，“有些人只是靠运气。”瞧，她有一个堂妹，名叫安娜，是她在英国的一个堂妹，在伦敦出生长大——反正安娜是这么认为的。因为在她十八岁的时候，她父母突然对她说：“顺便问一下，安娜，我们从没提过你出生在夏威夷吗？”这些年来，他们只是忘了告诉她。她一生下来就是美国公民。“她如今生活在美国。俄亥俄州。要想成为美国人，要么是努力带来的奇迹，要么是运气带来的奇迹，而我在这两方面都做不到。”

“澳大利亚不是太糟糕。”她说。丹尼这时解开毛巾，检查着双手的状况。“人类历史管不到这里。这里没有酷刑，土壤里也没有邪恶。在这里做非法移民很难吗？”

“我，”丹尼说，“不是非法移民。”

她进屋给他拿钱。

丹尼感谢萨姆用毛巾给他包扎伤口，谢绝了她提供的啤酒，但是把自己的手机号码留给了她，并且告诉她下次直接给他打电话，不要通过托莫·查夫达里迪斯和他的“别人”网络。丹尼步行到坎贝尔镇车站，扔掉了血迹斑斑的毛巾，等待火车的到来。

上午 11 点

“普拉卡什医生。”丹尼又说了一遍。接着，他不知道还能怎么办，便又加了一句："先生。"

一阵沉默，然后一个他几个月没听到的声音笑了起来。

"纳尔逊。纳尔逊·曼德拉。那是你，对吧？纳尔逊，我们的清洁工。"

"是的，先生。是我。"丹尼叹了口气。现在想纠正错误已经来不及了。

电话另一端的那个人又笑了。

"这么久没有见过这个号码了。这么久了。我们的传奇清洁工。能接到你的电话真是太好了，而且偏偏是在今天。"

对丹尼而言，交流的动力往往就是模仿。他情不自禁地说道：

"偏偏是在今天。"

医生的声音清晰而从容，就像深夜暴风雨过后拜蒂克洛一辆车的前灯一样。我怎么可能是凶手？他平静而沉着地问道。

拍拍手，孩子，新的一天又将开始。

丹尼思索着，澳洲人很讲究逻辑，在这个国家，错误是可以纠正的。他说道："医生，我只是碰巧拨了你的号码。我在找第七户的号码。他是会计。在纽敦的布朗街。我得清扫他的住处。按错号码了。"

"按错号码了。偏偏是在今天。"第六户户主说道。他是普拉卡什医生，曾被丹尼称为尼罗河之王。

丹尼轻咳了一声。

“是有点奇怪，医生先生。”他决定先发制人。

片刻的停顿，然后电话那头的声音笑了起来。

丹尼等待着。

“清洁工先生。清洁工纳尔逊，你今天打电话来真是太好了。你知道为什么吗？再过几小时我就要飞往南非了。赶在今天结束之前。”

“南非？”

“是啊，南非。我告诉过你我多么喜欢那个国家，对吧？甘地年轻时就在那里。你应该还记得。我什么都对你说过。”医生咯咯地笑着说，“猜猜我需要什么？有人来打扫我的房间。波茨角。得有人把那里打扫干净，然后我才能出去，而你是最棒的。你是一个传奇，纳尔逊。过来吧。”

“忙，忙，忙，”丹尼说，“太忙了。必须去纽敦。”

“不是忙得没时间给我打电话，而是忙得没时间过来。你真好笑，我们的丹尼。那是你的另一个名字，是吗？”

对方的声音听起来平静、冷漠、理性，最重要的是，它听起来像澳大利亚人。

“对不起，医生。”丹尼深吸了一口气，“是我拨错号码了——大错特错。我得去纽敦干活了。”他说完就挂了电话。

如释重负。瞧，他做到了。履行了自己的义务：他核实了，只是想看看普拉卡什听起来是否正常，然后发现他正常得不能再正常，也就是说他跟什么事都无关。很好。生活很美好。现在还是去打扫罗德尼会计的公寓吧。吧哒哒嘣嘣。

一个中年男子从他身边走过，牵着一条狗。丹尼叫不出这种狗的名字，它有着来自新西兰的蓝莓冰淇淋般的颜色；拳头般的脖子上系着一个带尖刺的黑颈圈，扁平的肚子下挺着硬邦邦的白色乳头。丹尼想，要是现在能看到一条又胖又熟悉的斯里兰卡狗，就像一条阿尔萨斯犬，那该有多好啊。

他们把阿尔萨斯狗叫作德国牧羊犬。

他的手机又亮了起来。

第六户。

普拉卡什医生迫切地想继续和他通话。

现在一定过了中午了。肯定。

拍拍手，孩子，新的一天又将开始。吸入一点薄荷醇，孩子，新的一天或许又将开始。

他拍着手走进了格里伯车站。

也许是在迪拜的酒店打工的时候。你得不停地向客人推销你的烂旅馆、烂房间。对别人过度承诺的人，也会对自己过度承诺。他说："丹尼将会破了这个谋杀案——丹尼将会成为一个英雄。"结果却是这样。

他给一个今天不该联系的人打了电话。而且是在拉达被害的这一天。

格里伯的烟味比中央车站周围更浓，他又打了个喷嚏，心想：人都到哪里去了，这个世界又到哪里去了？远处传来了建筑工地的刺耳噪声。

就在两天前，这里还是另一副模样：周末集市热闹非凡，他和索尼娅手拉着手走进一排白色帐篷，看到了手工打造的钢制首饰、皮带、彩纸包着的肥皂，还有芳香的油脂蜡烛。帐篷后面有一个摇滚乐队在演奏。索尼娅在找那种膝盖处开了口子的黑色牛仔裤；还有她织毛线用的彩线；她与白色遮阳伞下面的人聊着毛线针织品，谈论着不同的织补和针法，这是丹尼不会与澳大利亚女人联想到一起的一种平凡，他不由自主地笑了。在不为人察觉的地方，其他非法移民知道他在那里，也知道索尼娅要来，因而站在安全的距离外，咧着嘴笑着。

星期六。那是星期六的事。今天，格里伯就像一个郊区鬼城，被一层森林大火的浓烟笼罩着。

他经过了格里伯邮局的白色柱子，经过了空荡荡的公园，经过了让他想起拜蒂克洛老家的铸铁围栏露台，一路跑向了图书馆。

要么躲在旭日杂货店里，要么和你的同类坐在一起，丹尼。这样你才能挺过今天。

大多数工作日的早晨，非法移民都聚集在格里伯图书馆前：这是他们自己的市场，出售或交换损坏的物品，提供有关工作和移民法变化的信息。丹尼有时候会给其他人读基兰·拉奥的书，或者向他们复述拉奥那天早上在电视上说的话：

妈妈每天早上都让我坐火车，从彭里斯镇到城里去诺克斯文法学校，我是那里成绩最优秀的学生。在上学的路上，我每天读一本书。多亏了我妈妈“永不放弃”的态度，我今天成了一名训练有素的精神病学家，也成了第九频道多元文化事务的顾问。

今天没有人坐在格里伯图书馆的前面。尽管丹尼知道他们的名字——姓林的马来西亚华人，还有两个巴基斯坦人易卜拉欣和拉扎克——但他没有办法找到他们。这就是约定。这样一来，如果有一个人被抓了，其他人仍然是安全的。

就在两个月前……也就在这里，就在这图书馆前面，林这位来自马来西亚的华人，遇到了一个欧洲背包客，后者眼泪汪汪地说他在塔姆沃思被一个农民骗了，摘了整整一个月的橙子，那个农民却只给他每箱水果 1 澳元的报酬，所以他累死累活地干了一个月后，离开塔姆沃思时只有 120 澳元。对于这个一生中从来没有被人欺骗过的白人男孩，林感到又是惊讶又是震惊，而且这个家伙居然还有向每一个路过的人说“回见，回头见”的习惯（丹尼觉得他一定是英国人），这一点也让林很高兴。林从他上班的墨西哥餐厅偷偷拿来了两份墨西哥卷饼，没花钱，然后与这名欧洲人一起在格里伯图书馆外吃着。为了让这个可怜的孩子明白这个世界上不只是他一个人遇到过麻烦，林甚至承认他在澳大利亚是非法移民，然后你能相信吗？这个欧洲人在感谢林请他吃了玉米卷之后，在他说了“回见，回头见”之后，回到市政厅的青年旅社，拨打了移民局的电话，是的，千真万确，而当移民处的官员开着面包车来格里伯图书馆抓他时，是谁救了林？是其中一个图书馆馆员，一名女大学生，她让他在她的车里躲了两个小时。两个小时。在那之后，林换了电话号码，连丹尼或其他人都不给……

经过图书馆之后，丹尼沿着右手边的小路向前跑，跑下陡峭的斜坡，很快从主干道上消失，再穿过一幢又一幢没有窗户的房子，来到了一幅色彩艳丽的喷绘克利什那①壁画前。壁画上的克利什那被画成了一个站在冲浪板上的蓝皮肤拉斯塔法里教信徒。这意味着

① 克利什那：亦译“黑天”。印度教主神毗湿奴的第八个化身。13 世纪末到 17 世纪初，印度教中黑天教派兴起，曾用他的形象宣传教义。在文学作品中，他常以反对种姓不平等、主持正义的英雄形象出现。

丹尼快到家了。

他已经能听到2CH1170兆赫正在播放的老歌金曲，然后便看到一条苍白的老胳膊从杂货店开着的窗户伸出来，把一支点燃的香烟的烟灰掸到人行道上，同时给森林大火带来的浓烟添加上香烟带来的污染——一点烟雾和带有余温的烟灰。

香烟的主人说道：

“他们为什么老是找我们的茬？每个人都在给鳗鱼队找茬。你还记得去年，橄榄球联盟裁判组判了乔伊·米切尔一个危险的接触攻击，可那是一个很干净的抢断。完美干净的抢断。他们总是找我们的茬。”

“托莫。”

在悉尼其他地方，夏天或许意味着板球季，但在格里伯角路附近的这家店里不是。古老的白色招牌上写着这家店的店名：旭日。

“米切尔，他就是头上有瘀伤的那个家伙，而且裁判组让他变成了坏人。”

“托莫！”

香烟落到了人行道上，手臂缩回了窗内，丹尼走进商店，经过所有的货架，左转，跑上旧金属楼梯，进入仓库，随手关上了门。

他到家了。

上午11点16分

橱柜里塞满了面巾纸，柜子顶上的两个熊猫玩具迎接着丹尼。墙边堆放着硬纸板箱，一张蓝色的沙发和一张黑色的转椅占据了整个房间。墙上挂着一面开裂的小镜子。

看懂橄榄球

澳大利亚有三种橄榄球（永远不要叫它英式橄榄球）

橄榄球联盟（就叫它橄榄球吧）

大联盟球队

帕拉马塔的鳗鱼队（托莫的球队）

伊拉瓦拉的龙队

南悉尼的兔子队（很烂的球队）

坎特伯雷的斗牛犬队

布里斯班那边也玩这种球

镜子旁边的墙上钉着一张手写的纸，上面有人形图标标签。

橄榄球联合会（就叫它联合会吧）——玩的人都非常有钱。这款球赛有“并列争球”。

一个人形图标高高跳起，抓住了一个椭圆形的物体。

澳大利亚橄榄球联盟（澳洲人制定的比赛规则）——玩的人都在墨尔本那边。球队有科林伍德、菲茨罗伊等。

丹尼取下背包，将它扔到塑料袋上，然后又从中取出仙人掌，放在熊猫玩具旁。

“你为什么在这里？”一个声音问道。丹尼打开门，朝金属楼梯下望去，楼梯只有七级。

托莫·查夫达里迪斯苍白的脸从下面凝视着他。

远处的收银台清晰可见，阳光正照耀在上面。托莫的身后有一个货架，上面放着婴儿配方奶粉罐（F1 货架），另一个货架上则放着空气喷雾剂、纸巾和卫生纸（G1 货架）。给货架编号是丹尼的发明。这也在提醒着他，他必须打开装方便面的纸箱，把里面的方便面放在 E 货架上，就在汤罐头旁边。

“你今天有一份活。两份活。你取消了吗？”

托莫把手放在楼梯上，想靠得更近些。他像抽烟的人一样声音不大，眼睛里充满了想惩罚他人的怒火。

“就算你取消了，也得付我20澳元。我不会忘记的。我永远不会忘记20澳元。丹尼。你相信我，对不？我永远不会忘记。”

丹尼没有回答老板的问题，就把门关上了。

他坐到黑色转椅上，呼吸着带有潮湿纸板、香料和地毯气味的空气。他知道这是他不想失去的东西。

他给这里配备了很好的家具，而且没有花一分钱。因为澳洲人每隔两天就会扔掉一件普通客厅里的家具。橱柜里甚至还有一个小的电热器，托莫允许使用，但即便是在隆冬每晚也只允许他使用40分钟，因为托莫说太费电。不过，冬天还不算太糟，尤其是在他找到了格里伯图书馆丢弃的转椅之后。

呼。丹尼开始转动旋转椅。他在迪拜第一次猜出了这个世界的大小，本能告诉他这位来自斯里兰卡东部的泰米尔人，这位少数民族中的少数民族，他生活在这个世界的最底层。

在格里伯的这个仓库里，丹尼给自己的这个监狱添加了一把转椅。他只要坐在上面，就会变成另外一个人。通常是变成基兰·拉奥。血压在下降。他能感觉到。

接着，他听到下面商店里有人大喊道：“丹尼。你今天挣了多少钱？丹尼。”

“托莫，”他喊道，“走开。”

“就算你取消了，也得把钱给我。”

“我还没有取消。我只是休息一下。”

“休息？”听那老希腊人的口气，就像不认识这个词一样。“休息？”

丹尼把黑色转椅移到橱柜旁，拿起一只熊猫玩具，朝着房门扔过去。滚出去！

他一直在想那张脸。马克。她丈夫。他今天看到的出现在红郁金香旁的那个人。是的，他没有和她上床——也许这才是他生气的原因。嫉妒了。但马克是房地产经纪人，对吧？很有钱。（我也没有说是他干的，丹尼觉得自己有必要告诉他想象中的澳大利亚观众。如果我给人的印象是我在责怪马克先生，那我很抱歉。）还能是谁呢？是那种街头小霸王吗？无差别攻击？但不管是谁干的，也不管出于什么原因，有一点几乎可以肯定。

凶手是一名合法公民。

“心里有事，丹尼？”老人的声音从外面传来，“不要想太多。”

查夫达里迪斯先生作为介绍人，收取丹尼收入三分之一的提成；人生忠告却是免费的。

“告诉你吧，今天店里的火警警报器响了。隔壁的也响了。格里伯到处的警报器都响了。空气中有这么多烟。也许是烟进了你的大脑，让你今天尽在胡思乱想。”杂货店老板在楼下大声说完后，就不再理睬丹尼。

他说得对，丹尼知道。查夫达里迪斯先生这次说得对。他应该在给人打扫卫生。

他的心怦怦直跳，仿佛正在不由自主地向他自己的上帝祈祷。一个油乎乎的萨莫萨三角饺。只要一个。一个鸡蛋萨莫萨三角饺。

“丹尼。今天死了的那个女人。”门外又传来了那个声音，“你不会是因为她才回来的，是吗？”狡猾的老人已经开始猜测了。

“托莫，”丹尼大声说道，“那是我的第五户房主。你不了解她。”

“我知道你的一切。”

“你不了解她，因为我从来没有告诉过你。我过去常常打扫……然后我就不再给她干活了。她死了。他们不知道夹克的颜色。”

“你从来没有告诉过我？你从来没有给钱……”

丹尼能听出查夫达里迪斯先生在纠结这个事实。四年前，他让丹尼住在他的店里，并牢牢控制住了他。可随着时光流逝，他知道自己越来越控制不住丹尼了。

丹尼没有必要说他接下来要做什么，只是让老人知道他们在这家杂货店里已经平起平坐了。

“你还记得我有几天晚上回来很晚吗？我说我在图书馆，其实我是和他们在一起。被害的那个女人，还有那位医生。埃尔科的第五户和波茨角的第六户。我后来两家都不去了。大约六七个月前。”

“你在外面待到很晚，玩得很开心，却从来没有告诉过我，也从来没有给过我钱……”下面传来的声音变得尖厉刺耳、歇斯底里。

丹尼咧嘴一笑。他今天早上有点虐待狂的感觉。

但这笑容并没有持续多久。他今天早上所犯的每一个错误已经变得越来越严重：他的电话响了一遍又一遍。

第六户。

普拉卡什医生又来电话了。

“清洁工。”

丹尼已经接了起来。

“你刚挂了我的电话。”

“对不起。我很抱歉。”

“你今天给我打电话了，记得吗？你给我打了电话。你现在必须过来打扫这地方。这是公平交易，不是吗？”

“我……”丹尼说，“我……我……”然后就挂了电话。

混蛋。

在自己的房间里，丹尼大声说出了这个词：“印度人。”你知道他们是印度人。你知道对于斯里兰卡泰米尔人来说，印度人最可恶，所以你为什么不远离这两个印度人？

警察会问，如果你觉得这两人有问题，为什么之前不打电话给我们？

我是国家酷刑的受害者。

他在转椅上转过身来，转椅的金属接合处吱吱作响。

这就是你花了父亲的钱来澳大利亚，然后不再和他说话的原因吗？

丹尼把脚踩在地板上，不让椅子转动。

他伸手去拿掉在地上的熊猫玩具，把它放回到橱柜顶上。他从两个熊猫玩具中间拿出了用玻璃纸包着的仙人掌，把它放在沙发上。他面向仙人掌坐着。

审讯已经开始了。

从头讲起。警察总是这样说的。他就说："我承认我感到羞耻。我是非法移民。我触犯了法律。"丹尼在黑椅子上再次转过身来。

……

好。你是怎么开始为死者的住处搞卫生的？

当你在这个国家从事一项专业工作时，人们会欣赏你，这是我喜欢澳大利亚的原因之一。他们说，你活儿干得漂亮，我朋友也需要一个清洁工。一定是有人让我去拉达家的。我不记得是谁了……

使劲想。谁派你去的？

丹尼放慢了椅子的转速。对不起。现在想不起来了。

他记得的是：

第一周，她的公寓只是他打扫卫生的地方。地板上有瑜伽垫和运动服，水池里有意大利面。房主拉达·托马斯看着他打扫，但这很正常。他们想看看你第一次打扫时是怎么做的。那里的每面墙上都有一张她和一个白人的照片。她的澳大利亚丈夫。她付给丹尼60澳元现金。没有问题。

丹尼第二次来打扫她家时，她在他干活过程中一直在打电话。他一直在偷听她说些什么。“好——吧，”他压低嗓音，模仿她的说法方式。“好——吧。”透过窗户，他可以看到厄斯基维尔尽头的四座黑色方尖碑，那四座砖砌的塔楼。

突然，两只强壮的脚蹭蹭蹭地走上了楼梯，丹尼还没来得及把吸尘器关掉，门就砰一声打开了，那个男人已经搂住拉达，把她抱离了地面。丹尼放下吸尘器的手柄。女主人被强壮的闯入者抱到空中，躲避着他的亲吻，冲着雇来的帮手喊道：“没事的。我认识这个人。我认识他。你去楼下等着。等着。我会给你打电话的。我们会多付你一些钱。O——kay？我的天啊，普拉卡什，别再碰我了，当着……”

那个抱起第五户房主的印度人转向丹尼说：“出去一会儿，伙计。”

你等他们了吗？

丹尼还能怎么样？

他关上大门，走到街上，在一棵白色的桉树旁等着。那棵桉树高大挺拔，树皮犹如麻风病人，他想摸它的树皮，还想挠一挠树根处的蘑菇。他看着那棵树，不停地模仿那个词。Okay。一个如手雷般震耳欲聋的词：带喉音的 O，带爆破音的 kay。一个女人的呻吟声从楼上传下来，响彻了整个庭院。丹尼抬头望去：拉达在窗台上种了红色的郁金香。

O-kay。O-kay。听到他们的欢声笑语，丹尼又一次在自己身上看到了一个人，一个连明目张胆地表达自己对世界的愤怒都做不到的人，而许多没有天赋的人恰恰能够表达那种愤怒。学校里的一个朋友，不是好学生，也不擅长三级跳远，却在一天晚上加入了泰米尔猛虎组织，乘摩托艇越过潟湖出逃，然后爬上一辆卡车的车厢，一路前往北部的一个训练营，在那里成了一名士兵，在与斯里兰卡政府军的交战中丧生。这是一种荣耀。拿起一把刀，一下又一下地刺向一个种族主义警察的心脏，那也是一种荣耀。登上一艘船，用桨击打鲨鱼，并对加拿大海岸警卫队大喊“我是你们的难民”，那也是一种荣耀。

可是瞧瞧你。

丹尼的眼前出现了一幅壁画——这幅壁画是他在悉尼游荡时

在墙上看到的，上面画着三只死了的动物，纯现实主义的作品，毛发和毛皮的纹理精心绘制，栩栩如生。一头有着弯角的鹿，一只苍鹭，一只兔子。三只动物，三具尸体，用电线捆绑着，吊在厨房的天花板上；它们下方的屠宰台上有一只公羊，嘴上绑着绳子，舌头伸在外面。只画了侧面的苍鹭睁大了一只眼睛，仿佛在说：当世界从我们身边被偷走时，我们甚至都没有尖叫。

他在那儿等了四十六分钟。

丹尼用指关节摩擦着桉树纸一样的树皮，把树皮剥成白色的细条，落到下面压碎的蘑菇里。就在这时，那个女人的呻吟声越来越响，然后就停止了。他抬头朝上望去，几分钟后郁金香开始摇晃，一扇窗户打开了，拉达的脸生动而满足，她召唤他回屋。

他跑了上去。

“你是间谍吗，伙计？”在楼上的公寓单元里，那个印度男子仍然穿着平角裤，双手捂着身体，厉声问道。“我能嗅到间谍的味道，他们总是派一个棕色人去监视一个棕色人。”

他把钱给丹尼的时候，嘴里还在说着间谍的事。60 澳元，外加 20 澳元，丹尼知道自己什么都不能说，可他已经在一个仓库里住了一年半。“你们两个是乡巴佬吗？”他问，那女人听后大笑起来。

“你是来到澳大利亚之后学会这个词的吗，伙计？”

“这是美国词。”丹尼在离开前说道。

他朝火车站走去，刚走到半路上，便听到身后有脚步声，还有一个女人喊道：“你说得对！”拉达向他跑来，“那是美国词。我们在普拉卡什的手机上查过了。回来和我们喝一杯吧。一起吃晚饭。”丹尼犹豫了一下，就跟着她走了回去。

定期打扫卫生的事就这样定了下来。

你还记得是谁派你去她家的吗？

没有，还没有想起来。会想起来的。丹尼再次转动椅子。

他每个星期二都去厄斯基维尔的那个地方。但她还有另外一个住处，在波茨角。第六户。她让他住在那里：普拉卡什医生。丹尼每周三去那个地方。但这两个地方的例行公事其实是一样的。

这意味着什么？

意味着他被告知要在外面等着，等他们做完他们最喜欢的事——趁她丈夫不在家的时候，在公寓里做爱。丹尼忍受着。他能忍受一切，只要他们能按时给他钱。他们不仅及时付钱，还给他小费。

后来肯定出了意外，也许是她丈夫有一天差点把他们抓了一个现行，因为普拉卡什有一天不再来厄斯基维尔了。从那以后，他们只在波茨角他的住处见面。

那是她在波茨角的住处，让他使用了。

在那之后，丹尼来到第五户，把它打扫得干净彻底，拉达便会开车载着他（“我们家其他清洁工只会说，‘我想把这里变个样’，而你却带来了多音节词！我们怎会舍得让你离开我们呢？”），一路驶往国王十字区。那里是悉尼的红灯区，而在它的背后——风格突然一变，典型的悉尼作风——则是由白色古典建筑构成的郊区（“非常小的屁股”，丹尼后来告诉拉达，逗得她大笑不已）。这便是波茨角。她把车停在了一栋名叫丽晶宫的大楼前。第六户。她先走了进去。丹尼应该在外面等着，或者给自己买杯咖啡，或者在国王十字区转悠一下，或者站在可口可乐广告牌旁，看着下面的车流，直到她发短信给他——已完事，伙计——然后他就像三级跳远那样跳着，蹦着，回到他们家，穿过玻璃门，上到普拉卡什医生位于七楼的公寓，把床和床单全都收拾好。

黑色的椅子停止了转动，丹尼从沙发上拿起了手机。

第六户。

手机现在不停地嗡嗡响着，不停地发着光。普拉卡什医生打来的电话，想正儿八经地和丹尼聊聊。

你一直叫他医生。他真的是医生吗？

丹尼向前伸出手，把仙人掌的位置调整了一下，然后坐在椅子上又转了一圈。

她是这样叫他的，警官。这是她开的玩笑。她叫他医生，因为这是拉达·托马斯帮助别人时你必须要付出的代价。普拉卡什领会了这个笑话的精髓。他在国王十字区闲逛时，有时会指着别人说："那家伙膀胱有毛病。我从他走路的样子就能看出来。"或者，他会指着某个慢跑的人说："心律失常。那个人心脏不好。跑不了多久了。"是的，他顺着医生这个玩笑一路玩下去。

玩笑的内容是什么？

他毕业于私立学校，是个高冷的印度人，本该当医生。不是去当矿工。这就是笑话的内容。

在他位于波茨角的公寓里，或者说在属于她却由他住着的公寓里，你确实相信那个男人毕业于私立学校：那里有一整柜的领带，而且全是条纹领带，还有一个他在学校橄榄球赛中赢得的银质盾形奖牌，上面有一句拉丁语的校训。领带和盾形奖牌旁边有一张普拉卡什在国外的照片，从他周围的人判断，应该是在非洲某个地方。

你还记得派你去找拉达·托马斯的人的名字吗？

不记得了。不过，还在想。

你觉得是普拉卡什医生杀了她吗？

不。

丹尼又看了看亮了起来的手机：第六户还在打来电话。

怎么说呢，他们两个人都可以自嘲，也都可以嘲笑对方。这对于维持关系至关重要。你听我说。这就是我和索尼娅相处得特别好的原因。

举个例子：有一天，拉达站在她男人身边说：“我做了我们这一代人都做过的事，我为政府工作过。你和政府机关人员有一腿。你很危险，不是吗?”

“我们家这一代人都成了医生，”普拉卡什鞠了个躬回答说，“我也不例外。”

然后两个人放声大笑。

明白我的意思了吗? 丹尼举起双臂以示强调。他们俩心心相印。他们是在赌。

他们当然谈过一起私奔的事。是的，就像泰米尔语电影里的情侣一样，他们谈论过出逃，离开悉尼，离开澳大利亚。

可是丹尼从来没有想过他们真的会逃跑。他们拥有财产。她拥有财产。在悉尼有两处房产。

丹尼闭上眼睛，又想起了那个地方。波茨角的那个地方。她让普拉卡什医生免费住的那个地方。丹尼在沙发周围吸尘时，看到伊丽莎白湾的公寓楼群和海港大桥的拱桥构成了一个画框，画框中央是一堆破瓷器，那便是悉尼歌剧院——在潮湿的日子里，歌剧院在一片似乎是从拜蒂克洛吹来的薄雾中颤抖。

她让普拉卡什免费住在那里。她那么想要他。他为什么要伤害她?

也许是那个人干的。她丈夫马克，就是他看到窗口郁金香旁边出现的那个红脸家伙。可她为什么要告诉马克那条小溪的事或者带他去那里？那个地方，那潺潺的流水，那些星星，那些只属于她和医生。

或者是一个陌生人，那天晚上在小溪旁碰巧看到她的某个人……

等等。有一次，拉达和普拉卡什在小溪边，两个白人男孩带着他们的黑狗跳进了水里。还有，那条狗叫得可凶了。

丹尼睁开眼睛。外面的金属楼梯在颤抖，这意味着托莫在上面放了一个纸板箱。他用这种方式表明丹尼必须在商店干活，而不是躺在房间里做梦。

他从椅子上站起来，打开柜橱，四处寻找黄页电话簿——他把它放在那里是为了打电话给保洁服务公司，询问他们的收费标准。他翻着厚厚的旧黄页电话簿，找到了他要找的东西：

重要号码

阻止犯罪热线：1-800-333-000

阻止犯罪热线每周七天、每天二十四小时有人值守，允许社区居民匿名举报犯罪或可疑行为或活动。您提供的信息可能是警方破案时所缺少的重要线索。

他把仙人掌当作同谋带在身边。

丹尼打开仓库的门，看到通往楼下的七级梯子被装着拉面的纸板箱堵住了，老人把纸板箱搬到那里一定是要给他一个信息。只要不是为托莫外出给人打扫卫生，那他就应该为托莫的货架上货。

梯子发出一阵不安的金属摩擦的响声。丹尼右手拿着仙人掌往下走，迈着夸张的步子跨过纸板箱。

你能告诉我们更多关于小河里那两个白人男孩的事吗？还有他们的黑狗呢？

丹尼把一根手指贴到嘴唇上，让警察保持安静——就一秒钟。

就在托莫·查夫达里迪斯从柜台那里望着他时，丹尼来了个三级跳：跳过大叫的老人，跳到店外，跳进了格里伯区，一个疯狂的声音则在尖叫着："丹尼！回来把我的20澳元给我！我要杀了你，丹尼，我永远不会忘记20澳元！"

距离著名的克利什那壁画（当地的地标）不远的地方，耸立着郊区的另一件珍品——一家名为加布里埃尔的商店。这家店自己烤面包，提供咖啡，价格比全市平均水平高出百分之二十，每个工作日下午三点关门。玻璃橱窗上写着营业时间表，周六和周日两天的旁边各有一个身穿睡衣的人物形象，正在呼呼大睡。这是那种土生土长的澳大利亚人开的店铺。

丹尼从它门前走过，呼吸着新鲜烘焙的香味。半球仙人掌紧紧抱在怀里。

一家移民经营的 7-11 便利店，幽暗的橱窗后面有人在注视他。

虽然在丹尼回望时，他从窗口后退了一步，但那个棕色人的眼睛却睁大了，就像相机在镜头拉回时扩大光圈一样，为自己想要留下丹尼的影像而感到羞愧，同时又因为这种羞愧，反而比以往任何时候都更加渴望得到那影像。

丹尼模仿着他的动作。他后退了一步，他目不转睛地注视着便利店里棕色皮肤的人那张渐渐后退的脸。

突然间，那张脸化虚为实，出现在你眼前：一个埃及法老的面孔出现在电子赌博机上。尼罗河之王。他有着宽阔的肩膀和帝王般的威严，外加一双善解人意的圆亮眼睛，是戴着王冠的埃及艳后的绝佳配偶，而埃及艳后这位尼罗河女王正在下一台机器里凝视着你。

丹尼的心开始怦怦直跳。它来了，他的心在告诉他。它即将来临。一条狗气喘吁吁地跑到丹尼的鞋子旁边，发现鞋子很无趣，便回到了主人那里。就在这时，如他所料，它来了。他的电话响了，屏幕亮了起来：

第六户。

丹尼意识到 7-11 便利店里的人仍在注视着他，便朝格里伯邮局走去。

他把仙人掌按在胸前，略微举起手，刚好能看到自己写在上面的数字。1-800-333-000。

他接了电话："什么事，医生先生？"

上午 11 点 43 分

"是不是很滑稽，"电话里的声音说道，"你偏偏今天给我打电话，清洁工。"

冷静，从容不迫。这声音里没有负罪感，丹尼心中暗想。一点也没有。

"今天是个特殊的日子。你知道为什么吗？"普拉卡什医生问。

"知道，我当然知道，"丹尼不满地说道，"今天是上师节。"

"哦，你知道啊。"医生说，好像对丹尼的回答感到惊讶。然后他便不再说话。

难道他还没有看电视新闻吗？我应该告诉他吗？他的女朋友，他的秘密女友，躺在图恩加比的小溪边，被人刺死了。

电话那头的人笑了一下，然后吸了口气，好像是要给灼烧的舌头降温。

“上师节的意思就是指上师的节日。你不就是这么说话的吗？”那个声音又笑了起来，然后压低成了耳语：“你要多少钱？”

“你说什么？”丹尼说。

电话里再次传来了耳语声：“多少钱？”

“什么多少钱？”丹尼问，努力挽回着局面。

对方大笑一声。“没错，”电话里的声音说道，“什么多少钱？当然是打扫房间的钱。这地方需要最后一次清扫。过来吧。你正是我要见的人。”

也许这就是他不知道拉达被害的原因。他要走了。他一直在收拾行李。

“你知道吗？你走了之后，他们让我搞卫生，纳尔逊。他们什么都让我做。这地方乱糟糟的。过来吧。”这时，医生的声音低了下来，“丹尼。别担心。”

丹尼问：“别担心？”

电话里的声音说道：“是的，别担心。你的秘密很安全。”

丹尼情不自禁地反驳道：“你是说你的秘密吗？”

“不，”医生的声音越来越大，“是你的秘密。”就像孩子们玩文字游戏一样。

“什么秘密？”

“我不会告诉任何人的，丹尼。你的秘密，是个可怕的秘密。”

“什么秘密？”丹尼无助地问道。

他在威胁我。他刚刚在电话里公开威胁我。但是用什么威胁我？

“是啊，什么秘密。说得对。”医生顿了顿，“你住在一家杂货店里，对吗，丹尼？你藏身的地方，旁边的墙上有幅画。是一张印度教的画。对吧？”停顿。“画上面是象头神迦尼萨吗？”

那个秘密。

丹尼感到贴在脖子上的电话一片冰冷——她告诉了他，把一切都告诉了他。丹尼试图在刚才还坚硬无比的地上找到一个立足点。吸气，呼气。

拉达·托马斯生前一定把她知道的丹尼的所有秘密都告诉了普拉卡什。

“到我波茨角的住处来，把它打扫干净。没问题吧？”

见丹尼保持沉默，医生像个通情达理的人一样改变了自己的建议。“要不，我们可以在诊所见面。你还记得那地方吧？”

丹尼干脆挂了电话。

他一定知道移民局的举报号码。如果他先给他们打电话，把他所知道的关于我的一切告诉他们，我晚上就会被送到维拉伍德拘留中心。

就在格里伯邮局的外面，一个赤膊的白人男子像印度教徒一样匍匐在地，脑袋低垂在地上，双手握着一个写有“帮帮我”的塑料杯，那样子像是在卑躬屈膝地做着瑜伽。

一条新的短信来了。你挂了电话。

丹尼一边飞速转动脑筋，一边发着短信：对不起。我会来的。然后：诊所见。

普拉卡什回了条短信：秘密安全。

丹尼呼了口气。可他如果没有什么事情要隐瞒，为什么要威胁我呢?

也许他对这起凶杀案知道一些事，却不想告诉警察。

去她的。丹尼真想把手机摔了。去他妈的那个女人，那个拉达。她告诉他我是非法移民。

大量的水，他记得。索尼娅说这对治疗鼻窦炎有帮助。一整天都要喝大量的水。

看着那个弯腰的白人，看着他的白色乞讨杯，丹尼心想：我刚刚诅咒了一个死去的女人。为了赎罪，丹尼拿出钱包，把最小的一枚五分硬币扔进了塑料杯里。就像一个被硬币激活的机器一样，瑜伽修行者突然抬起头说：“谢谢。”

然后他的头又垂了下去。

一座巨大的弧形建筑，宛如一个舞台布景，宣告着格里伯区到了尽头，前面就是百老汇。虽然移民已经渗透到了悉尼市的各个角落，但格里伯是悉尼这个光照雨林内的一块空地——枝繁叶茂，格格不入，教堂林立——而当你来到这里，站在百老汇之外，看到几英尺外两个宫殿般的购物中心，宛如一对双胞胎，每一个的顶上都有一个绿色的球形结构，那么你就知道自己即将失去格里伯提供的各种特殊保护。

这些就是悉尼的门户。

中午 12 点 03 分

丹尼吸了口气。

两栋相连的深色砖砌塔楼，上面飘扬着两面旗帜，却都不是澳大利亚国旗。塔楼之间有一个阳台相连，宛如教皇赐福时的平台。

这是丹尼的另一个安全地点：兰斯道恩酒店，就在格里伯的马路对面。

一个女人从酒吧漆黑的门里走出来，放出一股空调的冷气，把塑料桶里的冰块倒进一个写着“给狗吃的点心”字样的铁皮盒里，见到丹尼走近时，立刻嚷嚷了起来。

“你迟到了，伙计。”白人妇女说。她连头都没有抬一下，眼睛仍然望着铁皮盒子，里面钻石般的冰块晶莹发亮。可是，那盒子里没有什么秘密呀。她把丹尼错当成了另一个在酒吧干活的棕色人。

“对不起。”丹尼说。

如果以后有人问她，她永远不会记得丹尼头上的金色挑染，也不会记得这个男人的任何其他特征。

走进酒吧后，他看到台球桌旁的屏幕上闪烁着雄鹿猎人的画面，在这款电子游戏中，玩家用黑色塑料步枪瞄准麋鹿和驯鹿，它们会在模拟的积雪和冰冷的水中逃跑，一旦被射中，就会化身为一个个女孩，给你送上飞吻。玩家随后爬上楼梯：经过一幅色情油画，那里有一个休息室，可以看到马路对面两个一模一样的购物中心的大门，购物中心的顶上还有玻璃球形结构。

楼上的灯没有打开，丹尼寻找公用电话时，却发现自己四周一片黑暗；可他刚迈出第一步，灯就自动亮了起来，在挂着油漆未干标志的厕所隔间前，一部黑色公用电话露了出来。

丹尼用右手掌压平自己的金色头发。这就是他来这里的目的。

拿起电话，拨号，警察，第五户房主与第六户房主有一腿，我就知道这么多，再见，挂了。

然后就跑。

“伙计，你拿的是仙人掌吗？”

当然，酒吧里永远不会只有你一个人，哪怕是在早上。这家伙甚至还穿着西装打着领带，却在周一早上喝酒。

丹尼无奈地看着自己手中花盆里的绿色东西。他原以为会听到一声大笑，但相反，他从这个年轻人红红的脸上看到了一种深深的同情——不管是因为他喝多了酒还是因为他是土生土长的澳大利亚人——一种与这个世界明显不相符的同情。

“你这是仙人掌。”醉汉悻悻地说着就走开了。

丹尼在不断闪烁的灯光中看到抽水马桶前的凹室里有一部黑色电话。凹室里的电灯不给力，裸露的灯泡如鸟儿的心脏跳动一般时明时暗。

丹尼借助这忽明忽暗的灯光看着手掌上用黑色墨水写着的电话号码。

1-800-333-000

他把几枚20分的硬币塞进公用电话，拨了号码。金额不足。

又塞进去一个硬币。

现在，新南威尔士州犯罪热线响了起来。对方接了电话，一个女人的声音：“警察热线。能为您效劳吗？”

“打扰你了。”丹尼说。

“请说。”

“打扰你了。”

“请问你有什么事？这是犯罪热线。你要报案吗？”

“我知道一些事。”他停顿了一下。

“什么事？犯罪的事吗？”

“是犯罪的事。”

“这个号码就是为这类事情设置的。什么犯罪？”她问道。

“今天是……上师节。”他说。

因为还有另一条热线和另一个号码，不是吗？丹尼早就把那个号码牢记在心了。

1-800-009-623。

如何向移民局举报处（边境监控热线）报案

你应该报告什么类型的活动？

我们鼓励社区提供任何你认为有以下情况的人的信息：

签证过期（如不再持有有效签证）

非法工作

违反了签证身份规定——例如：学生签证持有人的工作时间超过签证所允许的时长

申请签证时故意说谎

向移民局提供虚假文件

持学生签证却没有上学

用假结婚或假的亲属关系获得签证

提供移民建议却不是……

“先生？什么样的罪行？你有什么要报告的？”

在忽明忽暗的灯光下，凹室变成了拜蒂克洛的大使馆。

一盏煤油灯发出嘶嘶声，在凹室周围投下阴影：轮廓清晰的影子是人，他可能是他在老家认识的人，较弱的影子来自他们靠在墙上的自行车。

丹尼碰了碰前臂上的隆起。

永远不回去了。

他把听筒放回投币电话上，结束了通话。

他注意到电话上有粉红色和白色的字母，显示这台公用电话的识别号码为02379286X2。他顺着从老旧的公用电话里伸出来的长长的黑色电话线，来到墙上的接线口前。电线宛如装饰艺术风格的装潢，捆绑在一起，从接线口往上延伸。这些电线通往哪里？悉尼城就是一个巨大的监听机。

凹室里的灯自己熄灭了。

他离开了公用电话，也放下了逞英雄的冲动。他跑下楼梯，经过那幅色情画，引起了柜台后面那个女人的注意。她说：“你拿到奶酪了吗？今晚的特价汉堡要用。”

他继续往前走，推开门，站在外面，看到马路对面悉尼的门户——双子宫殿。

两座建筑上的每个绿色球形结构下面都有一只巨大的时钟，方圆几英里内都能看到。

就在丹尼注视那里时，其中一只钟上的分针移动了一下。

南非。

他说他今天要去南非。

那是他一直希望他们俩逃去的地方。

她会说："如果你想走，没问题，我跟你一起走，普拉卡什。但不是去南非。我们去香港吧。我在那里有一个工作机会。或者去印度。你是从印度来的，对吗？"

"那边有血。印度的公路上有血。那边的人开车的方式，我可没那个胆子，"普拉卡什会摇着头说，"我再也不回印度了。必须是南非。你知道那里的税很低。那里的人才是真正在生活。南非不像澳大利亚这样自傲自大。那里上厕所不需要填写三张该死的表格，在城外就可以看到狮子和长颈鹿。那就是文明。那里还有诚实的赌场。真正诚实的赌博机。我们在那里每一个晚上都会赢钱。"

丹尼迈开了脚步。

“嘿。我问你，你有没有把今晚汉堡要用的奶酪拿过来，还是又他妈的忘了？”酒吧里的那个白人女人冲着他喊道。

“抱歉。”他喊道，只是为了让她闭嘴。

如果普拉卡什是无辜的，那他为什么要威胁你，为什么要说他知道你是非法移民？你应该报警。

但即便警察相信你，给医生打电话，他也会立刻猜到是你举报了他，而他为了报复，也会举报你是非法移民。他会给移民局的举报号码打电话，举报那个传奇的非法清洁工，他的姓名，他的长相，他的住址，因为那个死了的女人把一切都告诉了他。

另一方面，如果你知道凶手是谁，你就应该报警。就是这么简单。

（可如果我举报他，那我也是在举报自己。）

丹尼站在酒吧门槛那里，既没有进去也没有出去。

原来丁零当啷地装满了给狗吃的冰块的铁皮碗，现在已经变成了满满的一碗水，水面上形成了小而硬的泡泡。天已经很热了，而酷热的炉门还没有打开。丹尼让仙人掌更近一些贴着胸口。

一群穿白衣的女孩在悉尼大学旁边的草地上打板球。丹尼看着那些年轻的躯体奔跑、转动、尖叫。我都还没有开始在这个城市里生活，你就要我离开了。

中午 12 点 06 分

六号房主发来一条新的短信：在路上了吗？

是的，丹尼回了短信。在路上了。是的。

他目不转睛地盯着对面那两座宫殿，还有那两个绿色的球形结构和两只时钟。

他的鼻窦对时钟起了反应：他感到喉咙里有个隆起膨胀了起来，额头的温度在升高。

有人在冲着他大吼。一个因高温而发疯的白人女孩从车窗探出身子，两只胳膊下各夹着一条裹着澳大利亚国旗的灰色胖哈巴狗。她尖叫着，然后又尖叫了起来。那两条裹着国旗的狗伸出舌头，舔着夏日的热风，一起冲着丹尼狞笑着。

《碟中谍 2》，狗屁。

丹尼叹了口气。

我一开始就不应该为他们搞卫生的，警官，我知道。他们都是人精。我知道。

他胸前抱着仙人掌，沿百老汇大街向前走。

但他们听了我的笑话后都笑了，警官。他们要我去那里。

丹尼一面将吸尘器伸到拉达的沙发下面，一面会漫不经心地说："泰米尔语有句老话，翠鸟爱炫耀，老鹰整天在水上盘旋，但得到鱼的永远是乌鸦。"她很喜欢这句话。"我想清洁工指的是你，普拉卡什。"或者他会在把吸尘器放下时说："我以前在学校学过三级跳远，单足跳，跨步跳，跳跃。瞧。"

有天晚上，他解决了一个困扰了他两年半的问题。一个关于澳大利亚水的问题。"他们每晚都在悉尼港放蓝色颜料吗？"拉达让他解释这个问题。他说："超市里的人会在苹果上喷蜡，让苹果变红。对吧？也许他们对悉尼港也是这么做的。斯里兰卡的海可没有这么蓝。"

"你是在说反话吗，伙计？"拉达又核实了一遍，然后把普拉卡什叫过来，让丹尼重复一遍。

当他们笑完，擦干眼泪后，普拉卡什说："我告诉你，这个家伙该上米德尔顿私立学校。他真是个人才。"

罗达做了个O的嘴型。"你见过他在私立学校的领带吗，丹尼？"

当然见过。丹尼曾经不得不从地板上捡起过那么多条领带。黑白条纹一直延伸到最宽的地方，那里盖有一个金色的印鉴。丹尼被告知，那是悉尼一所非常高贵的私立学校的校徽，证明普拉卡什是精英的一部分，天生就是要干大事的。

"很漂亮的领带。"丹尼承认。当然，他在拜蒂克洛上学时也打过领带。

"普拉卡什对自己的领带很自豪，不是吗？"那个女人说，丹尼却觉得听她那口气像是反话。"他出庭的时候系着领带，是不是？想给法官留下深刻印象。现在他在国王十字区到处戴着它们。"

"监视我？"普拉卡什问那个女人，"你和清洁工一起监视我吗？你个婊子。"

"如此文明。如此高雅。"

"文明？"医生问，"什么是文明？"

"别再生气了，普拉卡什，你对我真刻薄。"

"我问'什么是文明'？一大堆金发女郎给你倒咖啡就是文明，对吗？悉尼现在只剩下了这些。告诉我，拉达，你曾在政府部门工作过。你真的很聪明，不是吗？"

"我不知道。帮助别人，像甘地那样。就是这样。"

"不对。去其他国家，把你的钱给棕色人或黑人，这不是文明。当善人。他们是最坏的一类人。我们认识其中一个，对吧，拉达？"他问道。

拉达·托马斯像闪电一样改变了情绪。过了一会儿，她咧开嘴笑了，开始攻击他："啊，宝贝。宝贝只是嫉妒，因为我们去了德威海滩的一家咖啡馆，所有的帅哥服务员都跟我调情。他们所有人。我现在明白了。医生嫉妒了。”

普拉卡什没有吭声。他搓着手，朝丹尼眨了眨眼睛。

“医生，”那个女人对他不依不饶，“你讨厌我叫你医生吗？医生？医生？”

显然，是的，因为普拉卡什突然把一支银色的钢笔对准她扔了过去。

“你的智商真的低，”普拉卡什说，“真的低。真的。”

他摘下老花镜，扔到那女人面前的桌子上，然后朝她走去。

拉达突然转向丹尼，丹尼以为她需要帮助，却听到她大喊：“滚出我家，你这个愚蠢的清洁工。放下一切，跑出去。现在！”

他们活得像猪一样，丹尼一边关门一边暗想。猪。甚至在他出门之前，他就能听到他们开始亲吻了。

他穿过波茨角，走进国王十字区，一直走到可口可乐广告牌那里，低头看着延绵到市区的那些棕榈树；他知道自己必须给他们大约四十分钟。他转过身，漫无目的地绕了个圈，来到了东悉尼，那里可以看到悉尼港。这地方整个白天都没有什么人。在这些安静的街道上，有食物可以满足他在拜蒂克洛和迪拜时内心深处渴望的某种东西：某种无人监视的孤独。丹尼自言自语。“莎士比亚在世时，没有人见过他，这是事实。一个无可争辩的事实。”透过远景中的棕榈树，他看到了蓝色的海洋，还有附近的白色歌剧院。他加快了自言自语的速度。直到这座城市为了报复而向他展示出自己的奇迹。一声羊叫。他顺着粪便的气味转向左边，在一个木围栏里看到了一只被绑在柱子上的白山羊，肚子胀得像怀孕了一样，一只被困住的独角兽在凝视着他，仿佛它就是西方注定要代表的一切的象征。上面某个地方有人在低声说话。“他真不应该把它留在那里。”“我们应该报警。你闻过它的粪便吗？令人作呕。把整条街都熏臭了。”

四十分钟后，当他回到波茨角的公寓时，门开着，拉达微笑着，衣服已经大致穿好。“来吧，清洁工。我们出去。”丹尼把自己的东西收拾好，将红色电线缠在他的宇航员背包上，带上车后便坐在了汽车后座上，像另一只独角兽，身上脏兮兮的，带着屎的气味，接受了这次兜风之行，而这是他能从澳大利亚得到的最好的结果。普拉卡什开着车，他们出发去探索悉尼。

这对疯狂的情侣在他为他们打扫的八个月里带他去了一个又一个酒吧。体育酒吧。成龙酒吧。板球之角酒吧。巫师巢穴酒吧。活生生的刺激。一条跳动的霓虹巨龙顺着台阶往下指向一个隐藏的巢穴，丹尼跟着普拉卡什和拉达走进一个有空调的赌场时，体会到了詹姆斯·邦德那样的震颤。在这种奢华的凉爽环境中，他的皮肤瑟瑟发抖，他想起了关于西方的描述。这里的每一寸土地都像加拉达里酒店一样！但是，当他转身与他的施主分享这一发现（西方！）

时，丹尼发现那两个人已经在他眼前变成了尼罗河之王和尼罗河女王。

丹尼仿佛揭开了一层面纱，向这个新国家的心脏望去。你看到了什么？

赌博！

他们管这叫老虎机。

他们总是从“尼罗河之王”老虎机玩起——只有在输了之后，他们才会转移到其他发光的老虎机上：阿兹特克人、西部荒野、十二生肖、泰姬陵、孟加拉虎、闪电、墨西哥帽。医生要么插入一张白色磁卡，要么1澳元1澳元地把钱塞进机器，而拉达则看着电子屏幕翻转和闪烁；然后男人和女人交换，她玩，医生则拉下老花镜看着；然后他们再次交换，渐渐地甚至都不再互相交谈，在老虎机前陷入一种恍惚，唯一的解脱是再去买一轮饮料，或者在身穿黑马甲的人，也就是VIP房间的护卫，微笑着护送他们去男厕所或女厕所后，再从那里回到赌室。赌室外面有一个小牌子，上面写着的内容只对丹尼有益：赢得头奖的几率不足百万分之一。

“瞧瞧清洁工的脸。瞧他那张脸。”

“别嘲笑他，普拉卡什。清洁工，不要只在一边看着。去找台机器玩玩吧。这是1澳元，去玩吧。”

“瞧他那样子。我觉得他害怕这些机器。给那个人一点勇气！”

“你！”女人说，“清洁工。喝一杯。我们请客。”

“不用。”

“这太可恶了。”女人说。

“可不是嘛。”普拉卡什表示同意，“你到底是哪种泰米尔人？”他问清洁工，“中国人不苟言笑，独来独往，然后变得愤世嫉俗。这不是印度人赌博的方式。你知道什么是锡克邦葛拉舞吗？这是旁遮普省的一种舞蹈：你在满月的晚上跳它，我告诉你，印度人任何时候赌博，他的头上就会有一轮满月。”

如果真的赢了钱，他们就开始一起尖叫，手握着手，她甚至会坐在普拉卡什身上；他们有一次肯定赢了大钱，于是便开始在机器旁一起跳舞：做着他们称之为林迪舞的动作，而其他人则在一旁观看并鼓掌。

有一天，在他们认识他一段时间后，拉达在酒吧里喊道：“丹尼，我今天给你买一杯喝的。”

她回来时手里拿了一杯健怡可乐，并且说：“男人的饮料！我说的是，”她补充道，“反话，天才清洁工！”

丹尼呷了一口饮料，看着他的雇主。

“清洁工。你知道吗？这个家伙，这个普拉卡什曾经赢过福莱希三连胜，用最初的 7 澳元赌注赚了 15000 澳元。给他说说经过吧，医生。”

“是6374澳元，”男人说道，眼睛一眨不眨地盯着老虎机的屏幕，全然不顾开始用手指拉扯他红夹克的女人，“不是15000。”

她一直用手指拉扯着他的红夹克。“这么敏感。普拉卡什医生。这个名字不是对他再合适不过吗?”她咯咯直笑，“我想你，医生。我在香港的时候，丹尼把房子打扫得干干净净。不是吗?不过这次度假没劲透了。马克整天坐在酒店房间里，病了，希望我伺候他。但我们在他妈的香港，我想玩得开心，所以我去酒店的露台，和所有那些英俊年轻的中国男人跳林迪舞。我跟你说，我就像个摇滚明星。你知道林迪舞吗，清洁工?我知道你要说什么，肯定又是林迪舞就是林迪的舞，对吧?”

“我不明白你为什么要和那个男人去度假。”

“嗯，你又不能带我去度假，不是吗，医生?你把所有的钱都花在了这里，赌博。”

“去你妈的，”普拉卡什说，“那个人——他是个该死的房地产经纪人。他们是害虫。最低等的害虫。卖房子给中国人，你自己说的。朋友，这是给你的另一个精彩的悉尼。还有一个。我参军入伍，而他却在波茨角有房子。”普拉卡什不停地试图把女人的手从他的夹克上拂开。

“别问我。”他那周晚些时候说。他站在镜子前，整理着身上的条纹领带，而丹尼这时已经把波茨角的房子打扫干净，轻声提出了付款的问题。60 澳元？普拉卡什从不给任何人 60 澳元。你知道她会付你钱的，那个女人。她在哪儿呢？出去了吗？我们去找她吧，清洁工。普拉卡什又照了一会儿镜子，把自己收拾利落，带头走了出去，丹尼则背上自己的宇航员背包，跟着他朝国王十字区走去。

人们在人行道上停下来望着他们。医生穿着华丽的红色夹克，戴着私立学校的条纹领带，从波茨角的银行家们身旁经过，一个王子里的王子，再从那里进入国王十字区，经过早晨就喝得醉醺醺的醉汉，经过那些弯下腰、在人行道上寻找烟蒂的吸毒人员，经过那些每天上午都在国王十字区一门心思采摘每一朵雏菊花瓣的金发应召女郎，经过那个时刻将黑凤头鹦鹉宠物架在肩膀上的男子——直到普拉卡什一只脚踩在宛如迪斯科球灯的喷泉上，被大鹳拍打的白色翅膀所包围。他威严地站在这个他免费占有的小王国上，然后进入有空调的拉斯维加斯酒吧，去玩赌博机，在赛狗和赛马身上下注，同时等待拉达在她称为“诊所”的地方与他会合。

就是在那个地方，丹尼从普拉卡什那里得知了拉达的经历。他在那里了解到，不管普拉卡什是不是能给她治病的医生，她肯定是一个病人。

“你永远不了解那个女人，清洁工。你永远不知道她离开这里回家的那一刻在做什么，”他压低了声音，“她有点犯罪倾向，明白吗?”

就在三年前，拉达·托马斯还是布莱克顿医疗保险办公室的经理。是的，她是官僚机构的明星。她坐在布莱克顿一间有空调的大办公室里，负责所有的收据。任何医保办公室的现金只有到了周末才会有人核对；从周一到周五，虽然公共储备金有可能发生变化，但只要经理在周五前把账目摆平，没有人会知道，也没有人会关心。于是，某个周一的晚上，穿着白色制服的她，从保险库里拿了一堆崭新的政府纸币，把一个购物袋塞得满满当当，然后穿过马路来到了布莱克顿的退役军人俱乐部。她那天晚上赌了5000澳元，全部输光了。第二天，她又来了，并且把每一块钱都赢了回来。一个人如果不过年轻人的生活，那么年轻有什么意义？这就是拉达·托马斯思考问题的方式。她已经拥有她的印度父母梦想给她的一切：她结了婚，嫁给了一个房地产经纪人，他以高得离谱的价格把东郊的房子卖给中国人；她在政府机关里有一份很棒的工作，而且是悉尼最好的机关，她在脸书上有超过两千三百个关注；但她终于找到了她需要的东西，她在那一刻穿着全套制服走出医保办公室，穿过马路，走进布莱克顿的退役军人俱乐部，一位身着西装的白人女子在门口用东方式的鞠躬迎接她，然后带她进入到处都是自动老虎机的大厅。老虎机！哦，俱乐部里的那些人知道她是从医保办公室来的，他们看到她拿出来的全是政府新发行的崭新钞票，于是他们笑着说“欢迎”。尽管她赌博输了，但第二天就赢回来了。也不知道她用了什么办法，反正到了星期五，她总能把账目摆平：公共储备金的数目总能对得上。然后就出了事：从某个星期一开始，她连续赌了三天，她的运气用光了，她赌博输掉了澳大利亚政府七万多澳元的钱。周五早上，她没有去上班，而是拿着护照开车去了机场，准备飞往印度，但他们在移民局等着逮捕她。她丈夫马克在最后一刻发现了真相，并且举报了她。他说，这是为她好。法官没有把她送进监狱。她那做房地产的好丈夫马克向法庭承诺他会抚养她。法官让拉达·托马斯接受了为期六个月的治疗和戒赌小组讨论活动，并在康复名单上给她打了勾。

那是她第一次见到他的地方。灰白的头发和深色的脸很配，不是吗？还有那厚框眼镜！戒赌讨论小组里只有他们两个棕色人，他们只是一直互相望着对方，可等到讨论刚刚结束、沾沾自喜的鼓掌声刚刚过去，他俩立刻就在外面勾搭上了，径直走到最近的酒吧，又开始赌博。即使是在澳大利亚的夏天，普拉卡什的脸上也不出汗，那双眼睛能降低周围的温度。她承认自己以前从未有过印度男友。我也一样：以前从来没有过印度女友。

普拉卡什告诉她，他需要找个地方住。真是太巧了。她在波茨角的公寓，能看到他妈的歌剧院的公寓，现在正好空着。严格来说，那是她丈夫的公寓。普拉卡什可以住在那里，这就是对马克举报她的完美报复。当然，她不会和马克离婚，因为那会带来各种各样的问题（钱、食物、住房），所以她回家为他俩做了意大利千层面；但到了晚上，她就给医生发短信约会，要么趁马克不在家时去她那里，要么去波茨角的“他”那里。于是她开始经营两个家：在一个家里当个好妻子，在另一个家里当尼罗河女王。

尼罗河之王用他的礼节、他强壮的男性身材，以及他私立学校的黑白条纹领带（丹尼想象医生在做爱的过程中也一直戴着它们）迷住了她，作为回报，她给他提供食宿。一夜又一夜地跟他去赌博。

普拉卡什和拉达。奥斯卡和露辛达①。

在灼热的阳光下，他们什么都不是，但是一旦到了下面的酒吧里，到了老虎机中间，一轮满月会在他们头顶发亮。因为普拉卡什医生只要一走进悉尼的任何一家酒吧，无疑就会成为其中最耀眼的存在：比白人深两个色度，比黑人浅两个色度，一个有着结实的肩膀和老花眼镜的棕色男人。房间里的一切都在向他演化。

中午 12 点 28 分

我确实告诉过她，丹尼看着洗手间水池上方的镜子，心中想

---

① 同名电影中的男女主人公，均为赌徒。

到，我确实警告过她普拉卡什有可能会干这种事。

他把水泼在脸上，然后再照镜子。

在疯狂的悉尼文明中，瓶装水比咖啡还贵，甚至比啤酒还贵，唯一能免费喝到水的地方，简直难以想象，就是你去排尿的地方。丹尼在皮特街溜进了爱丁堡城堡酒吧，如果酒吧里有人注意到他，他们会认为他是来打扫卫生的。他跑下楼梯，进了男厕所，让水龙头里的水流出来，喝了几口。

他从自来水那里后退了几步，喘口气。他注意到洗手间的地板是由小的方形瓷砖拼成的，这让他想起了另一个城市、另一个国家的厕所地板。又是那种近在咫尺的感觉：老家。仙人掌盆栽放在了镜子前的平台上，他从镜子里看到了映照出的东西：操纵他身后厕所上方水箱的手拉链条。这也使他想起了拜蒂克洛。当水在水槽里流动时，他又充满了活力；可当他关上水龙头，用袖子擦脸的时候，他打了个寒战，因为他看到了英语和泰米尔语交替出现的句子：我确实告诉了她，我警告过她。

他在流水中弄湿手指，继续用英语写完：

刺的存在是为了保户玫瑰。

然后开始纠正错误：

为了保护玫瑰。

他的手机突然响了。

是普拉卡什医生。

“你已经在路上了，是吗，清洁工？”

“是的，先生。”

他听起来多么平静啊！他轻而易举就能让你俯首称臣。

此刻，一双眼睛穿透了黑暗：普拉卡什医生的眼睛。你在一个印度男子的眼睛里看到了那种榛子色，而那种颜色只有在傍晚时分、邦迪这样的海滩郊区、落日的余晖进入他的虹膜时才能看到。

一个错误，丹尼。那双半透明的海滩眼睛说：你今天早上犯了一个大错误。

“我希望你能把我住的地方打扫干净，丹尼。在我去南非之前。”

“好的，先生。”

“你这会儿在做什么？路上怎么会要这么久？”

“正在干活，先生。”

“真的吗？你这会儿在干活吗？”

“是的，先生。”丹尼噘起了嘴唇，“呜，呜，你能听到吗？我在用吸尘器，呜，呜。”

普拉卡什放声大笑，洪亮的声音震耳欲聋。丹尼立刻挂了电话。

在他接电话的整个过程中，他的手指一直放在镜子上，滴着水，弄脏了。丹尼现在将手指按在镜子上，画了一条湿线。潟湖。然后他在两个地方把线条画破。出口。

是别人杀了拉达。如果你去潟湖的任何一个出口，就会发现这些。

就连怀疑普拉卡什医生都是疯狂的念头。因为你了解他。你和他一起去过酒吧。

他用手指梳着头发。可是。

很怪异，不是吗？他居然会在拉达死后第二天早上离开。也许他知道。也许他知道些什么，必须离开。

我应该告诉警察。他们想知道。不是吗？

难道他们不会为丹尼检举凶手、做出正确的事而鼓掌吗？在潮湿的镜子中，在标志着潟湖和它的两个出口的湿线条内，他此刻看到了悉尼市，而且是它在他眼里最美丽的时刻，冬日黎明时分的市中心，道路清扫机在丹尼周围隆隆作响，他抬头看着中央车站有着四个钟面的砂岩钟楼，钟楼高耸在支离破碎的玫瑰色云朵之上：再次向丹尼这位移民承诺，如同加拉达里酒店里开着空调的内部一件令人兴奋的东西就在他面前。它仍然是你的，在等着你去取，丹尼，这个城市，这个国家，这个天堂……

镜子上出现了一个老者，一位名叫马尔科姆·弗雷泽的澳大利亚前总理，他的右肩上方是一颗巨大的南方之星，身后是澳大利亚国旗。我们为我的好朋友丹尼篡改法律吧。过来，丹尼。澳洲人，祝福他吧。

丹尼放声大笑。弗雷泽消失了。他又笑了起来。嘲笑自己。

丹尼老家有一种赞美他人的文化。如果你是个大人物，你就必须是站在舞台上的大人物，被大喇叭、麦克风和谄媚者所包围。必须有一个人站在麦克风前介绍你："台上的政要和台下的政要，外地来的政要和本地的政要，我们聚集在这里，颂扬和宣传我们孩子的成就……"盛大的庆祝。这种文化是拜蒂克洛这种地方的命脉，也是南亚每一个小城市的命脉。你想要被认可、被尊重、被祝贺。周围都是印有你照片的海报，手绘壁画上有一只鸽子在你头顶盘旋。然后点亮青铜油灯，一连三十分钟的各种陈词滥调，其中一两位讲话的人最好是小政客，然后便是给你戴上金盏花和茉莉花花环，给你颁发荣誉牌匾，上面你的名字还常常拼错。雷鸣般的掌声，你现在成了镇上最受欢迎的人。

五分钟后，一切都可能改变。

因为伴随这种祝贺而来的还有它的孪生兄弟——来自阴沟里窃窃私语般的颠覆性真理。任何在舞台上受到赞扬的人，在当天晚些时候，一定会成为嘲笑和玷污的对象。"是啊，他戴着花环坐在那里，像个大人物，可我知道上周六有人看到他在……和……

做……”祝贺与阴沟相互平衡，结果就是拜蒂克洛的任何名人，就像中午从下水道里出来的一头猪，被永久性地分为黑白两半。

瞧瞧镜子里的那张脸。你看到了什么？纳尔逊·曼德拉，有人这样叫过你。

但你听说过这张脸的其他名字。其他的故事。

一半是曼德拉，一半是猪。

他告诉自己，今天你应该待在一个厕所里。进去，把自己锁在里面。对。他就是这么做的。

塑料里面包裹着的那棵小仙人掌，就放在一卷卫生纸上。仙人掌的主人坐在四堵坚固的金属墙里面，一遍又一遍地拍着手。拍，拍，用力拍，让那个蓝色的球、那个讨厌的蜘蛛走开。然后身着蓝色制服的警察就走了。

空气中有次氯酸钠的气味——太浓了；他想，一定是尼泊尔人打扫了这个厕所。这东西他们总是用得太多。

酒吧的卫生很难搞，而酒吧厕所的卫生最难搞。“你他妈的知道我在说什么吗？你他妈的听得懂英语吗？”澳大利亚白人主管吼道。骂人最果断的似乎总是女人。“这是他妈的什么破厕所？让你们进入我们国家，就是让你们清扫这里的。”也许次氯酸钠就是你们报复的方式。

第六户。

普拉卡什医生的短信穿透了卫生间的墙壁。

丹尼笑了一下，然后想再玩一个他小时候玩的把戏，一个他独自打发过无数时光的把戏。

把脸埋在手掌里，孩子。把胳膊肘支在大腿上，就在膝盖上方。什么也别想。很快，你就会在黑暗中变成一个由多个压力点组成的平行四边形：硬邦邦的臀部压在冰冷的马桶座上，两根手肘骨刺入膝盖，一个长指甲在右脸颊上划一道痕。身体的其余部分是……

烟。

丹尼睁开眼睛，把胳膊肘从膝盖上抬起来。他今天在收拾行李。普拉卡什医生说他今天在收拾行李。

偏偏是今天。

丹尼注意到，抽水马桶的上方有一张打印的文字说明：

> 该马桶因人为破坏而无法使用。
>
> 我们知道是什么人！所为。
>
> 管理方在这里有眼线。

那个感叹号写错了地方，他用指甲刮了一下……人为破坏。该死的澳大利亚人……连自己的语言都不会说……

够了。他用鞋子踹开门，走出隔间，回到水池边，往自己在镜子中的影像上泼水，看看头发湿了以后，头发上的亮光如何变得更亮。

他今天收拾东西，真可疑，不是吗？

可疑就是有疑点，不是吗？

又一条信息。医生在等他答复。

第六户。

呜……呜……很快就来。

好的，先生，我马上就来见你。丹尼从镜子那里后退了一步，湿漉漉的镜子映照着他的身影。我来了，别担心。

我一直都知道，他冲着镜子中可以看到的黑压压的悉尼观众说，第六户有些古怪。

她，拉达，第五户的主人，这个被害的女人——他快速地向他们解释道——是百分之百的澳大利亚人。就像你们。毋庸置疑。

可是他——普拉卡什，第六户的主人，她的情人，尼罗河之王，他和我一样。

我这样说的意思是，丹尼解释说，他肯定不是在澳大利亚出生的。他一定是小时候过来的。你们能从口音里听出来，不是吗？一定是在印度出生的，小时候就过来了。但他曾在你们的军队服役，所以他是一个公民。像你们一样。所以他既像你们又像我。

普拉卡什医生在军队里变得强悍起来，是的。

因为悉尼每一个棕色人迟早都会祈求别人——但普拉卡什不用。他从没说过对不起。从来没有。“你去过礁石，是吗，清洁工？”普拉卡什常常这么说，“大堡礁吗？你坐玻璃底的船看过所有的珊瑚，对吧？你看到了什么？那是一条肮脏的黄貂鱼，躲藏在海底，只要船掀起泥土，它就会摆动分叉的尾巴，在玻璃底船的下面逃跑，它是你见过的最可怕的害虫。我永远不想活成那样。我他妈才不要给别人道歉呢。”

你知道他不怕酷刑。不得不钦佩这一点，对吗？一个在悉尼真正强悍的印度人。

似乎是要做出回应，大量潜在的澳大利亚白人观众消失了。镜子里只有一张湿漉漉的黑脸，正冲着他狞笑。

他杀了她。你知道他会的。

丹尼往自己的影像上泼水，看到它笑得更欢了。

丹尼对镜子中的影像回答道，第一点，我们怎么知道死者是在图恩加比的同一条小溪旁被发现的，也就是他们俩晚上常去的那个地方？可以是任何小溪。第二点，更重要的是，还有普拉卡什的性格。

你知道——他看着镜子——我们在说什么。

是两年前吗？那肯定是一个星期二的晚上。是的，丹尼和普拉卡什在酒吧等着拉达出现。丹尼记得那酒吧的装饰：一些死动物。壁炉上方有一个当作战利品的斑马脑袋；丹尼抬头时，看到了一只他认为应该叫捻角羚的动物的头就在他的头顶上。

天花板上的迪斯科球灯不停地闪烁着，将亮光洒向酒吧众多来自外国的战利品。

普拉卡什喝着啤酒，丹尼喝着健怡可乐，酒吧里还有三个男人在喝酒。

这三个人都是白人。

在悉尼，星期六有时候会见到这类人——带着雅利安血统，浑身酒气，一身的刺青，张口闭口都是澳新军团、加里波利、他们种族的财富、其他所有种族的贫穷，弱不禁风却又外强中干地急于碰到白人以外的人种。

这三个白人穿着橙色背心，表明他们是技术工人，有收入；可瞧他们那副喝酒的样子，就像是已经到了周末一样。他们的胳膊上沾着沙子，仿佛是从沙滩直接这样脏不拉几地过来的。

普拉卡什要了一杯啤酒，又给丹尼点了一杯可乐，然后继续说道：

“清洁工，我已经受够这个国家了，我告诉你。它跟以前不一样了。你不知道它以前是什么样子吧？”

普拉卡什讲了一个故事。

从印度来到这里一个月后，九岁的普拉卡什脱下他的旧鞋，给一个补鞋匠看，并且轻轻拍了拍鞋底，却发现那个澳大利亚人上下打量着他，然后问："伙计，你就不能买双新鞋吗？"

"澳大利亚！在这里，旧鞋穿坏了，你就买一双新鞋。神奇，不是吗？那时候，这里没有印度人，你相信吗，清洁工？是的。你知道我爸爸和我，当我们感到孤独的时候，我们会怎么做吗？"

普拉卡什把澳大利亚卖给了一个已经没有其他东西可买的人。丹尼听着。

"我们打开电话簿，手指在电话簿上一路向下滑动，看到了一个名字，库马尔。你给他打电话。来自印度吗？我也是。想见面？事情就是这样。当然，这个国家现在到处都是棕色人。澳大利亚不像以前那么好了，伙计。人满为患。这是个好词。你知道吗，清洁工？你当然知道。你们国家的教育系统很好。不像我们的。我很遗憾。在学校表现不好。没有得到机会。然后一切都太晚了。智商在你十岁的时候就已经成型了。你知道吗？"丹尼不知道。

"没有得到过机会。是的，正如她一直要让全世界都知道的那样，我在私立学校读了几年书。但我们不停地搬家。智商，一直没有成型。我也不喜欢军队。在那之后，我在西澳大利亚州的金伯利做了一名矿工。在矿井下，在你下去的地方，那里没有环境光源。知道这意味着什么吗？你面前的人张开嘴，你却看不见他的牙齿。

危险。在那些日子里，岩崩是很危险的。但是薪水还不错。那都是在外国人接管采矿业之前。现在最高层都是中国人，工资也很低。”

丹尼一直在全神贯注地听着普拉卡什医生的话，放松了自己的第六感。这时，他听到很响的放屁声。

三个白人中的一个惬意地躺在酒吧的三把黑椅子上，放了个屁——三个人都在哈哈大笑，突然，丹尼意识到他们全都朝他的方向瞥了一眼。

有人说了些什么，虽然丹尼听不清楚，但那些长长的、慵懒的澳大利亚元音——被酒精纵容得更加慵懒——告诉他：这里有麻烦了。

酒吧里有电视，那三个人在没有看丹尼的时候一直在看电视，可电视上这会儿没有播放赛马，而是在播放一条关于移民的新闻。你立刻就能明白这条新闻的来龙去脉，因为电视上有字幕。非法移民。西欧附近的某个水域有一艘船。船上挤满了肮脏不堪的人。另一条船上的人穿着干净的蓝色制服，这条船靠了过去。他们正要抓那些非法移民。

普拉卡什还在说着。“那时候，每个该死的澳大利亚人，每年都可以去度假。你没见过这个国家是什么样子，清洁工。我和我妻子去了南非。我们在那里看到了甘地的雕像，她觉得很无聊，但我站在那里想，这是一个印度人的雕像。我是印度人，他是印度人。

他很有教养，不是吗？但是我的妻子，她感到很无聊。不久之后就成了前妻。哈哈。实际上，死了的老婆。”

“拜蒂克洛也有一个甘地的雕像，”丹尼说，“还是个金色的雕像。”

“但这是一个穿着衣服的年轻甘地，你见过吗？”

没有，丹尼没有见过。

“我们从那里飞往他的家乡古吉拉特邦。甘地出生在古吉拉特邦。你去过那里吗？去过印度吗？”

抓住这些混蛋！——酒吧里传来了喊声，普拉卡什停了下来。他和丹尼扭头看着那些白人。

抓住他们，一名正在看电视的澳大利亚男子说道。抓住那些笨蛋。

笨蛋吗？丹尼认出了那个尖叫的男子：瘦弱，浑身湿漉漉的，脖子上还沾满了沙子，一个整天都想在上班时杀死自己老板的家伙。你在斯里兰卡也见过这种人，他会大声攻击泰米尔人。

抓住那些混蛋！这个白人高叫着。抓住那些混蛋！

准备好，丹尼想，准备跑吧。

可是丹尼已经没有必要做任何准备了，因为普拉卡什这时站了起来，走过去，关上了电视。他假装没有看见那三个白人，坐下来继续说着。三个白人惊呆了，就连脖子上沾满沙子的那个一直在尖叫的白人也目瞪口呆。

“我告诉过你，是不是？”普拉卡什继续说道，“我厌倦了这个国家。我告诉你。”

丹尼曾在拜蒂克洛城外的一片绿地上看到一头公象把草卷成一个球，两根獠牙之间的嘴巴将它吞进了肚子；丹尼一直目不转睛地盯着它——这头孤僻、目中无人的动物——他低声给它起了一个神奇的绰号：普拉巴卡兰。不为自己辩护的人。

“真是一群该死的种族主义者。这是他妈的澳大利亚。明白我为什么没当医生了吧？”

后来，普拉卡什坐在“乘坐飞碟”老虎机前，往里面塞着1澳元的硬币，一直玩个不停，差一点赢得了头奖，而丹尼就在他身边，不停地给他端来一杯杯的图希啤酒。

“看，这就是我的理论。今天的每个人，内心都有两种声音。他想对所有人说：我很抱歉。我为自己抱歉而抱歉。这是一个声音。但他身上还有另一种声音。”

普拉卡什抿着啤酒，身子往后一仰，暂时休息片刻，手指滑过黑白相间的头发，呼出了一口气。

“你祖父不是在村子里的丛林边上有块地吗？那个声音对他说：凡是进入丛林的东西都是你的——鹿、老虎、野猪、姑娘，甚至那些跟着来寻找姑娘的母亲。”

普拉卡什微微一笑，仿佛在向丹尼挑战，让他猜出自己有多认真，然后抖动着分叉的手指。

难怪，丹尼心想，一边看着普拉卡什玩下一场游戏，难怪她让这个男人免费住在那里。

对澳大利亚有怨气，对印度有怨气，对白人有怨气，对其他所有人有怨气——真是完美的笑话。

在“乘坐飞碟”老虎机上玩了两个小时后，普拉卡什呻吟道：“我被掏空了，清洁工，掏空了。我觉得这台机器被人操控了，他妈的完全被人操控了。”然后他把脸埋在自己的肩膀上，不怀好意、自我亵渎地笑了一声。

一扇门砰的响了一声。丹尼从镜子前走开。有人顺着楼梯朝爱丁堡城堡酒吧的男厕所跑来。

丹尼低着头，不想让人记住他。他推开门，这时正好有人跑进来。他跑上楼梯，进了酒吧，出了门，跑到强烈的阳光下。

中午 12 点 43 分

几只鸽子从乔治街的一边飞到另一边，它们飞得很低，几乎贴着人的脑袋飞过：丹尼不得不低头躲避。

他又闻到了空气中的烟味，那是蓝山森林大火散发出的烟味。他拿着两本精美的小册子，一本是《终结所有亚洲街头小吃的亚洲街头小吃》，另一本是《10澳元理一次发，不限于学生》，都是一些投机取巧的少年放在那里的。塑料包着的仙人掌顶在他胸前。

薄荷醇。丹尼的脖子只要一动，喉咙里的隆起就会鼓起。我需要薄荷醇。他现在又回到了悉尼的大街上，乔治大街上的阳光有些不近人情，他眯起了眼睛。

马路对面，市政厅将自己遮掩了起来：一幅柔和的水彩画，上面逼真地画着市政厅，在市政厅翻修期间遮住了真正的市政厅。

裹着仙人掌的玻璃纸里面出现了水珠。丹尼心想，就像梦中滴下的汗珠。

他的周围高耸着米黄色的塔楼。悉尼的中央商业区。他估计自己已经不停地走了半个小时。仙人掌摩擦着他身上的T恤（还有T恤里面的背心）。丹尼抬头瞥了一眼一栋布满黑色窗户的白色摩天大楼。

但是，即使他对他们大声喊叫，那些高高的窗户里又有谁会听他说话呢？那些窗户里全是中国人，全是印度人。澳洲人只喜欢带花园的房子。高楼大厦，留给了亚洲人。

丹尼有时候会在乔治街上看到一群印度学生，然后就会跟在他们身后。他们就住在楼上，七八个人挤在三十层的一间公寓里，凉爽，可以看到海景，但是又很潮湿，满屋子的咖喱味，满屋子关于移民法的讨论声。他假装和他们一样担心。有时甚至会在麦当劳或郊区的火车上打断他们，提供免费而准确的建议："对不起，我只是必须说点什么。你们说得不对。如果你们的工作经验来自印度或其他国家，法律规定三年算五分。但是你们如果在澳大利亚工作，一年就可以得到五分。目标是得到六十分，成为永久居民。听着，澳洲人不是不讲理。如果你们认为自己违反了签证规定，属于非法移民，去和他们谈谈。还有一点。不要盯着这里的人看，这很不礼貌。"

从这个问题开始，从移民问题开始，这些棕色皮肤的人的讨论话题又会转向下一个大问题：为什么澳大利亚的一切都这么贵？

"因为，"丹尼这位资深移民回答说，"这里的人很富有。澳大利亚人太富有了。"

但这只是带来了一个更大的谜团：他们为什么富有？

"因为，"丹尼调皮地说，"他们很聪明。"

移民的普遍反应：你一定是在开玩笑。

"好吧，好吧，你说得对。澳大利亚人不是很聪明。他们工作不努力。他们太爱喝酒。那么你来告诉我。他们为什么这么富有？"

"一百年前，他们驾着巨大的木船航行，偷走了我们所有的钱。”

“那是英国人。不是这些家伙。瞧他们的样子，像那种可以用武力夺走别人东西的人吗？”

“他们的沙漠里有黄金。还有羊。”

“其他国家也有羊。其他国家也有黄金。但他们仍然很穷。不。不是因为金子，也不是因为羊，而是因为白人掌握了法律，而我们没有。”

这个神奇的东西，这个坚不可摧的东西，澳大利亚金光灿烂的动物：他们的法律。

他会向他们解释。“印度人擅长数学，对吧？那么告诉我，一个圆能不能大于或者小于三百六十度？”

瞧，丹尼有天傍晚终于在一家酒吧的优惠时段得到了答案。一个青年，也许是印度人，也许是巴基斯坦人，靠在吧台上，指着机器，恳求澳大利亚酒保说：“发发善心吧。现在就开始优惠时段吧，都已经是下午3点56分了。”结果那个澳大利亚女人解释说：“优惠时段——看到了吗？——已经编程在了自动柜员机的芯片里。下午4点前一秒都开不了。你能改变机器的心脏吗？”后来，当丹尼躺在仓库的沙发上看着这些熊猫玩具时，他的脑海里浮现出了另一个更好的画面。一个圆只能有三百六十度。法律是一个神奇的圆圈，在它的保护圈内，澳大利亚人可以像孩子一样冲浪、游泳、睡觉。丹尼见过一些圆加起来不到三百六十度的国家。在迪拜，法律允许雇主在你的工资中动手脚。在斯里兰卡，法律就是把点燃的香烟按在你的前臂上。这里的法律，就像派尔蒙特那些高耸的悬崖一样高大坚硬，却更加公平，更加公平得多。在格里伯图书馆的法律援助书籍区，周围到处都是各种读本和小册子，丹尼在那里钻研、理解并最终开始钦佩它。公平吗？是的，它似乎是公平的：《澳大利亚联邦法典》中的每一条都很清晰，合乎逻辑，逐条针对各种情况。他发现，对于那些刚到这个国家、在法庭上不会说英语的人，法庭给予了特别的考虑。越南语、阿拉伯语、孟加拉语和泰米尔语的翻译将帮助他们回答法官提出的问题。公益律师会免费为澳大利亚原住民以及那些无力承担费用的人辩护。公平吗？也许这不仅仅是公平。除非，丹尼一面翻动着一本关于移民法的书籍一面心想，除非所有这些只是一个童话，否则它甚至可以算得上这个世界任何地方最好的法律，可就在他合上这本散发着怡人芳香的读本并将它放回到书架上那一刻，这个法律会立即开始追捕他——因为那是它的本质。盲目而又公平。

我犯了个错误，它在追捕我。它会一直追捕我。

丹尼至少知道一点：如果我把所知道的关于普拉卡什医生的一切告诉法律，那么我也将所知道的关于我自己的一切告诉了法律。

中午 12 点 47 分

乔治街，人们抬头仰望天空。一架飞机正在用白色泡沫书写着世界上最古老的信息：求婚。第一个字母已经模糊了，人们都在猜这个幸运女人的名字。

愿意嫁给我吗？艾特……

“是艾塔吗？”一个观望的人大声说道。

“是艾蒂吗？”另一个人说道，“快写呀，伙计！”

丹尼也有同感。他们迫切希望在信息的前半部分消失之前把名字拼出来。此刻的他觉得这是世界上最重要的事情——破解这个女人的名字，用字母在天上写出的名字。

他把谋杀案的事全忘了。还有图恩加比的尸体。

当他垂下眼睛时，一根黑色灯柱顶上有什么东西正盯着他：它的脸僵硬而充满期待，柔软的灰色羽毛在轻风中微微颤抖。

它从悉尼的蓝天降落下来，仿佛是为了响应一个人的求助而突然出现。

一只海鸥。

你怎么知道是同一条小溪，小子？它似乎在问。图恩加比的同一条小溪？那里有很多小水沟。

丹尼耸耸肩。我不确定是不是同一条小溪，警官。

这只海鸥现在张着嘴，似乎很高兴。那就回家去吧。别打电话给警察热线，也别胡说八道。不要指控别人。

可这是紧急情况。

哈哈。这只海鸥在悉尼上空飞得太过频繁。每个人每天都会遇到危机。喂我一片薯片，喂我一根薯条，它叫喊着，今天我的事才是悉尼唯一真正紧急的事。

它飞到空中，展开毫无禁忌、强有力的双翼，在丹尼的目光中划过城市，飞向派尔蒙特和赌场，好像它打算把这一天剩下的时间都用来在那里赌博。

但有一点我确实知道，丹尼心想，一边继续沿着乔治街往前走——就在一年前，在前一个上师节那天，我们三个人去了一条小溪。在图恩加比。

那真是糟糕的一天。属于那种即便知道了再多规矩也不够用的日子。“我的天啊，我的天啊。”拉达开口说道。她带着装满食品的购物袋来到波茨角公寓附近时，发现清洁工等在门外。

仿佛她已经猜到发生了什么坏事。

“我只是向他要了60澳元。还是在搞完卫生之后。”

“O-kay，o-kay，我知道了。不要向我抱怨。”

她打开大楼的门，先走了进去，而丹尼跟在她身后，保持着安全距离。

门打开时，他们看到普拉卡什坐在那里，周围全是啤酒罐，还有打开的比萨盒。

他的黑色老花镜搁在一份报纸上，报纸翻到了赛马和赛狗新闻版。

“你又把啤酒洒在地上了？你为什么就不能打扫一下呢？这他妈是我家，别把啤酒洒得到处都是。你为什么不找份该死的工作？免得整天就知道喝酒。丹尼，你能帮我把地板上那个地方弄干净吗？我们会多给你一点钱的。”

普拉卡什一声不吭，只是用手指捋了捋他那灰白色的头发。

丹尼开始清洁。突然，他意识到普拉卡什用什么东西瞄准了他。

他及时低下头；啤酒罐没有击中丹尼，反而落到了墙上，拉达尖叫起来；也许她认为这是一个玩笑，但当下一个罐头直接朝她脑袋飞来时，她转身和丹尼一起跑到了外面。他们砰一声关上身后的门，空啤酒罐不断地从里面砸到门上。

“今天是上师节。那些该死的印度人在帕拉马塔举行了盛大的庆祝活动，但这次没有邀请他。他们不想和一个落魄的人有任何关系。他们只想要大轿车和华而不实的文化。我打赌斯里兰卡人也一样，对吧？我知道巴基斯坦人是这样。”

她打开门，又一个啤酒罐飞过来砸在墙上。

她在门外喊道：“冷静点，宝贝。晚饭后我们去小溪，宝贝。那个地方能让你平静下来，不是吗？”

丹尼仍然站在门口，他明白他必须和他们一起去才能拿到报酬。为什么不呢？反正晚餐有人付钱。最后，如果他对这对男女没有了解错的话，那么这个女人出于内疚，会给他远远超过60澳元的报酬。门里面传出了医生的呻吟声：“我今天输了270澳元。那机器被人操控了。每台机器都被操控了。”

“哦，你这个可怜的家伙，”女人站在门外，把一边的脸靠在木门上，“你这个可怜的家伙，可怜的家伙。”

“我们很幸运，邻居们没有报警。”

他们默默地开了一会儿车。

丹尼看着普拉卡什的后脑勺。他遇到麻烦的时候，他的家人为什么不帮他？他们为什么让他当矿工？一个私立学校的人不得不取下领带，在泥浆里挖铁？但这是澳大利亚。没有高低之分，没有社会等级。比如：在澳大利亚，标志上写着“男厕所”“女厕所”。丹尼仍然对此感到震惊。厕所既不是男的也不是女的。厕所没有性器官，对吧？应该是男人们的或女人们的厕所。澳大利亚人不懂他们自己的语言。等到全身都是文身，等到那些说着“不准越过此”的黑色界限不再存在，那么这就是后果。没有禁忌的土地，没有社会等级的土地。

那是他第一次想到：我应该离开这两个人。如果我留下来，会有不好的事情发生。

女人恶狠狠地转过身来面对丹尼。

“说点什么。让我们开怀大笑。所以我们才带你来，才给你免费的吃的和喝的。”

他们到达小溪时，手牵着手，她朝着潺潺的流水声走下去，丹尼跟在后面。

“丹尼，”她笑着回头看了看，“你知道吗？我和普拉卡什每周日都会来这条小溪。”

两个人又变成了一对卿卿我我的情侣。

尼罗河之王把一根手指放在嘴唇上。“我们周围有只袋鼠。”他低声说，“我能听见。”

“你疯了。普拉卡什，这里没有袋鼠。”

“我能听见。我了解袋鼠。我和袋鼠一起奔跑过。”

“你他妈什么时候跟袋鼠一起奔跑过？这又是你的什么经历吗？”

“嘿，安静。你没见过我所看到的这个国家：那是在金伯利，在挖矿的日子里。晚上露天睡觉，要么待在大篷车里，要么待在帐篷里，你会听到它们的啃咬声。它们他妈的一整夜都在啃骨头，那些袋鼠。”

“为什么？”

“为了盐。为了矿物质。它们不停地咀嚼，过不了一会儿，你恨不得开枪把它们打死。”

“你知道我为什么喜欢这个人了吗，丹尼？”拉达说话的声音也大了起来，“他什么地方都去过。他本该是个人物的。”

“我不知道那只袋鼠藏在哪儿。”普拉卡什说，他转过身，看着丹尼，“清洁工，我讨厌那些道歉的人。你知道的，对吧？”

“没错。”丹尼说。他明白这算是某种道歉。

“车里有啤酒，想喝吗？”

“别再喝酒了，普拉卡什，别把这孩子教坏了。”

丹尼试着只听身后潺潺的流水声。他望着夜空，看到了澳大利亚夜晚另一片巨大的白云，像潟湖一样又大又明亮。

“有人去过兰德威克吗？”他突然问道。

两个澳大利亚人都笑了起来。

“兰德威克？我们他妈的怎么会去兰德威克？”

“《碟中谍 2》里面就有。”

“什么碟？哦，亲爱的普拉卡什，”拉达又笑了起来，“我们真的应该收养这个清洁工做我们的孩子，不是吗？”

“他不是我的孩子。”

“我们带他私奔吧，去香港，要么去印度。你说呢?”

“他不是我的孩子。”普拉卡什在草地上挪动了一下庞大的身躯。

“不对，他是。我们高智商的清洁工。他是我们第三世界的小宝贝。这就是我们漂流穿过悉尼的棕色小诺亚方舟。嗨，普拉卡什，丹尼经历过苦难，你知道吗?他就像纳尔逊·曼德拉。你没在听，是吗?嘿。丹尼。你为什么不说话?讲个笑话吧。说点什么吧。”

“就连孔雀也得时不时地挠挠耳朵。”丹尼说道，逗得他们哈哈大笑。

“这他妈的是什么意思?”

“它的意思是：即便是一个聪明人也必须偶尔保持安静。”

“这句话其实含义深刻。就算是孔雀……后面是什么来着?顺便说一句，我一直想问你，丹尼。你有女朋友吗?哦，真令人吃惊。令人震惊。普拉卡什！你听到了吗?我们可怜的纳尔逊·曼德拉。我们得给他找个妞。丹尼。你听我说，我知道你该怎么做，你应该去一个叫‘素食者之约’的网站。悉尼所有最漂亮的女人都是素食主义者。”

“我不是。”丹尼抗议道。

“谁他妈在乎？澳大利亚人认为所有印度人都是素食主义者。有一天，我和马克去曼利参加一个沙滩派对，这些人出现了，个个仪表堂堂，却都是素食主义者，我在那里跳了林迪舞，你知道的。那些吃素的年轻人看着我说：‘你这个该死的摇滚明星。’普拉卡什，我们要让清洁工和吃素的人上床。”

“我的人生还有更重要的事情要做。”

“比如？”女人等着他说下去，“做手术？”

丹尼意识到自己说错了话，笑了起来。普拉卡什转过身，开始抱怨。

但是拉达来了兴趣，拉达现在停不下来。

“我一直跟你说，清洁工，这个人本该是个人物。我们这些在医保局上班的人，我们知道一些事情。韦斯特米德医院。我告诉你，那里的一些医生没有资格给人做手术。他们是杀人凶手。每个手术都出现并发症。我知道这是千真万确的事，这个女孩做了胃癌手术，你猜怎么着？她在手术过程中得了肺炎，死了。那个白人外科医生还在那儿，还在那家医院。想象一下吧，如果出事故的是一个印度人呢？会上报纸的。所以你永远当不了医生，普拉卡什。一切都在最顶层被操控了。”她停顿了一下，笑了。

“再加上你没有上过大学。与那些打着领带、去米德尔顿私立学校读书的印度男孩完全不同。”

丹尼紧张地想，他肯定会有所反应；相反，普拉卡什笑了。“至少我不是罪犯。我没有因为偷钱被抓。哈！”他在夜色中尖叫道。

她的声音变了。“这么刻薄。你对我太刻薄了。”丹尼以为她在哭泣。“每个人都对我很刻薄。男人总是很刻薄。我的肩膀很壮实，不是吗？男人不喜欢肩膀壮实的女人。我讨厌我的肩膀。”

“那是斜方肌，亲爱的，不是肩膀。”普拉卡什抱了她一会儿说。

拉达不停地抽泣。

“今晚的月亮在哪儿？”过了一会儿，普拉卡什问道，“明天是上师节。天上应该有个大月亮。明天对赌马的人来说是个好日子，我告诉你，明天我每一匹马都要赢。”

几块活的黑色蛋白爬过丹尼的前臂，那是蟑螂。他静静地躺着，望着星星，心里想：星星，我快要在这里扎根了。这就是我在这里的目的。快要在这里扎根了。

“我应该告诉马克我不回家了，要不要？我就说我和姑娘们在酒吧。”

拉达站了起来。

就在丹尼躺着看星星的时候，什么东西又把女人拖到了草地上。有什么东西打了她。不重，只是轻轻一拍，证明这是一拍所需的最小力度。“别说他的名字。我已经告诉过你。”

“如果我愿意，我会说出他的名字，别再当什么法西斯分子。”

“别说他的名字。”

“他是我丈夫。我要说出他的名字，如果我……”

拉达顿时安静了下来。那一拍已经明确了一点：这并不是一场平等的争论。

丹尼一阵紧张。一根手指碰了碰他的后背。他接下来会打我吗?

但一个声音小声对他说道：“伙计，她不是什么摇滚明星。你知道我说什么吗？她已经四十岁了。她不是摇滚明星。瞧瞧这个，清洁工。”

他给丹尼看了他一直藏在袖子里的东西。黑漆漆的东西，上面沾满了肉油和肉汁，但它锯齿状的边缘在月光下依然闪闪发光。“那才是用滚动的石头做的星星。不是吗?”

“把它收起来。”丹尼小声说，但普拉卡什还没有来得及动手，那女人就尖叫了起来，“你把那该死的刀带到这儿来了？我告诉过你不要把它带在身边。它很恶心。丹尼。把刀从他手中拿走。我们付钱给你是要你做什么的?”

他刚准备回答，他们就发现小溪边并不只有他们。有东西在水里溅起了水花。三个人都站起来看着。

这是一条黑狗，它在颤抖，无法确定陆地和水的界限。小溪中，两个白人男孩光着上身，情绪高涨，一面哈哈大笑，一面模仿着黑狗的号叫，抬头对向天空，发出长长的狗叫声——在石头间蹒跚的黑狗对此感到又是困惑又是愤怒，也不甘示弱地号叫着表示抗议。

那正好是一年前的事。去年的上师节。很好。你去了图恩加比的小溪。那天他带了一把刀。他们昨天发现了拉达·托马斯的尸体，裹在一件夹克中，里面还压着石头，可你怎么知道是同一条小溪呢？

你怎么能这样确定一件事呢？你现在不是仍然步行去诊所见普拉卡什吗？

中午 12 点 45 分

阳光照亮了一座砖结构旧仓库的正面，上面有一块白色的钢印招牌，显得如同悉尼的文明生活一样古老：雷克斯·辛普森男装。这些字母的旁边还有一个戴着帽子的绅士幽灵般的剪影。丹尼希望他能有一顶那样的帽子。那可以掩盖他那愚蠢的金发。就在一小时前，他还为那金发感到自豪呢！

他低头看了看手机。

我现在饿了，清洁工

短信接二连三地传来，就像有一根链条拖着他前往普拉卡什医生的诊所：在我飞往南非之前，必须有人把这地方打扫干净！

丹尼可以看到他，从卷曲的银灰色头发上拉下老花镜，榛子色的眼睛盯着报纸上的赛马和赛狗专栏，普拉卡什医生，曾经的矿工、士兵、尼罗河之王。拥有一双那种眼睛的人会与谋杀案有关吗？一个文明人，一个读过私立学校的人。

可是，他有时确实随身携带一把刀，不是吗？

他望着悉尼市区，希望能从那里得到帮助，却看到一栋建筑的侧面，褪色的字母写着：换成喝茶。

中午 12 点 58 分

一家从你来澳大利亚那一刻起就声称要关门的折扣店，一个事先录好音的男中音洪亮地兜售着太阳镜、游客 T 恤衫、一次性男士和男孩内衣、吉百利水果坚果棒，日复一日的店铺倒闭清仓大甩卖，就在悉尼市中心。

“因为这是最后一次，我再说一遍，最后一次大甩卖。清仓大甩卖，买主们，清仓大甩卖。进来看看吧。这次是真的。”

你在找什么？黎巴嫩妇女问丹尼。没有，她回答，他们什么样的薄荷糖都没有。甚至都不知道薄荷糖是什么东西。但是有，他们确实有菜刀。

肯内曼厨房王

永不需要打磨

终生质保

丹尼从垃圾桶里拿起一把刀，想象着透过塑料刀鞘去触摸刀尖。

他的眼前又浮现出了尼罗河之王的形象：那张无烟煤般乌黑发亮的脸，那副黑框的老花镜，他总是将眼镜架在卷曲的银灰色头发上。

丹尼退烧了，鼻子发着光，就像桑卡尔叔叔吸入薄荷喷雾剂时的样子——很轻松，很健康。他把刀扔回到桶里，落在了其他 6 澳元一把的刀子上。

“因为这是最后一次，我再说一遍，最后一次大甩卖。清仓大甩卖，买主们，清仓大甩卖。”

店外的人行道上，几个刚从家乡过来的印度青年，顶着一头时髦的发型，坐在那里，看着一部手机，而与他们隔着一个垃圾箱便是另外一群印度人，经过了西方的加工，粗糖变成了精糖，身材更壮实，身着西装，留着庞巴杜发型，聚集在自己的手机屏幕周围。身着西装的是当地人，冷漠的印度人，对移民视而不见；但丹尼注意到，这两群人都在观看同一首宝莱坞歌曲的视频。

沿着公园路往前走，再穿过市中心网格般的道路，丹尼来到了海德公园的十字路口。

从他所站的地方，他可以看到悉尼中心区的三个标志：海洋、公园和小山。如果他往右走，他就会到达歌剧院，那里还有去往曼利海滩的渡船；在他面前，他可以看到银行和保险公司的建筑，围绕着菱形的绿色海德公园；但他的目光越过了海洋和公园，望着那座小山丘。一条名叫威廉街的道路突然向上延伸，通向一个老式的可口可乐霓虹灯广告牌。广告牌从黄昏到黎明一直都在闪耀，标志着这里就是澳洲大陆（大部分地区空无一人）人口密集区的起点——国王十字路口的红灯区。

对于这个广告牌，丹尼再熟悉不过。究竟有多少次，他就站在那巨大的可口可乐广告牌旁边，在那高处，而医生和拉达在做爱。他无所事事，只能到处闲逛，最后走到了那里，在这座城市的制高点上，俯视一排光滑的棕榈树，也就是分流进入隧道的车流的那些棕榈树。他心中在想：我知道一些你们谁都不知道的事。一个秘密。因为第五户和第六户在搞外遇，在这个永不停息的悉尼市，只有他，一个非法移民，知道这一点。

站在下面的丹尼诅咒站在上面的丹尼：疯子。你是世界上最疯狂的疯子。

他难道没有计算过？在他为拉达和普拉卡什干活期间，他们在酒吧里请他免费享用的食物和软饮料超过了 500 澳元。现在，他想，他们在要我把每一块钱都还回去。

白色的象形文字——数字、之字形符号、圆点和破折号——密密麻麻地写在路面上，这些便是为驶往国王十字区的汽车提供的绘制信息。巨大的可口可乐广告牌再过去便是诊所，隐藏在国王十字区的深处。拉达这样称呼它是因为普拉卡什将大量时间都耗在了这里，玩游戏，喝酒。

丹尼可以看到自己写在手掌上的号码：1-800-333-000。

鳗鱼、牛油果和金枪鱼分散了他的注意力。在他的右边，除了出售的鲜花、报纸和水壶外，透过一扇敞开的大门，他看到一个装满了一份份寿司的旋转小火车不时地在暗处闪着光——每件东西都只要 3 澳元，只要 3 澳元。

但这里没有萨莫萨三角饺，一个都没有。

他又抬头看了看巨大的可口可乐广告牌。

在他的前方，一根嵌有银色按钮的柱子发出了快速的嘀嘀声，在告诉人们：“现在过马路。”

下午1点12分

怪物长着公牛般的脸，被打败后变得有些麻木：它双眼紧闭，皮肤因剧烈的疼痛而收缩，而那位浑身赤裸、阴茎偏小、平静沉着的希腊英雄扭动着它的角。一头八哥在喷泉里泡了一泡，在倒下的公牛身上歇息，为了把公牛唤醒，竟然甩动起了它湿漉漉的翅膀，迫使丹尼后退一步，离开了欣赏水中青铜巨人的游客圈。

他没能做到打破这个新的禁忌。相反，他沿着一条两侧为无花果树的散步道折返，回到了海德公园，直到听见喷泉的声音。越过湿漉漉的青铜巨人，越过树木和游客，丹尼看到了圣玛丽大教堂的赤褐色塔楼，而大教堂像书签一样坐落在一个轻浮、追求享乐的城市里；他又转过身，走回公园，思考着，甘地。

有人拨动了某种弦乐器，空气中弥漫着木头燃烧后的焦糊味。

甘地，是的：那是普拉卡什喜欢谈论的一个人：在南非，瞧，他们有一个青年甘地的雕像，身着全套律师长袍，在他们叫作约翰内斯堡的大城市中心。普拉卡什医生站在它面前，拍了一张照片。甘地！衣服！那就是文明。

他曾经把红郁金香放在波茨角他住处的窗台上，以表示他爱上了拉达，你还记得吗？转身，丹尼。基兰·拉奥告诉你，伙计，转过身去。

一只大鹳低垂着脑袋，夸张地移动着它那鳞片包裹的爬虫般的脚，在喷泉周围画出一个看不见的圆圈，仿佛在嘲笑人类拍照时一本正经的样子。

大鹳的身体两侧各有一个印有监测号码的黄色标签，风把燃烧的森林吹进了丹尼的鼻孔。

空气中的烟让他的肠子松弛，丹尼觉得自己真的真的要拉屎了。

有人在注视着他：在高高的石座上，一个布满绿锈的英国佬拿着望远镜，可能是库克船长，俯视着他和他的仙人掌；可是当风刮得更猛烈时，大鹳猛地拍打翅膀，准备飞起来，而这个英国佬的塑像就在丹尼的眼前变成了衣冠楚楚的年轻甘地。

快快乐乐，快快乐乐，快快乐乐，一位年轻的母亲把孩子绑在胸前，沿着威廉街走着，一边唱着："人生不过美梦一场。快快乐乐，快快乐乐……"

丹尼跟在她后面，玻璃纸包裹的仙人掌紧贴着 T 恤衫。他现在已经到了半山腰。离诊所只剩下一半的路程。

他在威廉街的银行和其他建筑物的阴影中放慢了脚步，可当他必须穿过阳光明媚的十字路口时，他又加快了速度。左边可以看到海港大桥的拱桥，因而在红灯前等候就不再那么难受。歌声始终从他面前传来，从未间断。

人生不过……

年轻的母亲轻拍着婴儿，唱着："快快乐乐，快快乐乐，快快乐乐，生活只是……生活只是……"有母亲遮挡阳光，还有母亲的歌声相伴，婴儿瞥着丹尼，看着丹尼的那只眼睛冷酷、阴沉、碧蓝，犹如斯里兰卡街头的玻璃弹珠。

丹尼希望婴儿能将目光转向别处。他们就这样过了三个红灯，到了第四个红灯那里时，母子俩径直往前走去。

丹尼在一家酒吧旁停了下来，酒吧门前的道路上摆了餐桌。

其中一张桌子上有一份报纸，上面压着一个杯垫。微风吹来，报纸飘动着，仿佛有了生命。现在一切似乎都在发着高烧。在那飘动的报纸的某个版面上有被害的拉达的照片。

酒吧外面的桌子很潮湿，可丹尼在哪儿都找不到干净的水——唯一的湿气是一圈啤酒印迹。他弄湿手指，摸了摸报纸，写了起来。

别人

也就是说，会有别人告诉警方的

他用长长的指甲在上面画着泰米尔语——

但还有谁……

然后又画了那几个词

还有谁知道他俩的事？

他们经常换酒吧，没有人知道他们是谁。这就是从一家酒吧换到另一家酒吧的意义所在。他们的婚外情永远不会暴露，对吧？

电话响了起来，好像想说点什么似的：普拉卡什医生有话要说。

第六户。

我今天要赶飞机。你能不能快点过来打扫一下公寓。

普拉卡什医生，别再烦我了行吗？

卫生间尤其需要清扫。如果我没记错的话，你对打扫卫生间相当在行。

丹尼坐在酒吧外面的一把藤椅上。

从他坐的地方，他可以看到酒吧里的情景，里面的电视上播放着被害女人的画面：甚至从外面，尽管被过往车辆打断，丹尼仍然可以听到电视上的声音。

警方说，尸体昨晚在图恩加比的一条小溪里被人发现，身上裹着一件皮夹克，口袋里装满了石头。警方称这件夹克产自意大利，而且……颜色。他们正在询问有关夹克的任何信息，或者让夹克的主人自己站出来。

他们说是黑色的吗？丹尼走近玻璃门。但是一辆重型卡车轰鸣着冲上山坡，淹没了电视的声音。

他们说是黑色的，不是吗？

仿佛要回答他的问题一样，对面大楼的玻璃外墙呈现出一个扭曲、瘫痪的形象，那是一座高耸入云的米色塔楼，就像杰克爬上去的那种，丹尼知道他看到的是自己的心。

丹尼坐在威廉街的斜坡上，从这里刚好可以隐约看到歌剧院，并且能看到海洋一角。你就这么轻易地回国吗？蓝色的海水问那个扭曲的形象。不管是你还是这里的白人，对我来说都一样，海水对那个扭曲的形象说。我会像这样继续闪耀。

年轻的澳大利亚妇女推开玻璃门，正准备说出“桌子是给客人们预留的”的时候，却发现外面的餐桌旁已经没有了人，只有一张报纸，上面有一个潮湿的手指印，还有一个印有“维多利亚苦啤酒”的杯托：澳大利亚酒保可别想抓住丹尼。

他站在下一个十字路口。威廉街的红灯不是比悉尼其他同长度的街道要多吗？他把这记在心里——然后笑了。

丹尼，如果你明天就要被驱逐出境，那么这样的信息有什么用呢？

他觉得自己很乐意剃光所有的金发，把他的虚荣心献给上帝：如果这就是在这个城市多待一天的代价的话。

巨大的红色可口可乐标志吸引着他越走越近，短信似乎来得越来越快。

我必须在6点前赶到机场。今天就去南非。你能快点吗？

为了安全起见，他回了短信。

已经在路上。刚到国王十字区。

想象一下，丹尼想，真的是他干的。杀了她。那么现在呢？他坐在酒吧里给你发短信？这说不通呀。

快快乐乐，快快乐乐，快快乐乐，那个澳大利亚女人在对着她的孩子唱歌，快快乐乐，快快乐乐，快快乐乐，以母亲特有的步伐走着，现在又经过了丹尼身边。

孩子这时正对着澳大利亚的天空微笑。

丹尼看到那个微笑的孩子，心想：我可以去看看索尼娅。

他的清洁工背心粘在胸前。

可口可乐广告牌就像一个裁判那样矗立在山顶上，一边是红灯区国王十字区，另一边是通往圣文森特医院的道路，索尼娅今天就在那里上班。如果不去诊所，而是从这里右转经过黄色酒吧和泰国餐馆，他就能来到达林赫斯特的圣文森特医院。

他看了看手机电话号码簿中她的号码，第十六号：

索尼娅。

感觉已经好多了。

你可以给她发短信。

你能见我五分钟吗？医院前面有个喷泉，就在被杀的中国医生的纪念碑旁边。凉爽的新鲜水。五分钟。喝水。向她解释每一个谎言。

下午1点40分

决定！

马路张开大嘴，命令道：现在就做那个决定。

因为他此刻正站在威廉街一个独特的地方。街道在这里分成弯弯曲曲的岔路，到了山顶才重新合为一体。一个混凝土隧道打着哈欠，张开大口，露出灯光组成的一个橙色脊柱，通向黑暗，同时呈现白天与黑夜的景象，而上方的可口可乐广告牌则统治着这两个世界。

丹尼握住自己的喉咙，缓解着喉咙的不适。

就在他们第二次约会时，索尼娅对斯里兰卡局势有了全面的了解，也知道了泰米尔难民问题，甚至还给她的议会议员写了一封信，请求制定一项新政策，专门针对来自那个美丽而混乱的岛屿的难民。丹尼在听她解释斯里兰卡奇特而复杂的情况时一直保持沉默，而她的每句话都以“如你所知，这样对待少数民族……”开头。最终，她停下来让他说话。

“听我说，”他说，“我认为我们不需要更多的人来澳大利亚。”

他咧嘴一笑，意识到自己的笑容很难看，便向备感困惑的她列举了生活中的各种真相。

“如你所知，澳大利亚没有淡水。如你所知，那些建筑商，正是他们才想要更多的移民。他们让棕色人种和黑人进来，把他们安置在机场和火车站附近的贫民窟。成为白人的奴隶。”

“我的上帝！”她目瞪口呆，“丹尼是保守党。”

除了最后一句说丹尼“在移民问题上应该有一点同理心”之外，索尼娅什么也没有说。她一定认为，这正是他的本性：偏曲的鼻中隔，难治的鼻窦，执拗的脾气。也许她因此更加喜欢他了。

他没有告诉她他左前臂上隆起的来历。说完一就得说二，她最终会发现她男朋友只是个非法移民。那才叫丢脸。

丹尼把目光从巨大的“可口可乐”广告牌上挣脱出来，移到了右边。

他能立刻感觉到索尼娅——她的手指插进他的头发，拨弄着他的挑染，把它拉向脖子后面。手指强有力，从圣文森特医院的方向拉扯着他的头发，医院右边不远处有一块广告牌，上面写着：快来，快来。我们一起喝杯咖啡吧。

她不喜欢咖啡吗？每杯 3.5 澳元，她每天喝三杯。（这就是澳大利亚人花钱的方式！）

另一方面，索尼娅不喜欢上班时有人打搅。这是事实。他们每次吵架通常会从提到她的工作开始，这是事实。“今天有个病人在淋浴间里朝我撒尿。”她上周说道。丹尼问：“那不就是护士的工作吗？”“你这话什么意思？”她质问道，“如果你认为自己很聪明，那你为什么不去当一名男护士呢？或者做点别的什么，而不是打扫房子？”

但是如果丹尼在可口可乐广告牌那里向左拐，经过那些醉汉、游客和皮条客，他就会找到诊所，那里面……

人生不过是美梦一场。

对于他这样的人来说，一切都没有那么简单。哪怕是在孤立无援的时候。生活就是一场战斗，虽然胜负悬殊，但每个人都有自己的武器。

他掌握着内情，这就是他的力量。丹尼一只手举起仙人掌，然后用拇指敲击着另一只手的指关节。

人生不过是美梦一场。

一个健壮的年轻女性从他身旁慢跑而过。她背上的肌肉在丹尼眼里代表着性感，似乎在说，不，不，不是美梦。活在今天，和你女朋友一起度过明天。

丹尼转过身去。有智慧的清洁工是指清洁工有智慧，不是吗？

可就在这时，从市区飞来了六只葵花鹦鹉，在可口可乐广告牌上方盘旋，突然发出一声噪声，然后转向左边。

丹尼尾随着那些白色的鸟儿，走进了国王十字区——悉尼的娱乐中心区。

作为非法移民的第三年

这是澳大利亚国内的印度尼西亚：一个由非法移民组成的群岛，每个人都彼此孤立，这种孤立使他们变得弱小和恐惧。

但是过了一段时间，你会注意到一些小岛已经连接成了较大的岛屿，这里的恐惧少了一些。甚至还有希望。

丹尼在帕拉马塔完成了托莫安排的一次性清洁工作，背上背着他的银色宇航员罐子，在回来的路上，他看见了她。那个女人站在火车站前，高声尖叫着："不要对叙利亚视而不见！成千上万的人被屠杀、被强奸、被谋杀。现在就在请愿书上签名吧！屠杀，强奸，还有……"那个女人看起来很强悍，似乎真的可以对付移民局和警察。

"那你为什么不跟她谈谈？你为什么不找她帮忙呢？"

他们那天晚上碰了头，都是当地的非法移民，地点就是落了锁的格里伯图书馆外的长椅，丹尼向其他人描述了那个女人。在回答他们的问题时，他说：

“我不喜欢她的靴子。”

“她的靴子？”巴基斯坦人易卜拉欣问道。

不知怎么的，丹尼觉得这个穿着黑色长靴的女人并不是真的在为叙利亚或叙利亚人奔波：“仔细听我说，”她冲着她的澳大利亚同胞喊叫，“同情非法移民，但大家仔细听我说。”

据说，有时，郊区的一些突袭活动是由社会工作者领头的，“为了保护非法移民不受剥削”。他们抓住你的时候会问：“你还好吗，兄弟？”在你戴上手铐的时候给你一块巧克力。最后，你还是被驱逐出境了。所以，追你的究竟是一个好心的女人，还是一个拿着枪的彪悍的蓝制服警察，那有什么区别呢？在悉尼，理想主义和腐败就像两条平行的污水一样并排流淌着。白人会一直喋喋不休地向你介绍你的各种权利，直到你被押上遣送出境的车辆。

“不喜欢那双靴子。”丹尼果断地说。

来自马来西亚的林姓华人也是非法移民，在一家墨西哥餐馆做玉米饼，他抽着手卷烟，说了他总是挂在嘴边上那句话：“你可以买这么厚的一包烟。”——他用手比画了一下厚度——“在马来西亚卖8林吉特。只要8林吉特。”但是林又说，他再也不回马来西亚了。

林每天在这家墨西哥餐厅上两个班，休息的时候经常眨眼睛，仿佛他身体里本该有愤怒的地方是空白一片似的。

但他只要一开始抽烟，就真的会生气。“吉隆坡，”他避开丹尼吐了口烟，“到处都是非法移民。比悉尼多十倍。都是穆斯林。孟加拉人、巴基斯坦人和阿拉伯人。政府把他们弄进来。他们拿到假的马来西亚身份证。华人出去，穆斯林进来。”

这是丹尼第一次听说世界上有些地方的华人，尽管人数众多，却是弱者。但这也说得通。来自马来西亚、斯里兰卡或巴基斯坦的一些移民，最终会在悉尼西郊开上大轿车，而来自这些国家的另一些移民却只能待在这样的地方，在格里伯图书馆外，互相低声聊天。丹尼开始觉得这是有原因的。有一天，他在萨里山遇到了两名尼泊尔非法移民清洁工，却发现他们不像他心目中的尼泊尔人。皮肤更黑，身材更矮。也许他们是尼泊尔最穷的人。

背后的原因是不是这样的？首先你在自己的老家就是多余的。然后，非法移民来到你的国家，拿走你仅有的一点点财产，迫使你去澳大利亚，成为那里的非法移民。

他问林：“那些现在留在马来西亚的孟加拉人和巴基斯坦人——他们是罪魁祸首吗？”

林摇了摇头。丹尼明白了。孟加拉国和巴基斯坦肯定也有非法移民，把那些人赶了出来。

我的上帝。那么，这一切到什么时候才会结束？谁该为我们所遭受的一切负责？

林像老家的男人一样抽烟：双手插在口袋里，湿润的嘴唇上叼着点燃的香烟，三分之一是过滤嘴，三分之一是烟梗，三分之一是烟灰。丹尼心想，我也堕落到他的地步了。

你在老家观看亚运会或奥运会时，会为同胞为大家赢得荣誉而感到自豪，对吗？而他们现在的所作所为恰好与奥运会相反，他们违反了澳大利亚的法律，给他们的国家带来了坏名声。

图书馆外面的所有这些人。

“你跟老家的人怎么说的？”

都是比较低调的谎言，而且也都很相似。巴基斯坦人声称自己是他们打工的商店的老板。林也一样。但是绝对不会说什么在澳大利亚成了百万富翁的话。谎言的内容只与他们的脸面有关。

“你呢？”林问丹尼，“你跟老家的人说你在这里做什么？”

“我什么也没有告诉他们。我根本不给家里写信。”在那一刻，他可以看得出来，他们都想和他保持距离。

因为我们之间有所不同，丹尼看着其他的非法移民，心想。对他们来说，羞耻是一种来自周围的力量，从外部压在他们身上；对丹尼来说，羞耻却是由内向外冒出来的。就算我获得了这个国家的公民身份，我仍然会为自己感到羞耻。

夕阳射出一道横向的光束，穿过悉尼的各个等级，然后落到地平线下。格里伯图书馆前变得如此巨大、如此黑暗的绝望阴云随之消散。

因为林已经开始谈论起了食物。一场盛宴上的食物。他一边抽着新点燃的一支手卷烟，一边开始描述一个户外食品市场，白炽灯光将那里照得如同白昼，一个只有亚洲城市才有的夜市，一个永远持续下去的夜市。柳条框里蒸着的点心，上了酱色的烤鸭，上了酱色的鸡肉，香肠串，牛肉块，新鲜的炸青蛙，你梦中见过的一切。那两名巴基斯坦人听了这番描述后异常兴奋，对其进行了补充。烤羊肉。羊肉串。还有那些只有在晚上和户外才有了生命的冰淇淋。林说，所有这些都将被放在一张干净的大木桌上。

他们狼吞虎咽地吃着想象出来的鸭子、鸡肉、鲳鱼和热气腾腾的茉莉花香米饭。

丹尼为这场盛宴增添了一样东西：希望。他告诉他们，我们有办法摆脱羞耻；鸡鸭瞬间消失得无影无踪，几个非法移民却都聚集在他周围。怎么做？靠拢一点。澳大利亚的法律可以被打破。怎么打破？再近一点。听我说。丹尼一直在图书馆看书。二十世纪七十年代，一个名叫马尔科姆·弗雷泽的人担任了澳大利亚总理，他有一天在堪培拉的议会上宣布："澳大利亚的非法移民们，明天是你们的特赦。"大家都知道的，圣诞节那天，公交售票员不会检查你是否打了蓝卡。同样的道理。你只要去移民局告诉他们，我是非法移民，他们会说，没问题。欢迎。

特赦。大门会敞开，井盖会飞起来，一个地下城市走出阴暗，来到光明下。

胡说，巴基斯坦人易卜拉欣说。他脸上的笑容僵硬在了那里。不是那样的。一切将会这样发生，而且只会这样发生。听我说，前几天，七山市一段尖桩栅栏后面出现了一辆卡车，挡风玻璃上面用阿拉伯语和罗马字母写着“以真主的名义发誓”，就像一轮新的太阳在等待着升到一个新的悉尼上空。一项新的法律。看着那辆穆斯林拥有的巨大、轰鸣的机器，易卜拉欣明白了：他知道澳大利亚的未来是什么。

为什么不呢？当夜幕降临的时候，丹尼想，他穿过一群黑黑的人群走向旭日杂货店，为什么不呢？让这该死的整个国家都皈依伊斯兰教。那样也许最终会把他们变成男人。

世界著名的爱情机器，只适合成年人

脱衣舞娘，更多的脱衣舞女

色情书店，进来看看吧

小猪的夜店

下午 1 点 52 分

这些店名以红色、绿色或黄色灯光跳动着：“绅士们的俱乐部”“有求必应”“不雅成人精品店”“欢迎来到国王十字区”。

刚过中午，几个穿着网眼长筒袜、涂着猩红唇膏的女人就已经开始在灯光下聚集。脸颊凹陷，眼珠突出，悉尼最苍白的女人，双腿上曾经有过的日月精华也早已消失一空。

在斯里兰卡，妓女会露出乳房。这里的妓女则露出她们的大腿。一个剃着光头、穿着这一行标配黑衣服的粗脖子皮条客，想递给丹尼什么东西。“迈克尔·杰克逊！”他高声喊道，而就在这时，他的身后又多了两个皮条客，同样光着脑袋、一身黑衣服。“你现在想去见一个女人吗？迈克尔·杰克逊！”

丹尼猜想，他们指的是他头上的金色挑染。

不了，谢谢。我用不着。

“甘——地！”其中一个皮条客喊道，“我们这里有印度女人！”另外两个笑了。

不了，谢谢。我不需要。丹尼继续往前走。

他知道这里有一家烤肉店（五星叙利亚烤肉店），店主名叫哈罗恩：丹尼以前来这里打扫第六户的时候，总会停下脚，听柜台后面的哈罗恩抱怨澳大利亚；哈罗恩渐渐变老了，每天工作十二个小时；哈罗恩在澳大利亚变穷了，买一包烟要花 25 澳元——这刺痛了丹尼的心，这个合法移民居然有权诅咒曾经欢迎他的土地。

但哈罗恩已经不见了踪影，一个年轻的阿拉伯人用砍刀在土堆一般的土耳其烤肉上留下了明亮的伤口。就在丹尼望着时，刚露出来的肉的颜色又变暗了。

上师节。

你在哪里，清洁工？他的电话响了一下。丹尼能看到编写这条短信的那个地方。

在路上，医生，我在路上……

经过那位寻找下午客人的孤独的妓女，经过树旁的狗屎，经过叠加在网格般街道上、宛如分叉的静脉似的尿液和唾液，他一路来到了一个天井，皮肤苍白的男人坐在那里吸烟，绝望地看着周围的世界，而黑暗的玻璃门则表明他们身后是一个极为隐私的地方。

丹尼站在那里，盯着“拉斯维加斯”几个字的周围，闪闪发亮的白色灯泡在那里构成了一个椭圆形。

这就是国王十字区的拉斯维加斯酒店，也被称为诊所。

上面传来了警告的噪声。

一只海鸥在空中利用建筑结构之间的气流，划过国王十字区的皮肉交易设施，没有动一根羽毛，只是张开和合上它的喙，发出一连串响亮的嘎嘎声。这是不是让你想起了村里某个八卦王的卡通形象——整天坐在茶摊旁，除了他那张强有力的嘴巴外，懒得动身上任何一块肌肉。

丹尼以为自己是海鸥八卦的话题，畏缩了一下。它有得是时间，但它的时间都用在了一处：在空中说长道短。

地面上的他，丹南嘉亚，已经把手按在了拉斯维加斯酒店的玻璃门上：他感觉手粘在了门上，仿佛任何力量都无法让它松开。玻璃后面有人。他看到有一百名听众，黑压压的一片，人数众多，充满期待。就像在悉尼电影节上穿着精致西装的基兰·拉奥一样，丹尼对他想象中的观众说：一个在这个世界上没有权利的人仍然要承担自己的责任。他们鼓掌。突然间，从他的头发到他的鞋子，一切都有了道理，他在玻璃门上反射出来的深色影像立刻亮了起来：一半是甘地，一半是猪。让我们看看这是什么感觉。

他推开门，走进诊所酒吧。

里面没有刺眼的阳光，反而有空调，丹尼顿时感到一阵轻松，但是吹过来的每一股凉风又夹杂着一丝污秽的气味，舒适感打了一个折扣。要么是地毯受潮了。要么是啤酒变质了。丹尼嗅了嗅。

他看到左边便是贵宾室的红色霓虹灯标志。

然后，自相矛盾的是，霓虹灯下却是所有人的入口。

他在老虎机周围闲逛，观察着“阿兹特克人”“十二生肖”“泰姬陵”“孟加拉虎”“闪电”和“墨西哥宽边帽”。十几个男男女女在这些机器前玩着。有些人把啤酒杯放在老虎机上。在其中一台机器前，一名亚洲女子像机器人一样左右晃动着脑袋，可能是在伸展脖子。屋子里一刻不停地回荡着呆板、快乐的响声——乒乒乒——

并且时而会爆发出一阵狂喜，然后又复归于单调、快乐的乒乒乓声中。

它就像湿婆神庙里的蛇神龛。悉尼酒吧里的赌场。每个酒吧都有一个安静的房间，男人们在那里看着电视屏幕上发光的数字，或者手拿钢笔浏览着报纸。这种赌博是一种奇特的职业，非常讲究技术，时刻要运用各种数字、铅笔和计算，而且干这一行的都是那种体格健壮的人，那种貌似与思考或计算根本不沾边的人。有人因为这些数字负债累累。有人因此失去了家庭、失去了汽车、失去了朋友，都输给了这个安安静静的房间里那些闪烁的数字。首先发疯的是白人，但移民的情况更糟。在星城赌场的玩家中，中国人占了四分之三。现在棕色人也染上了这种病。

丹尼认识尼罗河之王和和尼罗河女王，他们是澳大利亚新出现的印度赌博精英的先头部队，不是吗？

龙的神话；印度之梦；皇家钻石；龙大师；百万钞票；100熊猫。

暗红色的地毯上有着黄色的钻石图案；收银员坐在黑色栏杆后面升高的桌子旁，看起来像是在椅子下面放了把霰弹枪。一张印制的告示上写着：小心50澳元的假钞。最好的假货当然来自中国。仔细瞧瞧下面三张照片。

丹尼绕过中美洲的面孔、仙人掌、鹰、蛇和粉红色的火星景观，直到他在老虎机单调呆板的噪声之下听到了一个人类的声音。

“知道吗？我一九九一年去过那里。我当时还在部队。四年。他们在昆士兰的森林里训练你。大家排成一列纵队巡逻，突然，伙计，小心！一棵树倒了，巡逻队的每个人，我们全都抬头望去，结果看到雨林树冠上有一个大洞，对……然后我们继续巡逻，一个小时后，回到树倒下的地方，你都不敢相信自己的眼睛。仅仅过了一个小时，你可以看到那个深绿色树冠上的洞越来越小，可以看到其他树的叶子互相靠拢，结合在一起，遮住丛林中的那个洞。大自然的自愈力。我告诉你，我喜欢昆士兰。甚至想过搬到那里去。悉尼，除了那些有钱的中国购物狂，坦白地说，就是个粪坑。你不同意吗？”

说话的声音似乎是从一台超级100阿兹特克赌博机后面传来的，丹尼绕过去看个究竟。

一名穿着白色T恤衫的印度男子，一副黑色老花眼镜夹住了他花白的长发，他坐在一张桌子旁，正和一对白人夫妇以及他们的金发小女儿说话。

他们倾听着，仿佛可以永远倾听他的声音；但是那个印度人的微笑、优雅和国王般的风度一下子全都崩溃了。

他发现丹尼在注视他。

他那花白的头发下长着浓密的、羽毛状的黑眉毛：丹尼已经忘记了那些眉毛。而普拉卡什医生的眼睛，即使是在酒吧昏暗的灯光下，也是榛子色的。

眼震。

每当一个出生在印度、巴基斯坦、斯里兰卡或孟加拉国的男人或女人，在悉尼看到另一个来自他或她老家的人的时候，就会产生一种嗡嗡声，视网膜上的一种反射性嗡嗡声——一种来自部落的刺痛，一种始终相互感应的本能，就像在一个压抑的社会里瞬间认出同性恋者一样。因为即使双方都认为一个棕色人在悉尼不会对另一个棕色人有任何意义——这是建立在排除非白人男女原则上的一座城市、一个文明，而且仅仅一代人之前就已经完全超越了这一原则——也就是说，就算你想在另一个棕色人面前保持冷漠或者漠不关心，你仍然会身不由己。你必须看他，就像他必须看你一样。眼震。丹尼很清楚这一点，但他以前在普拉卡什医生面前从未有过这种感觉。普拉卡什医生虽然也是棕色人，而且显然出生在印度，但他在这里生活的时间已经足够长，完全成为了澳大利亚人。

但今天，那双榛子色的眼睛又成了移民的眼睛。两个人都感觉到了这一点。

然后，普拉卡什医生的眼睛放松下来，以友好的澳大利亚人的方式睁大，鼻子两边各出现了一个酒窝。

“啊，夫人，跟您交谈真是很愉快。”他说，一本正经地把小女孩的手抬到唇边，吻了一下，然后又吻了一次。小女孩大吃一惊。

两位家长被逗乐了。柜台后面的收银员被逗乐了。大家都被逗乐了，只有那个女孩除外，她像站在一个神面前那样张大了嘴。

普拉卡什站了起来。丹尼向他走去。普拉卡什仔细打量着他，然后笑了。“你今天高了半英尺，清洁工。一定是金色头发的缘故。”

丹尼耸耸肩：“可生活充满了惊喜，不是吗？”然后也冲普拉卡什一笑。

自从丹尼上次为他打扫房间以来，六号房主的体重增加了很多，头上的白发也添了很多，那副样子要是在老家，你都可以叫他叔叔。不是他，丹尼。

“你是来打扫那地方的，对吗？”

“是的，先生，”丹尼回答，“是的，先生。”

“纳尔逊·曼德拉，我们的清洁工。”普拉卡什说，突然，他的声音变了。丹尼此刻离他更近，能把他那张脸看得更清楚。

普拉卡什四十多岁，一副宿醉未醒的可怕样子，已经到了酗酒会消耗体内一些力量本源的生命阶段。这就是那个大名鼎鼎、妙趣横生、聪明绝顶、有着医学天赋的第六户的主人吗？丹尼注视着他。

不。这只是隐藏在他体内的动物。坐在这里的是一种本能，不是一个人，丹尼的体内也有与之相同的本能。斯里兰卡审讯官曾经用点燃的香烟烫破丹尼的皮肤、扎进他的前臂，他当时感到自己完全麻木了，就像酒店里的客人在听到火灾警报时一样，但他体内的这个动物，这种本能，却做出了回应：告诉丹尼停止尖叫，告诉他低头去舔手臂上烫伤的地方，舔了一遍又一遍，防止烫伤变得更严重。到后来，就连手中拿着香烟的审讯官也感到于心不忍，亲自在上面泼了一杯水。这就是今天的普拉卡什，一种生存的本能，干涸池塘中央的一块黑色岩石，上面刻着几个字：我是你厌恶的自我。

然而，这位老雇主的胳膊还是和以前一样：丹尼顺着普拉卡什的胳膊往上一直看到短袖衬衫的袖口：裸露在外的二头肌让他的棕色皮肤略微淡了一些，而二头肌则绷得很紧，上面布满了静脉。

“要不先玩一会儿？”普拉卡什离开桌子，示意丹尼跟着他，然后走过一排亮晃晃的老虎机。

印度梦。五条龙。时间之沙。分散的金字塔。

“我正在家里收拾行李。放下一切来这里见你。在诊所酒吧。”他说。

“在诊所酒吧。”丹尼附和道。

“你想现在就去波茨角那个地方吗？打扫卫生间？我的航班是今晚 6 点 45 分。”

他还不知道吗？丹尼暗自思忖。也许他还没有看报纸。

可医生的喉结下面有一个新的红色伤口。

“不，”普拉卡什喃喃说道，“不，我看你还没有准备好。你想谈一谈。你想谈谈条件。我明白了。好吧，纳尔逊·曼德拉。我们玩一会儿吧。选一个机器。什么机器都行，我付钱。”

你总能感觉到这个人周围的温度在降低。丹尼现在想起来了，就算这个印度人脸色平静，仅仅用他那双会吸热的眼睛看着他，那双眼睛也可以让澳大利亚的任何海滩变得凉爽。什么是文明？

“今天是上师节，你知道这意味着什么吗？”

“满月的日子。”

普拉卡什赞许地笑了笑。“鸿运当头，悉尼所有的印度人今天都在赌博，伙计。我们也来赌一把，”他指了指赌场，“我一直很喜欢这个房间，纳尔逊：它让我想起了矿井。我在矿井里干过活，你知道的。只有一点不同。”

“环境光。”

普拉卡什抿住下唇，闭上眼睛，点了点头。“是的。你什么都记得，不是吗？坐下来玩那台机器吧。在悉尼这样的城市，这台老虎机还算是不错。”

“我不赌博，不赌。”

“坐。”

丹尼看到了一个东方女神的脸，左右两边排成一排的还有金字塔、鹰、金色的生命之符和埃及的其他象征。这便是“尼罗河女王”，丹尼奉尼罗河之王之命去玩它。

普拉卡什举起1澳元让丹尼看看，然后把它扔进了机器。“试试吧，”他说，“我只看着。等等，等等，等等，现在开始……”

好吧，丹尼想，也许他还没有在报纸上看到拉达遇害的消息。也许他和她分手了。有可能是这种情况。

丹尼不停地按着一个闪烁的绿色按钮。机器模拟着真实的纸牌被翻转的声音（哗，哗，哗），而在淫荡的奈费尔提蒂王后警惕的目光下，电子屏幕上不停地闪动着埃及的各种象征，并且2澳分2澳分地吞噬着投进去的1澳元。

“赌博上瘾了吗？请打热线电话。1-800858-858。”

普拉卡什一动不动地坐着，低着头，丹尼看到了他那一头乱蓬蓬的花白头发。他盯着屏幕，丹尼觉得他像个监考人。他身上没有丝毫的鲁莽或疯狂。尼罗河之王。

酒吧的门开了，一个穿着橄榄色制服的印度男子走了进来，手里拿着一个用气泡纸裹着的包裹。他环顾了一下四周，找到了丹尼和医生，然后眯着眼看了看包裹上的地址。

每天都有一群棕色人，穿着短衣短裤，在悉尼的不同马路上来回奔波：送信，送包裹，送鲜花，送家具。不过，在他们把东西送到收件人手中之前，另一群身穿笔挺衬衫和黑色长裤的棕色人会拦住他们。这些人手持对讲机，电线的另外一头塞在耳朵里，守护着这座城市的每一扇房门和大门。

是一走了之还是再观察观察，是表现友好还是继续，究竟选哪一个，丹尼？

或许是某个白人在图恩加比的小溪旁捅死了拉达，而你却在这里，坐在你所认识的一个印度人面前的座位上，指控他。

“今天很忙，”丹尼说，“我今天很忙。我现在应该回去工作了。”

“传奇，”普拉卡什博士笑着说，“你刚到，我们一起吃午饭，然后你来打扫我家。这就是你来的目的，不是吗？”他又举起一枚金色的1澳元硬币，“再玩一次。”

于是，丹尼只好从头再玩一次，坐到尼罗河女王老虎机前，在一排排闪闪发光的金字塔和神鹰前，把这块澳元也输得干干净净。直到这时，普拉卡什才满意地说道：“你今天运气真不太好，是吧？来，我们去试试别的吧。”

他们离开了老虎机，坐到医生挑选的木桌旁。番茄酱瓶，盐瓶，胡椒瓶，尊尼获加杯垫；在这些东西之间，还有用红色印制的赛狗投注单，最上方印有黑色的提示语：

现在2澳元可以赢得500万澳元。

每三分钟一场。

这些迫切等待着人填写的下注单之间还有一支蓝铅笔。

桌子旁有两个电视屏幕，正在播放一场橄榄球赛，屏幕后面的凹室里还有更多的屏幕。凹室是给铁杆赌棍们预留的：里面的人手里拿着纸和笔，不停地计算着，不停地在白纸上潦草地写着什么，不停地进行着自我毁灭的赌徒貌似专业的仪式。再过去便是一扇黑门，通往外面的大街。

要是我现在就跑呢。

不是这个人干的，丹尼在心中对自己说了三四次。他只是某个酒吧里的某个大叔。

丹尼望着酒吧的门。

普拉卡什用拇指挠了挠左下巴。

“来一杯吗？红酒。”

“我不喝酒。”

“对了。你从来不喝酒，只是看着别人喝酒。对吧？是的，我……”普拉卡什笑了，“……还记得你，纳尔逊。你很有趣。所以我们才留你在身边。你说过什么孔雀的事，很有趣，是吧。你是怎么说孔雀的？”

他还记得。对于澳大利亚人来说，他的记忆力真是太棒了。也许他只是没有看电视。稍后他会看到的。我们走吧，丹尼。起来，起来。

可是，当他转身走到酒吧门口时，一辆公共汽车正好疾驰而过，耀眼的阳光从公共汽车白色的侧面反射到丹尼的眼睛里；他眨了眨眼睛，又一辆车驶过，再次照亮了他的眼睛。

“你没事吧，聪明的清洁工？”

丹尼侧开身子，离门远一点，同时用左手遮住眼睛。

“光线太强了。”他说。

就在门外，刺眼的汽车不停地驶过；丹尼继续用手掌遮挡着眼睛，在普拉卡什的脸上寻找着真相。

“清洁工。”普拉卡什压低了声音，仿佛对丹尼那双刺痛的眼睛表示同情。

太好了。这是人类情感的证据。这是个正常的人。这就是你来这儿要确定的，不是吗？现在跑吧。

“我们想跟你道别。”一个澳大利亚男人带着他的女儿走了过来，普拉卡什之前吻过那女孩的手。“这位年轻的女士很震撼。”

“我能再亲吻一下你的手吗？”普拉卡什问，小女孩伸出手来。他把它举到唇边，她又张大了嘴。

“我敢打赌以前从来没有人亲吻过她的手。”女孩的父亲心里有些不平衡。

普拉卡什拉下眼镜，架在鼻子上，笑了。“我过几天会去昆士兰看你。我一定会的。甚至可能永远搬到那里去。”

丹尼看着父女俩离开了酒吧。

“我说，清洁工。”普拉卡什招手叫他靠近一些，然后环顾四周，低声说，“在你之后，我们再也没有请过清洁工。”他点了点头，咧嘴一笑，“都是我亲自打扫的，知道吗？我打扫了那该死的公寓。甚至还有卫生间。”他笑了，“有人非得要我搞卫生，而且还要看着我做。你不应该走的，你真的……不过，我不怪你，纳尔逊。我知道你的身份。我知道你的秘密。”他眨了眨眼。

普拉卡什把报纸上的赛狗版面递给丹尼，示意“看”，但丹尼摇了摇头。

“我对赛狗一窍不通。”

“好吧，我来吧。”医生笑了，“看看这些狗吧。”

他口袋里平常会有一支银色的笔，专门用来干这活，不过他今天却用手指在赛狗名单上画了一个圈。

“随便挑一个押注吧。”他把报纸推到丹尼面前。

丹尼指着名单上的第一个名字。

普拉卡什咂着舌头。“十九比一，这不好，一点都不好。你知道我怎么玩吗？我只是假设系统中存在着一个错误定价，但只是……”他用拇指和食指比画出一个区间，“一个合理的错误定价。如果是十九比一的赔率，我没有赢的概率。再选一个。然后我们就可以回去打扫了。卫生间真的需要下点功夫。”

这合情合理，而且令人安心。马上离开吧，求你了。他只是某个酒吧里的某个大叔。

（丹尼记得有一个地下网吧，就在乔治街电影院的正下方，里面全是亚裔孩子，一个个戴着白色耳机，连着玩上七小时的电子游戏。要是他在那个电脑室就好了，只要花上 10 或 11 澳元，他就可以整天坐在那里熬过这酷热的日子。韩国人很强大，很抱团。他们今天会保护他。）

“不玩了？”普拉卡什医生笑了，“今天不下注了？随你的便。我来把报纸收起来。”

（但他也记得他刚才攀登威廉街时所看到的悉尼港，闪闪发光，银光闪闪：他不由得想起了拜蒂克洛的潟湖，也就是他从天主教学校的屋顶上看到的潟湖。还是那片大海，从拜蒂克洛一路到澳大利亚，丹尼在大海的两端都没有生存空间。）

普拉卡什用手指在牙缝里擦了擦什么东西，然后顺着喉结咽了下去。他浓密的眉毛皱了起来。“你的吸尘器呢？你总是带着自己的吸尘器，不是吗？专业的清洁工。”

“我喜欢澳大利亚，”丹尼突然说道，“我非常喜欢澳大利亚。”谈话内容现在可以漫无目的，偏离主题，然后丹尼就可以溜出酒吧了。你觉得呢？

吧台正上方有一个电视屏幕，上面写着：

下一场比赛四十三分钟后开始。

但这里只有一个人有能力改变这场对话。普拉卡什突然微笑着问道：“伙计，你是怎么解决医疗保险问题的？我是说，用什么来代替医疗保险。”他说着便抬起了头，“非法移民生病了怎么办？”

丹尼站起身来。

“坐下。我说了，他妈的坐下。”

某种巨大的压力瞬间消失：普拉卡什医生不再演戏了。

丹尼看了看酒吧大门，然后坐了下来。

下一场比赛五十八分钟后开始

“别看门，”普拉卡什说，“看那个人，清洁工。”

一个穿着黑色T恤衫的秃顶胖子向后仰着头，瞥了一眼电视屏幕上的马和闪烁的数字。

“看看他的脖子，清洁工。看到他的大脑底部如何发光了吗？堆积在枕叶中的柔滑脂肪，来自本源的狡诈。这被称为爬行动物的大脑。沼泽般的大脑。瞧，那就是会赌博的头脑。”

秃顶赌徒向电视屏幕前凑了凑……他脖子底部的脂肪层再次抖动起来。

“这才是你永远无法理解的，该死的纳尔逊·曼德拉。如何下注。”

普拉卡什咬牙切齿。他目不转睛地望着那个秃顶赌徒，仿佛要打他一顿似的；但丹尼感觉自己的手腕上多了一根手指，而且那根手指的重量在告诉他：你的直觉完全正确。是我干的。那根手指压在他手腕上的重量迫使丹尼坐回到了座位上。普拉卡什缩回了手，不再咬牙切齿。

一切都显得很正常；只是医生的下巴绷得紧紧的，花白的头发微微颤抖，压在丹尼手腕上的那只手越来越用力——这一切都表明这个人已经不再安全地生活在我们称之为现实的现实中。

普拉卡什转向丹尼，笑了。

“告诉我你是怎么做到的，丹尼。你的秘密。”

“什么？”

“你走在大庭广众之中，”医生问，“从来没有人抓住过你吗？我知道你的身份，非法移民纳尔逊·曼德拉。告诉我为什么警察抓不到你。”

他把丹尼的手腕抓得更紧了。

现在你明白了吧，丹尼？这种事也会发生在你身上。有时候早上醒来，你会忘记所做过的一切。与他相同。瞧，他今天早上醒来，就像在邦迪海滩醒来一样：五秒钟的天堂，然后他就想起来了。然后他就想，没有人会把我与凶杀案联系在一起。也许他认为她的尸体已经沉入了水底。因为他在那件意大利夹克的口袋里装满了石头。就算有人发现了尸体，那又怎样，谁能把我和那具尸体联系起来？他一直在想，也许，只是也许，我能逍遥法外。然后你打来了电话，聪明的清洁工。偏偏是在今天。想想他的感受。你给我打电话，噩梦又开始了。他的心怦怦直跳，就像马场上的马一样。他还没有逃脱。现在他得对付你了。他会的。昨晚杀人的人今天还会再杀人。

你为什么不待在仓库里，把熊猫玩具掖在身边呢？

普拉卡什仍然抓着丹尼的手腕，然后伸手从丹尼的另一只手中把包裹着的东西拿了出来。

“仙人掌？”他慢慢地把那个东西从玻璃纸中取出来，嗅了嗅它的底部。“仙人掌吗？”

普拉卡什把眼镜从头上拉下来，戴在鼻子上，透过眼镜看着丹尼。

丹尼还没来得及开口，普拉卡什就已经做了回答。

“不，”他双手拍着桌子，“是你给我打的电话。”

桌子在晃动，上面的杯子和刀叉抖个不停。

正在擦啤酒杯的酒保转过身来望着他们。

普拉卡什立刻往后一靠，好像在一场交锋中丢了一分。你是对的，纳尔逊。我不能让别人太注意我。

他摘下眼镜，漫不经心地将它扔在桌上，然后伸手去摸钱包。丹尼感到自己的脚跟离开了地面。

普拉卡什把手伸进钱包，停下来问：

“你没去过南非吧，清洁工？”

“没有，医生。”

“那么你还没有见过文明世界。那里有诚实的赌场、诚实的老虎机。我将再次赢得三连胜。”

“是的，医生。我很抱歉，非常抱歉。”

“别他妈那样叫我，”普拉卡什说，“别他妈那样叫我。我不是医生。不要侮辱我。”

“对不起，”丹尼说，“对不起。”

普拉卡什呼了口气，脸上再次露出了笑容。“你可以求人，不是吗？纳尔逊。”他用手指把桌上的一张纸推到丹尼面前：“今天去南非。今天晚上。看到了吧。这是机票。看看票上的时间，清洁工。看看时间。”

出发地：悉尼；到达地：约翰内斯堡

18:45

登机口将在起飞前半小时关闭

豪华经济舱

34 f

非吸烟区

丹尼看到普拉卡什又戴上了黑边老花镜，在等待着丹尼对那张票的反应。

“看看票上的时间。”

“下午6点45分。今天，”丹尼读着面前那张纸上的内容，“这是确认过的机票吗？”他问医生。

“确认过的机票？”普拉卡什笑了，“你很久没有坐飞机了吧？”

“四年了。”丹尼回答。

外面的达林赫斯特路上，一辆白色公共汽车穿过耀眼的阳光；桌上的啤酒杯折射出它的光芒，在每个人的手上投下水汪汪的微光。丹尼闭上了眼睛。

医生，她以前都这么叫他。他一定和我讨厌被人叫作纳尔逊一样讨厌被人叫医生。

他听见有人说：“这里太亮了，不是吗？我们走吧。”

丹尼知道有一只强壮的手抓住他的手腕，引导着他。他身不由己地被带着来到了酒吧尽头光线较暗的凹室，这里是专门为那些货真价实的赌客准备的。杀手、清洁工和仙人掌坐在了一张空桌子旁。

也许普拉卡什只是知道是谁干的，丹尼心想，然后坐到了椅子上。不是他本人干的。也许他的右腿此刻也在颤抖。

“什么都别担心，清洁工，”普拉卡什说，声音听上去又恢复了正常，“我们吃午饭，然后回老地方。波茨角。你去打扫。打扫那个卫生间。好吗?”

但他握紧了丹尼的右手，那握紧的手在说：你和我拴在了一起，清洁工。你知道我的秘密，我也知道你的秘密。

“好吧，先生。好吧。”

你只能干往常所干的事，丹尼心中暗想。

下一场比赛十八分钟后开始。

现在你得讲个故事了。

凹室里，四个拼在一起的电视屏幕各自播放着令人热血沸腾的画面：第一个屏幕上显示的是一群栗色的赛马，第二个屏幕上显示的是灵缇犬，第三个屏幕上显示的是一些头戴绿色宽檐帽的白人女性，第四个屏幕上不断滚动着各种数字，这四个屏幕的中间还有一个巨大的电视屏幕，而这又被进一步细分为四个更小的画面，每个画面都在疯狂地播出彩色数据，犹如纹章图案中各不相同的间隔。丹尼想起了自己就读过的学校门口挂着的耶稣会会徽。Lucet Ardet (闪光与燃烧)。

“你知道我家乡的鱼会唱歌吗？在一个潟湖里?”他说。

“你他妈的在说什么?”普拉卡什问道，“我们赶紧点午餐。他们这里有牛排，你想吃吗?”

三个澳大利亚白人拿着纸和笔坐在凹室里；丹尼想知道，如果普拉卡什就非法移民的事大吼大叫，他们会有什么样的反应。

电视屏幕上开始播放灵缇犬赛跑的实况画面。那些狗已经准备好出击，正在等待信号。

医生现在一只手拿着仙人掌；另一只手，他抓着丹尼的手腕。

普拉卡什笑了。他就像一个人在暗示，对他们两人来说，漫长而痛苦的事情才刚刚开始，他们还不如舒服一点。吃午饭。

电视屏幕宛如一个电子复眼，此刻正在对丹尼进行总结式的全面检查。数字忽隐忽现，不断变化，中间的大屏幕上出现的是一个特写镜头：有个人正在仔细检查一匹栗色马的马蹄。

如果他还带着那把刀呢？他把刀放在了桌子下面还是藏在了裤子里？

“不要牛排，”丹尼说，“我要素食。”

这引起了普拉卡什的注意，他直视着丹尼，而丹尼赶紧说：

“医生，非法移民是什么意思？”

“什么？”

“非法移民就是指患病的合法居民，不是吗？我只是开个玩笑，先生。我还以为你会喜欢这个笑话呢。”

素食，非法移民，玩笑，普拉卡什还没来得及对这些意想不到的词语做出反应，丹尼就已经指向了自己左前臂上的隆起。

“你看到了吗？这……”

普拉卡什点点头。他先把仙人掌放在桌上，然后摘下宽边黑眼镜，放在盆栽旁边。“这是什么？”他问道。

“拉达告诉你那是什么了吗？”丹尼问。

这引起了凶手的注意。丹尼感到自己的手腕被握得更紧了。

普拉卡什紧蹙眉毛，让眼睛聚焦；他看着丹尼前臂上的突起的地方。

“那是什么东西？”

“我告诉你吧，先生。我们斯里兰卡有个机场，医生。班达拉奈克机场，国际机场。我在迪拜的一家酒店工作了一年，在德伊勒商务汽车酒店上班。你知道吗？”

“你见过不少世面啊，丹尼。不是吗？”普拉卡什问道。

丹尼嘲讽地一笑。是啊。

迪拜！是的，他会给你讲讲迪拜的事，医生。丹尼从老家潟湖旁的小城出发，去见识这个世界，发现了沙漠中这座伟大的穆斯林城市。他在一家酒店上班。他穿着绿色西装，打着绿色领带，站在迪拜德伊勒一家商务汽车酒店的办公桌后面，那就是他的工作。数以百万计的男人会为了得到那样的工作不惜一切代价。棕色人。

只要不是在更新电脑记录，不是把早上的报纸送到酒店的每个客房门口，丹尼就会一只手放在绿色领带上，和他的客人们聊天，回答他们关于迪拜娱乐活动的问题，有时会从回答问题开始，延伸到就莎士比亚的身份和美国对中东的野心的真相展开讨论，前提是客人们有心情去倾听。酒店里有一个白色的小酒吧，无论哪天晚上，都会有一个穿着长袖长袍的阿拉伯人坐在那里。这个人来自一个更加压抑的酋长国，身上仍然散发着沙漠风的气味，一遍又一遍地说着一个词："威士忌。"到了下班的时候，丹尼换了衣服，打了考勤卡。菲律宾妓女就在酒店外面拍手。丹尼站在迪拜一座疯狂的玻璃塔楼前，心想，等我回家时，这一切还是能让我长点脸的。迪拜的丹尼。祝贺。现在过马路。沙漠里的灰色蜥蜴，比斯里兰卡壁虎粗大了一倍，趴在每一个信号灯柱子上，当哔哔哔的电子催促声响起时，那响声就像爬行动物的横膈膜在脉动一样，过马路，赶紧过马路。丹尼回到酒店去清理白色小吧台，然后与其他四个员工一起睡在前台后面的房间里。他父亲每个月都会给他写信，修改一份保修商品清单，大多是电子产品，都是他年底要带回家的。

圣诞节前后，员工们变得紧张起来；合同中有承诺，他们将会拿到百分之二十的年终奖。十二月初，奖金被取消了。员工们无能为力。他们已经被迫将护照交给了雇主——这是迪拜的法律规定——现在护照被当作赎金扣留了起来。

后来得知，这一切在迪拜很正常。雇主将护照和工资交给了丹尼，却没有奖金，而雇主居然还厚着脸皮说："孩子，你愿意在这里再干一年吗？顾客喜欢你和他们说话的方式。尤其是女性。"

"我说：'不，我不想再在你的迪拜工作一年。'我想，也许我还会尝试再去美国，你知道的。我干了一年，每天都上班，只有星期天上午除外，而我此刻在迪拜有整整两天的空闲时间。去给我老爸买东西。”丹尼感到普拉卡什抓着他胳膊的手松了一点。

“没有给你自己买东西？”

“没有。没有给我自己买东西。”

“真是一个混蛋。这可不像你。”

“我给父亲买了他要的东西，然后飞回家。但当我回到斯里兰卡的时候，有人在卡图纳耶克机场拦住了我。一位海关官员。我告诉他我没有在免税商店买东西，以为问题出在这儿。但不是的。你明白吗？”

丹尼看着凶手的脸，时而提高时而降低自己说话的声音，同时又不断进行反问。经验告诉他，他讲故事的方式会把真实的故事变成虚假的故事。他知道自己总是太急于讨好别人。

“如果不是为了免税商品，那么他为什么要拦下我？”

电视屏幕上，马正准备奔跑。另外两个男人走进凹室，看着屏幕。

“海关官员把我叫到一个房间里。他问了一些问题。接着，另一位不是海关人员的官员走了进来，一边翻阅我的护照，一边问了同样的问题。又有更多的人这样走了进来。是的。两三个小时后，他们开车送我出了机场，说他们要弄清楚一些情况。我在整个过程中根本不知道发生了什么，明白吗？”

丹尼解释说：接下来的几个小时是在一片茫然中度过的。他身处一个房间，仍然能够听到远处飞机的声音。不断地有人到来，也不断地有人离去，问他的问题也越来越奇怪。

“我开始明白，他们在寻找一个泰米尔猛虎组织的人，他应该是和我同一个航班从迪拜过来的。我是那个人吗？你知道……泰米尔猛虎组织？泰米尔伊拉姆猛虎组织？反政府军。他们问：‘你是恐怖分子吗？你是不是在迪拜筹钱买炸弹？’不是，我一直在说，不是，我只是迪拜商务酒店的助理经理。然后我就睡着了。半夜，房间里的灯亮了，三个穿着另一种制服的陌生人走了进来，开始问我同样的问题。恐怖分子？钱吗？我很饿，但我还是回答了他们。”

“打扰一下，伙计……”一个澳大利亚人向他们要赛马报纸。

“给你一棵仙人掌怎么样？”普拉卡什微笑着把报纸递给他。

“听着，天才清洁工。”白人一离开，普拉卡什就向前倾了倾身子，“这是一个你编的故事还是真的发生过？”

“这是真的，就发生在我身上。你现在听我说，小心那个仙人掌，”丹尼说，“不要再开玩笑，说什么把它送人了。”

杀害拉达·托马斯的凶手双手捂着包裹着的仙人掌，来回移动它，脸上露出微笑。

丹尼看着仙人掌，解释道。虽然审问人员每一小时就换一个，但每一个人都信心十足地不断告诉丹尼，他就是一个泰米尔猛虎组织成员——不是一个随随便便的成员，而是一个非常具体、货真价实的猛虎组织成员，一个使用了假名丹尼的成员，已知冒充迪拜的一个酒店经理并且总是在星期五飞回科伦坡，已知父亲在拜蒂克洛并且会带回电子产品当礼品，而这些礼物可以被改装成炸弹定时器——并且对丹尼的否认充耳不闻——所有这一切意味着在审讯间隙，丹尼只能对自己返回祖国时被误认为的那位恐怖分子（也叫丹尼）进行推测：另一个丹尼穿什么衣服，他住在或者声称住在拜蒂克洛的哪条街上，他跟谁上过床；一位新的官员进来继续审问，问题也越来越具体（“上个月二十三号，你在吉隆坡的图恩酒店待了多长时间?”)，丹尼感觉自己仿佛是在某部泰米尔语的悬疑电影中，其中的男主角有天晚上在自己家睡觉，第二天早上醒来时却发现自己身着一件蓝色外套，躺在曼谷的一张特大号床上，摇身一变，成为了泰国的黑帮头子。他摸着自己陌生的脸，摆弄着身上的夹克，数着自己的枪和手下，完全不明白自己的生活如何瞬间发生了改变，不明白自己如何来到了泰国，也不明白为什么人们认为他是黑帮老大。过了一会儿，主人公看到各种照片时，开始意识到他就是，而且一直都是，曼谷的一个黑帮老大：他之前在杜蒂戈林或者塞勒姆那种简单、追逐乐趣的年轻人生活才是真正的幻觉。

然后他的下一个审讯者走进了房间。

“很容易记住这个家伙。”丹尼说。因为这位官员有一个不自觉的习惯行为——他说话的时候，就算是眯起右眼，他的右嘴唇也会向上抽动——仿佛一个个字必须从他嘴里挤出来一样。

丹尼演示了一下，普拉卡什点点头。他知道这类人。

于是这个嘴唇抽动的官员坐在那里，手指夹着一支烟，看着丹尼。

“你叫什么名字?”他问，同样的问题问了一遍又一遍，“你认识那个叫丹尼的恐怖分子吗？你认识恐怖分子吗？你父亲叫什么?”然后，他若无其事地说：“把你的名字写在这张纸上。”

“我写了。他说：‘不是用泰米尔语写。’我又用英语写了一遍。‘不是用英语写’，他说，‘用祖国的语言写。’僧伽罗语。我拿起笔，写的时候手在颤抖。他说：‘用祖国的语言不是这样写的，我来教你怎么用祖国的语言写丹尼。’然后他把香烟摁在我的前臂上。就在我尖叫的时候，就在他把香烟摁在我前臂上的时候，我听到他又在问同样的问题。你叫什么名字？你父亲叫什么？还有……”

“疯了。”普拉卡什低声说。

电视屏幕上，马开始沿着赛道奔跑。普拉卡什仍然紧紧抓住他的胳膊，丹尼能够通过对方紧握的手感觉到马蹄在踩踏自己的脉搏。接着，他觉得普拉卡什的手松了一点。

丹尼在黑暗中想道：这个故事不错。

普拉卡什把头往后一移，反驳道："我不相信。我不相信香烟的事。我见过你抽烟。你不怕香烟。"

"是的，我以前抽过烟，医生。你说得对，我过去抽烟。"丹尼亮出牙齿给他看，"你瞧，我是在他们那样用香烟对待我之后才开始抽烟的。"

这番话打动了对方那颗冷漠的心。人类不就是这样吗？普拉卡什完全放开了他。

"你听我说，我去拜蒂克洛看医生，治疗手臂上的伤口，医生说：'你还有血压问题。高压 149，低压 103。'"

"那是……那是……"

普拉卡什开始将一根手指慢慢伸向丹尼前臂上的隆起。

这根手指终于还是没有碰到丹尼前臂上的隆起。丹尼用另一只手把盆栽仙人掌朝凶手的脸砸去，将他从椅子上砸到酒吧的地板上。

等普拉卡什爬起来时，已经太晚了——酒吧的门开着，晃动着，丹尼不见了。

记得那个穿蓝色纱笼的男孩吗？

那个穆斯林男孩，戴着无檐便帽，穿着蓝色纱笼，跪在一名军官面前，滚烫的沙子在男孩的身下形成了一个光环。一个月前，海啸袭击了斯里兰卡。那是二〇〇四年。一天之内有数千人丧生。对于一个已经经历了内战的岛国而言，这是新的诅咒，但人们是如何反应的？像英雄一样。那些以前送儿子去屠杀泰米尔人的男男女女现在都寄钱去拯救泰米尔人的生命。

丹尼也染上了“行善热”，他在沿海地区志愿参加救援工作，帮助那些失去家园的人获得食物、药品和水。有一个村庄的渔民都是泰米尔人，他们失去了一切，住在教堂里，只有一些毯子、凉开水和塑料包装的食物。一位长着龅牙、穿着蓝色纱笼的穆斯林给他们送来了食物和水。丹尼与这个穆斯林结成了一组。还记得当初斯里兰卡东部泰米尔人和穆斯林之间的关系吗？冤冤相报，无休无止的恶性循环。但是，这个傻傻的穆斯林男孩骑着一辆装满食物、摇摇晃晃的自行车，却成了这些泰米尔人的救世主，没有人知道为什么。香蕉，米饭，难民们吃的柠檬泡菜，孩子们喝的新鲜牛奶。每个人都喜欢这个穆斯林。他们发现他是一个狡猾的魔鬼，从政府军和反政府军那里收集物资，而这两方在分发食物和水的时候都有严格的条件，那就是不能把食物和水交给从另一方接受援助的难民。由于海啸，双方休战了一天，随即内战继续。当地政府军指挥官发现，从他那里拿食物的难民不知何故也从反政府军那里得到了食物；一天晚上，教堂在难民们的注视下化为灰烬。指挥官把这个穆斯林男孩叫到跟前："二十四小时内不要帮助泰米尔人。他们一直同时在吃我们的大米和反政府军的大米。这是惩罚。明白了吗？"

"明白，明白。"穆斯林男孩尴尬地回答。

"你知道如果你违反我的规定，"指挥官说，"会有什么后果吗？"

第二天，政府军士兵开着吉普车来到被烧毁的教堂，发现这个穆斯林男孩还在给难民分发食物包时，就把车停在了他面前。其中一个士兵命令道："上车。"

丹尼也在那里帮忙，但他藏了起来，看着他们带着这个穆斯林男孩绕着街区走到河边的军营。这里有一个军官，坐在塑料椅中，他们让男孩跪在军官面前。丹尼隔着安全的距离偷偷望着。那个穿着纱笼的穆斯林男孩，匍匐在斯里兰卡军官面前，滚烫的沙子在男孩身下形成了一个光环，他的身后是蓝色的印度洋，前方是无尽的屈辱，那一幕留在了丹尼的脑海里——让它永远留在脑海里吧：好人在我们这个世界的命运就是那样的。

这种帮助他人的行为会把我们变成比贪婪更可怕的怪物。

权利？你有逃跑的权利，丹尼。

你他妈有责任逃跑。

仅此而已。

下午1点50分

危险！请勿靠近！

他沿着威廉街一路狂奔，为了甩掉追他的人，他先是跑进右边一条街道，然后又跑进左边一条街道，直到看见一个身穿橙色荧光背心的人站在路中央，手里举着一块红色的圆牌子。

危险。

丹尼目瞪口呆地看着那个举着停车标志的人，如果他再靠近一步，那个人看样子就会尖叫起来。

在举着牌子的人身后，另一个人身上系着绿色吊带，被人用金属滑轮放进一个检修孔里；三名身穿橙色制服的同事站在一个标牌后面，上面写着："法律规定，远离危险，不得靠近该标牌三米以内。"

"对不起。"丹尼说，然后离开了标牌，甚至在那个工人被放下去的时候，他就已经走到了另一条狭窄的街道上。

他抬头望着天空。耀眼的金属屋顶上，两只鸟喙弯曲的秃顶动物在俯视着他——在海德公园跟踪他的大鹳带着一个朋友，仍然在跟踪他。它们是这个城市的清道夫：它们对悉尼每一个死亡或丢弃的东西都有优先权。

你今天别想抓住我——丹尼又跑了起来。

* * *

单足跳，跨步跳，跳跃。在一条小街的深处，丹尼终于停下了脚步。

没有人跟着他，那条巷子里也没有别人。他安全了。那个宿醉的四十岁男人普拉卡什。想象一下他那颤抖的胸脯。喉咙发干。蜥蜴在他的颈窝里抽动。阳光下的困惑。

他没有能力去追一个健康的三级跳远高手。你安全了，丹尼安慰着自己，安全了。

尽管他的手机在嗡嗡作响，还在发亮。

别碰它，丹尼。你知道那是谁。

但普拉卡什会打举报电话：普拉卡什会把我的真实情况告诉他们。

第六户。

“清洁工。”当丹尼接通他的下一个电话时，普拉卡什气喘吁吁地说。

“清洁工，你打了我，而且打的是脸。”

“对不起。”丹尼说，差点被自己的回答逗笑。

“你在哪里?”

丹尼没有吭声。

“非法的清洁工,”医生说,“非法移民就是指患病的合法居民,不是吗?”他大笑着说。

说话的声音很集中,而且音调很高,仿佛被强行压缩在了正常音域的三分之一范围内。他在那里一定火冒三丈。我想我打中了他的鼻子。

凶手咯咯地笑了。“你今天打电话给我——你打电话给我,说你想见我,然后你来见我,然后打我。”

“对不起,先生,”丹尼说,“非常抱歉。误会。”

“那么,回来吧。来道歉。然后我们就去打扫房间。我给你60澳元。你想要更多吗?你想要更多吗?”

“不。”丹尼说。

“丹尼,我现在正走向国王十字区。我现在就在酒吧外面。如果你在旁边,把手举起来让我看到。不。你不在附近。你逃了,真的逃了。”

医生气喘吁吁。他在很快地移动,想找到我。

“对不起,医生,对不起,我跑掉了。”

如果你蠢到没看到那一拳的话,我很抱歉。哈哈。

“你认为我是个杀人犯?”

“是的。”丹尼说。对方直截了当的问题让他措手不及。“不，不，”他立刻反驳道，“不，不，不，不。你不是……我认为你不是……”电话挂断了。

电话再次响起时，丹尼没有听到电话里有任何声音。

“对不起，”他说，“我很抱歉，我很抱歉。”

他的心怦怦直跳，心想：根据澳大利亚统计局的数据，平均每周到手的工资是1100澳元，而我连百分之六十都挣不到。如果他不得不对医生再说一千次对不起，他会的。基兰·拉奥肯定就是这么做的——尽管他在书中从未提到过。

“你知道我在哪儿吗，纳尔逊？”

“诊所吗？”

普拉卡什的声音变得柔和起来。“那我应该叫警察吗？”

“不。”

“警察先生，澳大利亚警察先生，在酒吧打我的那个人，他叫丹尼。这是他的长相。这是他的电话号码。就因为我要举报他，他就开始说我的坏话。说我伤害了别人。是的，这个丹尼是个坏人。要我告诉他们吗？”

丹尼保持着沉默。

占了上风的普拉卡什接着说道。

“这里有移民局的举报电话，伙计。你知道的，对吧？等等。

我有一个问题。我有一个问题，清洁工。那个可爱的故事……关于香烟的事，伙计，这真的发生过吗？还是你编出来的？不，我想它确实发生过。我觉得它很可信。回来吧，清洁工，我要用仙人掌打你的脸。成交？”

就算你打电话告诉他们，说凶手在国王十字区，此刻就在拉斯维加斯酒吧，澳洲警方也不会相信你。永远不会相信你。一个男人昨晚杀了一个女人，把她的尸体扔进了小溪里，而今天早上，他却坐在酒吧里，笑着玩老虎机？我真不敢相信，孩子。丹尼碰了碰前臂上的隆起。当然，澳大利亚警察尽管拥有枪支，尽管有着强壮的体格，尽管蓝色衬衣外面还有沉重的装备，但他们谁的前臂上都没有那个隆起。他们没有经历过几个小时的折磨，因而对这个世界的理解极为有限。

“清洁工，现在我来讲讲我的故事。算是对你那动人的仙人掌故事的回报。故事的名字叫‘清洁工被驱逐出境’。故事是这样的：你会在推特上成为英雄，但只有一分钟，然后就在所有人看足球的时候，你却要被驱逐出境。你觉得我说的是无稽之谈吗，清洁工？当然，没有人会愿意说：‘把这个勇敢的小清洁工送回斯里兰卡去。’海关和移民局的一些人甚至会问：‘难道他不应该得到公平对待吗？’数百人会在街上为你高举标语牌，有些人甚至可能绝食一天，或者携带一个小炸弹登上澳洲航空的航班，或者在墨尔本为你举办一个画展，但是最终，他们会回家，你会被驱逐出境。我在骗你吗？我有耍你吗，清洁工先生？”

“没有。”丹尼回答。

他说得对。普拉卡什说得对。没有祝贺，没有花环，没有披肩，没有金牌：做正确的事如同关上电灯。

你觉得自己又成了一个完整的人吗，清洁工？

他的左腿在颤抖。他闻到附近澳大利亚人的厨房里正在煮西兰花的味道。

“维拉伍德。是啊。那会很有趣，不是吗？你知道在那之后你会去哪儿吗？圣诞岛。你听说过吗？”

丹尼点点头。圣诞岛。他听说过。

“为了离开那个鬼地方，人们会吞钉子，会喝乌七八糟的东西，会割腕。你在那里会生活得很好，对吧？”

医生说“对吧”的时候用上了他这个澳大利亚人的全部力量，野蛮的力量。丹尼回答道：

“求你了，”他压低了说话的声音，“为了送我来澳大利亚，我父亲花光了他所有的积蓄，我必须把钱还给他。我得去罗德尼会计师家，把那里打扫干净，拜托了。求你了。他的冰箱上贴着‘禁止开采铀矿’的口号贴，他是个好人。求你了。”

“丹尼，你知道你撒谎的时候声音会颤抖吗？你在哪里？马上回来。到诊所来。”

“不。”丹尼说，然后挂了电话。

他听到了一个“不”的回声，仿佛是可口可乐广告牌传出的，但其实是从广告牌背后传来的，是从国王十字区不为人所知的阴暗处传来的，那个地方的男人们喊叫的方式与世界上任何其他地方都不同——那是由酒精和海洛因释放的躯体发出的歇斯底里的叫喊声，而这些躯体如无脊椎动物般平躺在人行道上——直到他们突然有了力气，坐起身来号叫：它永远不会结束，丹尼。你们的内战他妈的永远不会结束！

丹尼重新奔跑起来。

他一路跑到某个地方才停下来，一边是隧道，有铁轨从中穿过，另一边则是光秃秃的砂岩悬崖，顶上有层层相叠的玻璃阳台。他已经远离了可口可乐广告牌，远离了国王十字区。

电话一直在响。他把头靠在砂岩悬崖上，终于接了电话。

电话挂断了。

你为什么把一切都告诉这个人，拉达？我猜你也把举报电话号码告诉他了吧。我可以肯定。为什么？

为了让自己冷静下来，他开始从悬崖的一边走向另一边，拉扯着旁边的蕨类植物。

普拉卡什怎么把刀捅进去的？丹尼模仿着凶手的动作，一遍遍地击打着砂岩。我不知道刀是怎么扎进肉里的，但我知道香烟是怎么插进去的。

快快乐乐，快快乐乐，快快乐乐，他身后传来一个声音，他立刻转过身去。

那只是风卷起了干树叶。

人生不过美梦一场。

电话铃又响了，丹尼丢下手中的蕨类植物，抬头望着蓝天，大声喊叫，声音大得连可口可乐广告牌都能听到："医生，我认为你没有杀她。我说错了。"

"好吧。"

他闭上眼睛，试图解读电话里那头的沉默。

"聪明的清洁工，"片刻沉默之后，凶手哈哈大笑，"你一直是个聪明的清洁工。"电话挂断了。

丹尼也笑了。那个疯子还想逍遥法外。尼罗河之王仍然想逃跑。

悬崖上长着一片片的蕨类植物和青草；丹尼扯着叶子，闻着它们的气味，那是下面的大陆散发的芬芳。有那么一瞬间，它就像薄荷醇一样怡人。他的鼻孔通了。

托普——托普——吧嗒——嗒吧——嘣——嘣……丹尼的嘴唇发出一连串的颤音；他拨弄着长在砂岩悬崖上的小蕨类植物。

但一切又开始了：电话又嗡嗡响了起来。

第六户。

丹尼看了看电话，然后啪的一声将机盖关上。走开。别打扰我。

像是要做出回应，悬崖开始振动。

开往国王十字车站的火车正驶过下面的铁轨，丹尼从砂岩悬崖上退了回来。与此同时，他的手机一直在嗡嗡作响，就好像被某人强有力的肌肉一次又一次地击打着。好像它也在质问，就像那悬崖、那下面轰鸣而过的火车在责问他一样，你为什么告诉拉达你是非法移民？你为什么要相信一个澳大利亚人？

因为她答应帮忙。

“清洁工，”拉达的声音盖过了丹尼吸尘器的轰鸣声，“我们今晚不出去了。我很抱歉。我和普拉卡什要去世纪公园听音乐会。是为那些寻求庇护的人举办的。我很想邀请你，但我们已经买好票了。”

“好的，”丹尼喊道，“没问题。”

庇护。

也许是因为那个词，因为丹尼感觉到自己的额头错位了，下巴绷紧了。那天他把所有东西都擦了整整两遍。

他干完活时，发现拉达在打电话，手里还拿着一瓶啤酒。“是的，我想知道我能不能通过电话下注？我今天要去听音乐会。我能在那里打电话过去吗？还是我必须亲自过去？太好了。”

她放下电话时，丹尼鼓起勇气对她说：“我需要庇护。”

她笑了：“什么？”

“我需要庇护，”丹尼解释道，“因为我没有医疗保险。”

澳洲女人皱起了眉头：“为什么没有？澳大利亚每个人都有医疗保险。这是法律规定的。”

丹尼摇了摇头：“我没有退休金。我没有税务档案号。我没有护照，也没有驾照。”

拉达又皱起了眉头。你可以看到她的内心在从另一个角度审视丹尼，就像一只鹦鹉拿着一个奇怪的水果倒挂在树枝上一样。

她问：“为什么没有？”

她说：“哦，该死。你是坐船来的？”

他不是坐船来的，他是乘坐马来西亚航空公司的飞机来澳大利亚的，经济舱的机票，这就是问题所在。

在丹尼从迪拜回来后的三天里，他父亲用一种新的同情、一种从未有过的慈祥看着他，仿佛儿子的恐怖故事打动了他；但一周还没有过去，他就在二楼的阳台上与一个厚颜无耻的邻居闲聊：加拿大、挪威和德国的斯里兰卡人、泰米尔人，都发了大财，有数不清的摩托车和汽车。可是这个男孩，他去了迪拜，回来的时候带了什么？手臂上的一个黑斑。我给他列了个单子，要他买那些东西，结果他一样都没有买。就连二合一的DVD播放机都没有买。他说他受到了警察的酷刑，但是我问你，一个人要是没有隐瞒什么，警察为什么要这样对他？为什么？看到丹尼望着他的眼神后，父亲闭上了嘴。“进来一会儿。”丹尼说，领着父亲回到了屋里。关上了门。丹尼把餐桌旁的一把木椅举过头顶，将它砸进了碗柜，廉价的胶合板被砸出了一个大黑洞。然后他把椅子也摔坏了。

他整天躺在床上，等到傍晚凉爽的时候，他就在拜蒂克洛到处转悠，站在卡拉迪桥上，低头望着潟湖。有时，他的堂兄坎南会和他一起站在桥上，低声和他说话，而汽车和自行车呼啸着从他们身旁驶过。

“每个人都想离开这里。我在等你回来，这样我们就可以一起走了。”

坎南告诉他，离开斯里兰卡有两个选择——加拿大或者澳大利亚。只有这两个国家还在接收斯里兰卡泰米尔人。欧洲和美国正在驱赶泰米尔人。

每周都有一艘船从印度的拉姆斯瓦拉姆开往加拿大——他们得付钱给蛇头，而且风险很大。

澳大利亚？坎南说，也有一艘船去那里，不过还有另一个办法。

合法进入澳大利亚。

于是，那个周日一早，他们俩坐公共汽车去了科伦坡，参加每年在海边一家酒店举行的留学澳大利亚教育展。

关于澳大利亚，除了这个星球上每个人脑海里都能见到的宣传画面（红色的砂岩，白色的沙滩，无限的性诱惑），丹尼只知道一点：有位泰米尔医生几十年前移民去了那里，如今在墨尔本拥有豪宅，会邀请来自斯里兰卡的访客与他和他的澳洲妻子在他家的私人红土球场上打网球，然后在他的私人游泳池里游泳。不过，澳大利亚不是有很多种族主义者吗？客人们在他妻子离开后问。他们不是有一部叫澳大利亚白人法的法律吗？作为回答，医生打开保险箱，请他们看他收藏的24k金币，包括上面有英国历代国王头像浮雕的各种半英镑金币，以及真正的南非克鲁格金币。

那是一个要把人热死的夏日，酒店的会议大厅里灯光灿烂，空调怡人，里面挂着一张巨幅海报，上面写着“斯里兰卡青年们，留学澳大利亚吧”。丹尼和堂兄坎南不停地搔挠着袒露胳膊上的鸡皮疙瘩。几个白人身穿毛料正装，带来了各自大学的照片，其中一人站在会议厅的一个角落里，右手搭在电视屏幕上，上面正在播放《碟中谍2》，主角是独一无二、传奇般的汤姆·克鲁斯。背景是悉尼。“现在，我们无法保证。”麦肯齐工学院那位方下巴、胡萝卜色头发的代表说，但他又低声补充道，“不过，我们这么说吧，如果大家最后没能得到工作和签证，我会有点惊讶的。”他看着丹尼和坎南，接着说，“顺便说一句，这是反话。”

他说的是实话吗？丹尼想了一两秒钟。没关系的，对吧。他下次离开斯里兰卡将是他最后一次离开。

胡萝卜色头发的男子补充说，培训班的费用是1.74万澳元，比悉尼其他培训班便宜（不过，夜生活生气勃勃的伍伦贡市离悉尼只有几个小时的路程）。你需要交一学期的押金，外加六个月的海外学生健康保险金320澳元。海外学生健康保险。“我的健康状况很好。”丹尼抗议道，那是他第一次听说这个。澳大利亚的法律。必须购买海外学生健康保险，否则就得不到签证：这是法律规定的。

“我没那么多钱。”在回程的公共汽车上，堂兄坎南说，“那些蛇头，他们的要价也没有这么高。”

坎南说，他们有四天的时间来做决定。星期四晚上开船。丹尼想了又想，想了又想。

坎南没有想。他自己去了拉姆斯瓦拉姆，买了一张去加拿大的船票。

鲨鱼——蛇头——这一切都是明目张胆的非法行为。丹尼很诚实，根本做不到。再说了，他有钱去悉尼——差不多够了。

除了他在迪拜存的钱，他父亲又给了他将近8000澳元。现在内战已经结束，土地价格在上涨，他父亲刚刚卖掉了一套公寓，那是专门为这一刻准备的。也就是他和丹尼永远离开这个国家的那一刻。的确，钱花在这么一所不靠谱的大学上是有点多，但是丹尼认为他并不需要所有这些钱，因为他去澳大利亚有一个计划——一个聪明的计划，他向父亲解释了这个计划。他一到就申请难民身份。他父亲自从他用椅子在碗柜上砸出那个洞之后就一直回避着他，此刻却对他的计划表示了一丝怀疑。瞧他不敢看我眼睛的样子，丹尼心想。这个小个子男人一辈子都怕警察，怕国家，现在也怕我。我知道自己要做什么，丹尼不容他分说。“我是说这是个好计划。”他父亲说，“你先去，丹尼。然后我就过去。然后堂兄弟们过去。你把我们一个个全带过去。”

在迪拜，酒店里一位五十六岁的巴基斯坦服务员被要求讲述他在卡拉奇放纵的青年时代的经历，他大声回应道：“我什么时候年轻过？告诉我，我什么时候……”

我会的，丹尼向自己保证，我会在澳大利亚变年轻的。

所以，悉尼。断断续续的睡眠过后迎来了红色黎明，大地宛如绿色的海湾，插进深蓝色的海水中，并且有着青蛙张开的脚趾般的花纹。然后，飞机急转弯，下面露出的建筑物每分钟都变得越来越高、越来越白，在丹尼的脑海里构成了一个印象：他像时光倒流的杰克，降落在一个陌生巨人的城市里。

飞机着陆。

下午4点30分到达悉尼后，我乘火车在一个星期四的晚上到达了麦肯齐工学院。名为伍伦贡的城市距离悉尼中央车站大约九十五到一百分钟的车程。

三天后，丹尼通过电子邮件给父亲写了一份进展报告，算是对家里在他身上花了11300澳元的回报。

晚上8点入住了我的房间。(麦肯齐工学院位于伍伦贡再过去四十分钟路程的地方，房间在一栋砖结构的二楼——是一个仓库；一楼的一部分已经废弃，另一部分堆满了冰箱和洗衣机；需要从旁边爬楼梯去上课。）当天晚上10点，就在学校图书馆关门前，我通过澳大利亚移民局的网站发了一封信，申请难民身份。

不到二十四小时，澳大利亚联邦就回复了丹尼：

关于：从500签证更改为866签证

亲爱的拉贾拉特南先生，

我们已经收到你变更签证身份的申请，即从学生签证（500签证）变更为保护签证（866签证）。请注意，我们对无理取闹和/或欺骗性的保护请求零容忍。我们在审查你的请愿书后发现，尽管你声称自己是酷刑的受害者，并附上了一张你左前臂的照片作为证据，但你的陈述似乎有一些漏洞。斯里兰卡是一个多元文化的国家，我们认为任何泰米尔人都不应该害怕生活在那里。如果你是酷刑的受害者，那么你应该登船偷渡，就像你的很多同胞那样。你显然有资金作为全自费的学生坐飞机来到澳大利亚，而且你显然已经按照法律要求购买了个人医疗保险，似乎只是到了这个国家之后你才认定自己是原居住国国家迫害的受害者。如果你在澳大利亚境内申请保护签证（866 签证），请注意，根据零容忍政策，你可能会被拘留一段时间，之后你的案子很可能会被驳回。

第一天上课的时候，教室外面到处都是砰砰声和喊叫声，因为中东学生发现他们被收取的费用是其他亚洲学生的两倍。

学院给每个外国学生安排了一份工作，为他们在澳大利亚的新生活进行技能培训。丹尼被分配到了一家酒吧二楼的咖喱餐厅。经营者叫文奇，是泰米尔人，却是来自印度的另一类泰米尔人。

印度的泰米尔人说话声音很大，嘴巴一刻也停不下来，这就是区别所在。

“丹尼，我的斯里兰卡兄弟，能再次用泰米尔语和别人说话真好。”文奇说。他补充说：“我有很多马来西亚的DVD，都是最新的电影，质量一流。”他经过一块块发黑的纸板，避开装满脏盘子的塑料桶，走进厨房。丹尼跟在他身后，听他说着。来自斯里兰卡的兄弟，首先是四周的培训期。当然没有报酬。丹尼踩在纸板上的时候，纸板渗出了污水，起了皱。我还以为在迪拜的时候把这种事全干完了呢，他一边对文奇微笑着一边想。被骗了。

“还有一件事，”文奇说，“外国学生每周的法定工作时间是二十个小时（或者两周四十个小时），但我们可以想办法解决这个问题，每小时10澳元的报酬，比法定最低工资‘稍微’低一点，好吗？”

丹尼在厨房里洗着盘子。报复文奇的小办法多得是，丹尼在迪拜的时候就谙熟此道。他偷了塑料餐具、纸巾和调味品。为什么不呢？学院里的每个外国学生都干这种事。扯平了。有些学生从谷歌上下载论文交上去。有些学生干脆不去上课，四处寻找在果园里摘水果的活。

这场非法的骗钱勾当是这样的：麦肯齐学院哄骗外国人来到伍伦贡，从他们那里收取两年的学费，毕业的时候给他们装裱好的研究生能力证书，比如工商管理硕士和技术硕士，然后便让他们在澳大利亚到处铺设柏油路、安装窗户、制作炒面。白人欺骗外国人，外国人欺骗白人，这所大学里没有一个人显得开心，只有一个中国女孩除外。她胸前抱着背包，脸上总是挂着灿烂的笑容，就像耶稣基督怀里抱着羔羊一样。

在麦肯齐学院的第三个月，丹尼看见一个亚洲学生大步走出学院大楼，手里拿着一本词典：精装版的《韦氏大学词典》。他开始尾随这个词典男孩。“嘿!”丹尼喊道，那个亚洲男孩停了下来，是一个留着黑色长发和山羊胡的日本裔巴西人：他叫安倍拉多·西田，但你可以叫他安倍。名字跟清酒押韵[①]，伙计！安倍解释说，他来自里约热内卢，所以不太会说日语。只会一点点。他一边走一边不停地给丹尼递烟。免费的香烟。“非常感谢。”丹尼说着，点燃了一支。

“在澳大利亚你怎么有钱买烟?”丹尼问。玩绳降的安倍只是用食指轻轻拍了拍自己的额头。

安倍走在前面，一路上不停地用手指敲击着那本大辞典。丹尼跟在他身后，心想：这个日本家伙看上去像是根本没有血压。

那次见面三天后，这位日本裔巴西人就不再来大学上课了。

周六，丹尼乘公共汽车来到悉尼，又按照地图一路到了悉尼中央商务区的中心——卡斯尔雷街。他在那里看到，安倍（名字还与清酒押韵!）面带微笑，在那座玻璃摩天大楼上变成了传说中的绳降之王。必须有人来保持这个城市的清洁，所以安倍在光天光日之下，从卡斯尔雷街和皮特街的玻璃窗上滑下来，戴着蓝色头盔，腰

① 安倍（Abe）和清酒（sake）日语发音同韵。

上挂着钩子、铁环和锁链，向下面所有的澳洲人露出他那百分之百非法移民的屁股。就像《碟中谍 2》一样，丹尼心想。

他们付给他现金。

安倍在一个绿色打卡机里塞进一张蓝色的公交卡；然后他转身向丹尼示意，我请客。两个人乘坐快速公交车从泰勒广场来到了邦迪海滩的一个单间工作室，里面到处是烟灰缸，海风习习，还有一望无际的海景。安倍解释说，他每天早上都来这里游泳，远离所有那些该死的亚洲游客。

安倍点了一支烟，列举了一长串对澳大利亚的看法，边说边轻轻拍着自己的额头。例如，“你有没有看到，2 澳元的硬币比 1 澳元的硬币小，而 50 澳分的硬币比这两种硬币加起来还要大？”

没有，丹尼从来没有想过那有什么意义。

“你知道这个国家有多大吗？”安倍问，“看看这个。”他打开字典，给丹尼看了一张他们所在大陆的地图。

透过窗户，丹尼可以看到海浪拍打着邦迪海滩，泛起乳白色的泡沫。眼睛周围的皱纹越来越紧，让他觉得自己既聪明又年轻。这时，安倍递给丹尼一支烟，问起他的生活。

“我永远都不回家了。”丹尼用一句话概括了自己的一生。

安倍用眼角的余光看了看他，点点头。好吧。

“我们走吧。”他大声说，然后带着丹尼，先坐了公共汽车，然后是火车，然后又坐了另一辆公共汽车，来到了格里伯的旭日杂货店。

一幅怪模怪样的克利什那喷漆壁画前，一个白人老头，要么是接到电话后有所警觉，要么是嗅到非法移民的气味后有所警觉，站在那里等着他们：托莫·查夫达里迪斯满脸光亮，头发蓬乱，看上去好像生活一直在善待他，他也一直在善待生活。托莫咧嘴一笑，带着他们走进了他的旭日杂货店。不过，进了杂货店之后，他那青蛙般洁白的双手费劲地打开一个大玻璃罐，里面装着塑料包装的糖果，硬得如同玻璃。他向安倍和丹尼各扔了一粒糖，显然算是他表达的善意。

“格里伯区可是一个好地方啊。”——他对嚼着糖的两个人说道，那神情仿佛是在给租客推销房地产——“公共汽车可以把你带到市中心任何地方，只要你付得起钱。你来自哪里？啊……一定看板球吧？不看？真的不看？”

轻微的关节炎，很轻微，你瞧，这意味着托莫·查夫达里迪斯再也无法干完店里所有的活，他解释说，一面领着丹尼爬上金属楼梯，让他看看上面的仓库。凡是在旭日杂货店干活的人都可以免费住在里面，但每周只有120澳元的薪水。

“只有一件事，”老店主补充道，“上一个在我这儿干活的印度人，他在这里干了——好几个月。”他伸出三根手指。“有一天，店里满是恶臭，我走进去问他：‘维克拉姆，维克拉姆。’他说：‘我煮咖啡。’‘好吧。你煮咖啡，可为什么会有难闻的气味？’然后我明白了，他在用水壶煮牛奶，人类历史上有谁干过这种事？你永远不要干那种事，丹尼，”老人笑着说，“永远不要煮牛奶，不要把我的店搞得臭气熏天，不然我就杀了你。”

诚实的人都一样的诚实，但地球上每一样腐烂的东西却都散发出它特有的恶臭。这个来自希腊、白发苍苍的杂货店老板不像文奇。丹尼感觉到，他剥削人的欲望要强烈得多。

你自己决定吧，安倍在丹尼说出了自己的顾虑之后回了一句。他们回到了邦迪，沿着海滩散步。丹尼在想着韦氏辞典里的澳大利亚地图。和罗马帝国一样大。和美国减去阿拉斯加一样大。地图上大部分地方都是红色的，什么都没有，这不知怎么的反而让它的面积显得大了两倍。

丹尼在迪拜目睹过非法移民的遭遇。他在机场见过。两个菲律宾男子被铐在一起，等待被驱逐出境。他们被安排坐在登机口前。一名身穿制服的南亚警卫和他们坐在一起，他们想喝水龙头里的水时，必须征得他的同意。当一名被驱逐出境的菲律宾人试图弯腰喝水时，另一名菲律宾人因为和他铐在一起，不得不相应地扭动身体。就像两只被链条锁住的猴子。

回学校去吧，丹尼。回去给学校一个机会。

安倍站在邦迪沙滩上，看着那些正在晒日光浴的女人，不停地评头论足——这一个穿着比基尼，那一个盖着毛巾，猜猜那一个呢——赤身裸体——而丹尼却在听着另一番评论。在沙滩的边缘，一只黄腹凤头鹦鹉落在一棵圣诞松树上，宛如风向标上的公鸡。它在冲着那些享受海水浴的人不停地说着，去你妈的，去你妈的，去你妈的。它时而伸长脖子，时而缩回脖子，一刻不停地呱呱叫着：去你妈的，去你妈的。它叫喊的对象有海滩，有海洋，还有滑过浩瀚天空的修长飞机，而丹尼第一次感觉到新大陆的力量。这种力量原始，红色，充满异教色彩，它在通过那只鹦鹉的声音冲着他吼叫，也去你妈的，因为你是个懦夫。

“要是你害怕，那就回学校去。”这位他几乎不了解的日本裔巴西人建议道。安倍也解释了这个骗局是如何运作的。“每个学期你都会从一门课换到另一门课，对吧？在大学里两年变成了四年。甚至五年。你可以兼职摘水果赚钱。五年过后，谁知道呢？”

丹尼一直盯着圣诞树上的凤头鹦鹉。

他那天晚上没有回学校。他也没有辍学。整整三天三夜，他试着和托莫·查夫达里迪斯待在一起，在旭日杂货店干活，把卫生纸和炼乳放在正确的货架上，睡在仓库里，心中想着，我受够了被人欺骗。我不能一直给那所骗子大学付那么多钱。第二天晚上，他捡起了有人丢弃在外面人行道上的两个熊猫玩具，把它们夹在腋下带了进来，和它们一起睡得很香。但是到了早上，他看到澳大利亚警察就在商店外面，他的左腿颤抖着，不，他把喉咙发出的声音咽进了肚子里，不。

不，你永远别想玩弄了法律还能平安无事，他想。他顺着格里伯和百老汇一直走到乔治街，那条光怪陆离的乔治街，各个人种健康的年轻人在这里汇成了人流，马来人、印尼人、阿拉伯人、巴基斯坦人，直到他从中挤过去后发现了空旷的马丁广场。这便是澳大利亚的金融中心，一块砂岩，炫耀着一个年轻大陆的财富，银行大门的上方到处可见超大的狮子、独角兽和鸸鹋雕像，但是让丹尼瞠目结舌的却是一个男人，一个白人，他似乎与银行没有任何联系却在啃着一个开口纸袋里的什么东西，在露天广场上漫无目的地转悠，无拘无束的自由如同运动员双腿传出的汗味一样从他身上散发出来：丹尼身不由已地又回到了穆加瓦拉姆，包围着他整个生命的潟湖的神奇海滩，而银色的浩瀚海洋离他只有一步之遥。远处有个钟塔在观望。他的双手在颤抖。可是丹尼，在老家那些人对你做过那样的事之后，在这里还有谁能对你怎么样呢？既然知道生活中没有减少恐惧的办法，那么这一次在这里就不会再有三级跳吗？有吗？——丹尼双手紧握在一起，跳了起来。进入海洋。他写信给麦肯齐学院，说他不打算交各种费用，因此退了学，但他知道自己不会离开这个国家。寄出那封信二十八天后，他在悉尼就永远自由了。寄出那封信二十八天后，他被永远困在了悉尼。

“你现在要把一半的收入给这个人？我给你的一半？好吧，”拉达摇着头大声说道，“好——吧。那你一个星期还能剩下多少？”

他告诉了她。是的，他知道。剩下的钱并不多。“但我是自由的，”他说，“我在悉尼很自由。”

“可你住在杂货店里。”

丹尼耸耸肩。“我住在杂货店上面。”

“好吧……那地方在哪儿？”

丹尼笑了。现在太晚了，为什么要停下来呢？为什么停下来。“在格里伯。我就住在旭日杂货店隔壁。”

“我知道那家店。我去过那里。旁边有那幅著名而又怪异的克利什那壁画，对吧？”

是的。这幅壁画。第一点，丹尼不赞成印度教神灵以这种方式出现在悉尼的这些壁画上。不过，你又能怎么办呢？每个地方的每个人都取笑印度教徒。第二点，这幅壁画，这种将克利什那重新构思为一个留着发辫、信奉拉斯塔法里教的冲浪者的方式，有着艺术性，有着真正的价值，这一点不可否认。

“是的，就是那家商店。旭日。它在格里伯已经有三十年了。”

“我去过那里，却从来没有见过你。”

他笑了。因为我只是在商店后面干活的棕色人。

但是，对于这座她出生并生活了一辈子的城市，拉达有了重大发现。“我想这里并不只有你一个人是这样。有一天我在卡林福特，六个穿着背心的中国男人从餐厅上方往外看，只有半秒钟。然后他们又回去了。他们看起来像猴子。”

一旦成了非法移民，你就是那个样子。

“把它清理干净。”老托莫·查夫达里迪斯指着商店外人行道上尚未干透的狗屎说。大约两小时前，丹尼刚刚说他要留下来。“是的，把它清理干净。顾客走进我的商店时不应该踩到它。”丹尼跪在地上，用白色纸巾擦去那黏糊糊的东西，屏住呼吸把纸巾和里面的东西送到公共垃圾箱里。他继续把西红柿汤罐头放到货架上。半小时后，托莫再次叫唤了他。那些狗开始每天在旭日商店外拉屎四次。它们肯定听说了那里有非法移民。

晚上，老店主定下了一条铁的规定：丹尼不得和顾客说话。街对面开发廊的波斯女人？她也为店里的中国女孩定下了同样的规定。那些女孩也是非法移民。

晚上九点，随着“咔嗒”一声——专横的“咔嗒”声，查夫达里迪斯先生关掉了仓库的灯。“别出声，丹尼，”他小声说，“不然我就给移民局打电话。”一阵洪亮的大笑声。

二十分钟后，丹尼手里拿着牙刷和高露洁牙膏，开始走下金属楼梯，老人走过来喊道：“我说过不行！”

“我要上厕所。”丹尼抗议道。

“移民局！”

丹尼回到仓库，抱着那两个熊猫玩具，闭上了眼睛。他想，如果他在写自己的故事，他会把这一刻称为“理解什么是非法移民的第一个小时”。他闭上眼睛，把熊猫玩具塞进自己身体两侧。

他感到自己的血压在升高。

外面的金属楼梯在窃窃嗤笑。也许杂货商老板过来看看他是否在笼子里。是的，丹尼觉得他能闻到那个人的气味。

他认为自己的血压肯定到了150/110。甚至更高。不过，对于快要胀破的膀胱，丹尼还是知道几个老窍门的。因为在他小的时候，只要一关灯，他父亲就绝不允许他再上厕所。

如果躺在黑暗中，膀胱满了，快要胀破了，那么可以做下面几件事。第一，呼吸。闭上眼睛。你在把一根长长的吸管插进喉咙里。当吸管刺穿膀胱壁时，使劲吸。你满嘴都是臭尿。但是你的膀胱一阵轻松，啊，那么轻松。第二，爬到床垫边上。舔一舔地面，找到一颗大沙子。用舌尖转动沙粒，心中默念：“这是一块冰糖在我嘴里慢慢溶化。这是一块……”一想到糖，四肢就会放松，大脑也会放松。第三，翻转身子，腹部朝下，缩起大腿，然后……

他一直能感觉到自己的手指在前臂上随意移动，直到碰到了那个隆起，然后他的手指自己思考着，问道，丹尼，在他们那样对待过你之后，他们还能对你怎么样呢？这是非法移民的第二个小时。

丹尼起身，再次打开房门，出了仓库，走下楼梯，进入商店，一路走到后面，使用了洗发水、护发素和椰油香皂货架后面的卫生间。托莫用他那合法澳大利亚人的眼睛瞪着他，但什么也没有说。他没有给移民局打电话。到了早上，他甚至都没有提这件事。

几周就这样过去了。对于旭日杂货店里的各种规定，丹尼遵守了一些，也打破了一些。三周后，安倍拉多·西田打来电话。有一个自由职业的机会。

那天晚上，丹尼把番茄罐头堆码好之后，直勾勾地望着查夫达里迪斯：“我周二得出去。厄斯基维尔的一个律师家里有个吸尘器，但我得带上其他东西。如果他对我打扫的结果感到满意，他会付给我 50 澳元。”

老托莫只是看了他一眼。你疯了吗，猴子？

没有，但他去过图书馆了。

“我在格里伯图书馆看了法律方面的书，托莫。你知道上面写着什么吗？任何雇用非法移民并且明知故犯的人都会进监狱。如果你把我送进监狱，他们也会把你送进监狱。”没有人举报我，也就没有人举报你。

他同意把挣到的钱给托莫百分之五十。周二回来后再加班干到深夜。

他在悉尼市中心传奇般的清洁工生涯就此开始。“因为我的缘故，格里伯每个非法移民现在都开口要老板涨工资。每个人都是。”

丹尼说完了自己的经历，拉达为他鼓掌。这是丹尼在澳大利亚第一次受到称赞。“你真是个革命家，像甘地一样。”

“不是。”

“是的，是的，像纳尔逊·曼德拉。这个国家需要你这样的人。”

她感觉到了丹尼现在的自由，兴奋得四肢颤动。她在丹尼身上看到了一个地下运动选手。

丹尼觉察到了这一点，感觉到她听了他的故事后兴奋异常，他也同样感到兴奋。他在她的眼中就是老虎。但是，不对，他想告诉她，不对，这一切全都错了。因为即使他在玩安倍介绍给他的游戏时，即使在他打败了穿蓝制服的警察时，即使在他获胜时，丹尼也一直在输。他甚至没有把比赛做好。因为他参加的是一场大赛——一场国际性的世界杯大赛或者奥运会。在这个大赛中，人们从正在燃烧的国家逃往尚未燃烧的国家；他们搭船、剪断带刺的铁丝网、蜷缩在船底的集装箱里，而另一群人则试图拦住他们、拖住他们、抓住他们，或者把他们赶回去；虽然表面上看起来很混乱，但事实证明这项赛事有明确的规则：要么你勇敢地面对它，上了船，被海岸警卫队抓住，去特殊的监狱——在这种情况下还有律师、社会工作者、格里伯图书馆馆员和火车站的那些左翼妇女帮助你（他们会火速赶来帮你，然后在脸书上发布照片，以显示他们宽容大度）——要么你合法地乘坐飞机抵达，护照上盖着签证，去他们那些见不得光的大学，听到他们吼你时赶紧说对不起对不起对不起，为他们清洁抽水马桶五到六年，在第七年成为公民，然后终于理直气壮地要白人滚蛋。而你却落到了介于上述两者之间的地步：合法来到澳大利亚，却沦落成了非法移民；看似要成为一类人，结果却变成了另一类人，因为那使你成为了非法的非法移民，没有人为你尖叫呼吁，也没有人在法庭上为你辩护。而且全球监狱里这个专门定制的牢房却是丹尼自己制造的：自己烧红了一块煤，然后自己站在上面。

但这不是她想听的故事，不是吗？

“告诉我，纳尔逊·曼德拉，”他的澳大利亚雇主提高了嗓门，

“告诉我是谁想抓你。他们干了什么。告诉我一切。”

“谁想抓我？他们都想。”

“他们都是谁?”

“海关、警察、移民和多元文化事务部，他们把这个部门重新命名为移民与国籍局，然后又改名为海关和边境保护局，后来又重新命名为移民和边境保护局，外加 ABF。”

“谁?”

“澳大利亚边境部队，加上他们现在还有专门针对非法移民的珀加索斯移民特别小组和暴雨移民特别小组。”

“你在说什么呀?”拉达问道，“我从来没有听说过这些人。”

“第一条规则，”丹尼说，“他们有你的税务档案号，所以你必须关闭自己的银行账户。第二条规则，你绝对不能在都市便利店或者 7-11 便利店这种二十四小时营业的商店里干活。那些地方总是遭到移民局的突袭。”

“不是吧?”

“是的。另一个危险的地方是城里的印度教寺庙。移民局去年突袭了其中一家寺庙，逮捕了所有人，包括祭司和圣孔雀。”

“太棒了。你真他妈是个传奇。我们下次出去的时候，你得把你刚才跟我说的一切都告诉普拉卡什。真是令人难以置信。”

但现在丹尼缩了缩身子，恳求道：“请不要把我的秘密告诉医生先生。不要告诉他我是非法移民……”——这个问题只有一个效果：摧毁她为自己塑造的他的某种形象，因为她用一种疲倦的声调说道：“当然。我会保密的。我们会帮你的，纳尔逊。坐下来。”她指着那个地方。

“每个人都希望拉达帮助他，不是吗？没有人为我做任何事，纳尔逊。很好。我不会提及任何名字，但我会问一问我在法律援助处的朋友。只是假设。没有名字。没有地址。我保证。但你知道……”她抱着双臂，拱起背，然后对他笑了笑，“在你来这里为我工作的那一刻，你就让我卷入了非法行为中，你明白吗？”

丹尼点点头。

她仍然交叉着双臂，朝他探过整个上半身。“纳尔逊，如果你让别人陷入了麻烦，你会怎么说？”

“我非常非常抱歉，”丹尼回答，然后，“非常感谢你。”然后等待着，但她在下一个星期并没有再提起这件事。他意识到她从未打算把他的情况告诉任何人——当然，除了普拉卡什。她肯定一遍又一遍地跟那疯狂的医生说丹尼的事，讨论他的情况和所有血淋淋的细节。我们应该帮助他，不是吗？我们应该救他，不是吗？我们明天就去办。今晚我们要玩得很开心。

这就是为什么普拉卡什记得所有的事情。

下午 2 点 31 分

把你的名字给我用官方语言写下来，小子。

丹尼的心脏停止了跳动。

一名在斯里兰卡通常属于被审问嫌犯的棕色男子，今天穿着一件柠檬色的马甲，在停着的汽车中搜索着，两根手指夹着一支香烟。

但这名男子转过身，又变成了一个陌生人，绿色的荧光马甲上写着“市容人员”的字样。他用手机拍着停在道路左侧的汽车牌照。

“嘿，”丹尼冲着他喊道，只是为了和另一个棕色人种的人说话，“几点了？”

市容人员将香烟塞到黑黑的嘴唇间，看了看手机，举起了几根手指。

“谢谢！”

立刻，有一些东西，一些绿色的小东西，开始袭击丹尼。丹尼沿着长满蕨类植物的悬崖向前走，身体扰乱了烧焦的青草：每一团干燥的草爆炸成绿色原子，一次四五个，蚱蜢从夏天的睡眠中被惊醒，纷纷撞到丹尼身上，然后又一一分解成四五个绿色原子。他用力拍打着自己，摆脱这一切。

手机上存储的第一个电话号码打来了电话。

旭日杂货店。

“丹尼，”电话那头传来了托莫疲惫而又苍老的声音，“我告诉过你永远不要带朋友来这里。”

“我没有朋友，”丹尼回答，“你在说什么呀？”

“丹尼，你朋友来了。他说他叫普拉卡什。我把电话给他。”

接着是一阵拖拖拉拉的脚步声，一声咳嗽，一声道歉，电话里响起了另一个声音。

“纳尔逊。你跑掉了。所以我来找你。”丹尼注意到，自己的左腿在颤抖。

普拉卡什怎么这么快就到了格里伯？不过，他是有合法身份的澳大利亚人，丹尼。他有汽车。他只是开车去了城里，去了格里伯。

“可你是怎么……”丹尼问，尽管他知道。

“就在格里伯那幅画旁边。每个人都知道格里伯那幅名画。上面画的不是象头神迦尼萨。是克利什那。对。牙买加风格的克利什那。我每次来逛星期六集市时，都能看到它。纳尔逊。你的仙人掌在我这儿。你明白我指的是哪一棵仙人掌。就是你用来揍我的那一棵。所以你的雇主……查夫达里迪斯，对吗？你是这么说的吗？托莫。好的，所以你的雇主知道我不是在开玩笑。我真的是你朋友。”

他把车停在了旭日杂货店外面。你躲在东悉尼的时候，那个满脸伤痕、宿醉未醒的男人去了你的老窝。

血能让他们变聪明，不是吗？你打了他之后，普拉卡什并没有惊慌。没有。

一阵惊讶之后，他从地上站起来，在酒吧里站直身子，对周围的人说：“没关系，我没事，不用担心我。”那快要发疯的医生居然没有去追赶你。没有。他用手指在赛狗版面上画着圆圈。像专业赌棍那样评估着丹南嘉亚·拉贾拉特南，发现这条狗价格合理，然后下注。一轮满月照在普拉卡什的脸上。就如同他打赌他能控制你一样。

丹尼用手指捋了捋头发。

不。不仅仅是在我揍他那一刻。他不是在那一刻才开始计划的。早在那之前，普拉卡什那冷漠的棕色眼睛就已经注意到了我。纳尔逊·曼德拉。我们的老清洁工。他将在电视上看到这则新闻。我该拿他怎么办？

如果我没先给他打电话，他今天也会给我打电话的。

丹尼看到一张黑网从国王十字区上空落下，不断蔓延、扩大，宛如拜蒂克洛潟湖上的渔民撒到空中的渔网，扩展得越来越宽，落下的速度越来越快，威胁着要套住他，将他拖入可口可乐广告牌下面的隧道，穿过脊柱般排列的橙色电灯，将他拖入黑暗。

“纳尔逊，”电话里的声音说，“你没事吧？”

丹尼把手机移到了左耳上。“对不起，医生先生。”丹尼说，听到自己的声音在颤抖，连他自己都很惊讶。

“我该怎么处理这个仙人掌呢？”

“我不要了，医生先生。我什么也不要。不要举报我，不要举报我。”

“对了。”普拉卡什笑道，“对了。你一直这么说。我会在这里等。我想再见到你，纳尔逊。在我飞往南非之前。对吧？听着。”他放低了声音：“我可不想像黄貂鱼那样生活在这里，住在玻璃船下面。我跟你说过一次，不是吗？你坐着玻璃底的船驶过暗礁，看到了躲藏在那里的肮脏的黄貂鱼。那不是我。永远不会是我。我一直生活得很好。”他几乎到了声嘶力竭的地步。“我真的过得很好。纳尔逊，你明白吗？”

“是的。”

“诊所里发生的事，我不怪你，纳尔逊。不怪你揍我。我一点也不怪你。你知道我怪谁吗？”

“谁？”丹尼问。

“你的老板。”

“我的老板？”丹尼重复了一遍，“托莫？”

“不，不是他。是你真正的老板。你只是个清洁工。”

“先生，你说得对。我只是个清洁工，能被你信任是我的荣幸。”丹尼心想，自己说话的口吻像是在迪拜的酒店一样，又回到了酒店前台后面。“先生，我永远不会忘记我们商定的事。”普拉卡什挂了电话。

丹尼立刻想到，我得告诉索尼娅。这是现在唯一要做的事。我得马上告诉她。

他用手指捋了捋自己的金发。

可他到底要跟她说什么呢？首先，给我两分钟，让我告诉你我是一个非法移民，告诉你我是如何成为非法移民的；然后，再给我两三分钟，让我告诉你我今天卷入的谋杀案。

五分钟终结我撒谎的历史。她永远不会原谅我的。

你需要仙人掌的时候仙人掌在哪里？现在靠着他的胸口本应感觉很好的。对。

但他那么多次差一点就告诉她了。

有一次自然是去看电影：那是在星期二，票价优惠的日子，他们去帕拉马塔韦斯特菲尔德的电影院，她建议他们看泰米尔人拍的电影，但他断然拒绝了。他们看了汤姆·克鲁斯演的电影，他一直看着索尼娅，不知道能不能小声说：“我来澳大利亚就是因为他。”

他们两周前一起去邦迪海滩的时候，他也可以告诉索尼娅的。她当时在海滩的另一边游泳，远离亚洲游客，丹尼坐在毛巾上看着。“我不喜欢游泳。”他解释说。什么？你不是在什么潟湖里长大的吗？“我不喜欢游泳。”他说，她听到后知道自己不能再和他争辩了。他看着她独自游泳。因为这条海岸线现在已经成了他的禁忌：他永远不会再在这片海域游泳了。安倍来邦迪海滩游过泳。他不想记住安倍。

悉尼已经成为一个充满了邪恶魔法和禁令的城市，有些地方他不能再去：比如，玫瑰湾的一个十字路口，一名警察的马打着鼻息，鼻子上的血管扩张，即便是戴着眼罩也能发现丹尼。那个拿着绿伞的女人在伯伍德的购物中心发现了他，虽然过去了三年，那地方对丹尼而言仍然是禁区。就在一个月前，丹尼在等待索尼娅的时候，独自沿着帕拉马塔河的新河段散步，直到远处一个金属结构让他想起了拜蒂克洛的卡拉迪桥。一种宛如口哨的声音响起，仿佛帕拉马塔河里的鱼也像老家的鱼一样学会了唱歌：你抛弃了自己的父亲，还是在他的晚年。帕拉马塔的一些地方从此也成了禁区。难以忘怀的错误构成的迷宫：要不然会是世界上最美的城市，悉尼。

“你真是个怪人，我的丹尼。”索尼娅说。她游泳回来，在露天淋浴喷头下冲完澡，坐下来让他把头发弄干。丹尼用白毛巾裹住索尼娅的头，说道："准备好了吗？"丹尼一边使劲地擦着索尼娅的头，一边抬头望着所有那些房子，望着所有那些窗户，它们在暮色中闪闪发光，宛如邦迪海滩上的愚人金[①]。

索尼娅在头发干了之后换了身衣服，开车把他带到了山上一个高处，然后坚持要他下车。如果他不想游泳，没关系。但他必须看到。

邦迪海滩再过去，有一个伸入水中的岩石海角，如同大陆的一只狮爪，落在海洋中。再过去又是一个岩石海角，另一个海滩。丹尼看到了气势逼人的澳大利亚。

深绿色的海浪冲击着下面的岩石。

索尼娅喜欢开车，那天她租了一辆福特车，然后开车带着他去看她的母亲。这是丹尼第一次在澳大利亚坐这么长时间的车。她一直往前开着，各种阴影落到他们身上，一群鸟，海港大桥上巨大的黑色梁架，然后，他们便进入了一个全新的世界——北悉尼。在十六楼的一间客厅里，索尼娅的母亲与他们说了一点英语，不停地请他们喝越南风味的菜汤；晚餐时她一直盯着丹尼的头发。之后，在刺眼的灯光下，母女俩给丹尼看了一些她们织的东西：毛衣、羊毛袜子和围巾。索尼娅的母亲随后拿出自己的医疗保险卡、老年卡

---

① 即黄铁矿石。

和借书卡，把它们排成一条线，让索尼娅和丹尼仔细看看：这在她看来是礼节，但在丹尼看来却是幸福。那么，丹尼心想，这就是她们母女俩的现状了。

他抓住前臂上的隆起，用他最锋利的指甲戳了一下。他还记得索尼娅开车时，巨大的海港大桥投落在他身上的阴影，他感到那些影子结成了一张网，却不能像支撑她那样支撑起他。

“你是穆斯林吗？”老妇人问。

“妈妈，怎么又说这事。”索尼娅转向丹尼，“看看他的笑容。你为什么要怕他？”

丹尼松开自己的前臂。“我不是恐怖分子，”他回答说，“所以请你向你妈妈解释一下。”

老妇人现在明白她冒犯了丹尼，因此她给女儿讲了一个很长的故事，让女儿翻译给她男朋友听。“妈妈想告诉你，”索尼娅的目光从老妇人那里转向丹尼，“在越南的时候，我父亲想引起她的注意，可他太害羞了，不敢和她说话。他来到村子里的集市，却对她一句话也说不出来。所以你知道他做了什么？我父亲剃了光头。来证明他对她的爱。她明白了他的意思。”

“她想让我那么做？”丹尼问，母女俩笑了起来，好像他非常愚蠢。

“明年，”索尼娅从她母亲做的甜点中拿起一块酥饼说，“我们要去凯恩斯度假。不是吗，丹尼？”

他吃了酥饼。他的护照三个月前就过期了，他肯定需要某种形式的身份证明才能上飞机。每当她谈起凯恩斯、谈起在大堡礁潜水时，他总是回避这个问题。他怀疑那地方只是一个价格过高的拜蒂克洛潟湖的翻版。

“凯恩斯那边就像斯里兰卡，典型的热带气候，你会喜欢那里的。”

“你怎么知道斯里兰卡是什么样的？”他反问道。

“油管视频网站。”

“对，对。”他告诉索尼娅，他总有一天会给她说一说斯里兰卡这个世界上最美丽的国家。然后她就不会再提什么大堡礁之类的了。

她转向母亲说：“如果他不想去凯恩斯，那也没关系。我说：‘我们去斯里兰卡看看你的家吧。’可他甚至都不愿谈这件事。总是改变话题。他以为我没注意到。”说到这里，索尼娅想起来，她真的应该去哈里斯公园那个可爱的斯里兰卡家庭开的阿育吠陀店给丹尼买一支草药喷雾剂。因为他那出了名的鼻中隔偏曲？顺便说一句，那几个斯里兰卡人的口音多美啊。为什么你的口音不像他们，丹尼？

于是丹尼故伎重演，巧妙地改变了话题：他不再提斯里兰卡、拜蒂克洛，也不再解释为什么他有着近乎澳大利亚人的口音，而是开始给索尼娅的妈妈讲泰米尔人和原住民居民。

是的，一个夏天的早晨，在垦思区一条无人的街上，丹尼看到一个棕色皮肤的男人和一个女孩在跳舞，没有音乐伴奏，只有阳光相伴。男人光着上身，女孩上身穿着比基尼，下面是蓝色短裤，事实上，除了他们闪闪发光的耐热皮肤外，没有其他穿戴。丹尼被他们吸引住了，离他们越走越近，最后才意识到他们不是印度人，不是斯里兰卡人，而是澳大利亚原住民。他们跳得多么尽兴啊。从那一刻起，从那一天起，丹尼一直在格里伯图书馆和纽敦图书馆里查资料。他在网上找到了所有这些内容。

丹尼说着，索尼娅把他的话翻译成越南语。

“听我说，妈妈。这是一个很棒的故事。他说的是棕色人种，尤其是泰米尔人，来到澳大利亚的时间比其他任何人都早，因为原住民最初说的就是一种泰米尔语。妈妈，他说这是真的。科学家们，他们有事实来证明这一切。他要我告诉你，这种科学家被称为语言学家。明白我为什么爱这个男人了吗？现在他说，下次他和我一起过桥来北悉尼时，他会带一位语言学家来科学地证明澳大利亚的一切最初都是泰米尔语的。”

索尼娅笑得浑身颤抖。就连她的老母亲也不再认为丹尼是穆斯林了。他是一个传奇。不只是一个传奇。他在享受她们的脆饼，他们在享受他的故事。

你当时就可以告诉她的。这是我真正想让你们知道的：我自己的故事。

但今天要告诉她一切吗？偏偏是今天？

我们在一起两年了，你从没告诉过我你是非法移民？现在你又和什么谋杀案扯上了关系？她可能会冲着他大喊大叫。更糟糕的是，他可以想象自己崩溃了，不停地哀求：请不要告诉任何人我是非法移民。而她却说：不要告诉任何人？我他妈的都带你去见了我妈，丹尼。她对你的看法是对的。

穆卢干大神啊。

丹尼转到右边，看见一棵巨大的无花果树，深色的树冠里许多地方在闪闪发光，仿佛它知道自己心中在想什么。

下午2点36分

电话再次响起时，丹尼意识到自己根本没有动窝。

“纳尔逊。我就在你住的地方外面。这里有个图书馆。我打赌你是来这儿的，不是吗？”

“先生。我非常非常抱歉。请不要告诉警察我住在哪里，先生。”

一个男人的大笑声。

“你真会求人，是吧，清洁工。你走了之后发生的事，我从没有告诉过你。他们让我自己打扫那地方的时候，我得知了一些东西。是的。我得知了那些黑色的尿渍。有一天，我拿起马桶座圈去擦它，就像你干活那样，结果我发现背面有黑色的尿渍。我现在撒尿的时候很干净。我当过兵。从来不会留下尿滴。可我在这里看到了黑色的干尿渍。有人一边对着我的马桶撒尿，一边欣赏着我家能看到的歌剧院美景。然后他可能用了我的床。那不是你。不，我从来没有怪过你。那是你的老板。”

他说的是查夫达里迪斯吗？丹尼不知道。他现在要杀了他吗？

医生的声音在颤抖。“图书馆外面真热，”他说，“我还是进去为好，里面有空调。”丹尼听到了门被打开的嘎吱声。

“公共图书馆，全他妈的是浪费。大多数人的智商，在十岁时就固定了，不会增加，”普拉卡什停顿了一下，“我跟你说过矿上的事吗，纳尔逊？”

“没有。”

“好吧，我现在不打算告诉你，是吗？”又是一声大笑，“天哪。里面真舒服。有空调。”

一声叹息，然后是一个响声，丹尼觉得普拉卡什应该是坐下了。也许就坐在格里伯图书馆的某张椅子上，面前还有台电脑。

“长周末在该死的米切尔公路上开车，看到那辆红色的丰田被撞得粉碎，你想知道里面的人怎么样了吗？那就是我。你在听吗？”

“是的。这就是矿上的事吗？”

“不是。这是另一个。我在公路上开车。我告诉过你。那是冬天。我穿了一件外套。皮外套。里面是加拿大鹅毛。很贵。他们撕开我的皮夹克，把我放到医院的急诊床上。我醒来的时候，雪白的羽毛飘来飘去，头顶上有一个发光的圆盘，我想，我变成天使了。这些就是我翅膀上的羽毛，上面那个闪闪发光的圆盘就是我成为天使后新的大脑。得知自己还活着的时候，我告诉你，我热泪盈眶。她父亲——车里也有一个女人——当然，她父亲可不认为我是个天使。当他在医院里指控我的时候，伙计，我告诉你……先是矿上的事和那次车祸，现在又是这个——但我告诉你，我从来没有屈服过。我也从来没有道过歉。在法庭上，法官和律师让我在这个框里打勾，那个框里打勾，然后我就获得了自由。然后，我就开始赌博，再次惹上麻烦的时候，他们就送我去了戒赌所，对。这就是他们想要看到的我的结果。你为我感到难过吗，纳尔逊？”

“是的。”丹尼说。

拖曳的脚步声，然后他听到普拉卡什说：“好吧，我出去。好吧。我这就走。我不会说对不起的。我就走。”然后继续说道，“该死的图书管理员。想让我离开。好吧。我从这鬼地方出来了。你知道你图书馆的这些人对我很不好，对吧，纳尔逊？”

“对不起，先生。”

“我一点也不怪你。你他妈的只是个清洁工。下午6点45分的飞机。我不能永远待在格里伯。我得回去打包了。还有卫生。你不觉得你欠我的吗，纳尔逊？他们让我搞卫生。现在你来打扫最后一次。”

“不。”丹尼说完就挂了电话。

那是个错误的举动。普拉卡什对此很生气，立刻给他发来了短信。

举报号码是多少，哦，对了，1-800-009-623。

我听说维拉伍德的情况很糟糕，那些帮派。

人们宁愿自杀也不愿意待在那里。

蚱蜢从周围的灌木丛中飞出来，落在了丹尼的腿上。

手机又响了起来。

未知号码。

丹尼希望是索尼娅的电话，用医院的座机打的吗？他的手指移到了按键上……不，她不会用座机打电话。

手机一直不停地在响。

未知号码。

他们还能对你做什么呢，丹尼？——他捏了捏自己的前臂——

还有什么是他们没有干过的?

“喂?”他接电话的时候几乎喊了起来。

下午2点46分

“你好,”电话里的声音停了一下后说道,“我是凶案组的探长米切洛斯,你是哪位?”

一只喜鹊穿过树叶,猛地落到丹尼附近的树枝上;它的喙尖在阳光下闪闪发光,变成了一把刀。

“是的。”丹尼的身子立刻动了起来,“是的,是的。”

“你是哪位?我打电话给你是为了调查一起凶案。你能告诉我你的名字吗?”

他说了。

电话里的声音告诉他,拉达·托马斯昨晚在图恩加比遇害,他们在她的手机里发现了丹尼的号码,警察能问他几个问题吗?就目前而言,只是在电话里问几个问题,可以吗?

“可以。”

“姓名,职业,地址。可以,目前说住在郊区是可以的。你的电话号码呢?”

丹尼把蕨类植物卷在一起,一丛丛地拔出来,一边回答每个问题，一边沿着悬崖往前走。

然后：“你是她的朋友吗？我们正在给名单上的每个人打电话。”

“我以前一直给她搞卫生，”他说，“仅此而已。但很久以前就不给她做了。”

“多久以前？”

“八九个月以前。”他有意识地多加了一个月，“至少。”

“我明白了。”警官问，“你能告诉我们什么有助于调查的情况吗？你看到过什么可疑之处吗？”

丹尼努力回忆着。“没有。”他说。

思考，丹尼。他把带着蕨类植物气味的手举到鼻子前，吸入了那股凉爽的芳香。如果警察在她的手机上查电话号码，他们就会找到普拉卡什的号码。他们会自己抓住他的，不是吗？有人会记得一个戴着条纹领带去酒吧的印度男人。某个澳大利亚白人会想把他的鼻子打烂的。他会记得的。他会知道自己有义务告诉警察。

我不举报，你也不举报。

丹尼抬起头，看到一双中国人的眼睛正盯着他。丹尼的上方有一栋建筑，一个穿着蓝色条纹水手T恤衫的男人从建筑的玻璃阳台上探出头来。这位观察动静的中国人在上面打了个呵欠，挠了挠胳膊，然后咧开嘴笑了。

伙计，你不会看日历吗？

那个亚洲人一直在上面微笑。

丹尼从阳台开着的门里看到了很酷的室内装潢、电子设备、一个陶瓮，还有一个毋庸置疑的信息：妻子比丈夫漂亮。

待在澳大利亚，丹尼。

丹尼希望自己能大声做出解释。瞧，他不仅喉咙痛，而且脉搏也跳得很快。他因此想回到旭日杂货店，在沙发上躺下来。可是，瞧，他也因此想到了拉达的喉咙，想到了正义。

观察动静的中国人站在安全的高处，嘴里咀嚼着什么东西，下巴不停地动着。他在观察丹尼。

警察也给你打电话了吗？

普拉卡什又发来了短信。

是的，丹尼回复道。

你说什么了？

什么也没有说。

电话立刻响了起来，凶手问道："你说了什么？"

"我告诉你了，什么也没有说。"

"真的吗？"

"真的。"

“真的吗?”

这是一种哀求。丹尼终于听出了普拉卡什的真实面目：赌徒、尼罗河之王、悉尼夜生活的老板——一个现在已经无望获得赦免的人。

“是的，医生，真的。”

“别那么叫我。我不是医生，不要侮辱我。”普拉卡什等着丹尼说话，然后又问道，“你真的什么都没有告诉他? 好。我从来没有为任何事责怪过你，清洁工。”

凶手听上去像是感激涕零。如果运气好的话，丹尼心想，在今天剩下的时间里，他会继续这样彬彬有礼。

但一秒钟后，他的声音变了。“纳尔逊。你——你打了我的脸。”

“对不起。我很抱歉。十倍的抱歉，医生。二十倍的抱歉。”

片刻的沉默，然后普拉卡什又说道：“我不怪你，我知道你只是个清洁工。最顶层操纵着一切。我们知道是谁在操纵，不是吗?”

“谁?”

普拉卡什没有回答，而是说：“纳尔逊，我今晚要坐飞机。我必须保持良好状况。你知道我要去哪儿吗? 什么时间?”

丹尼回答完这些问题后，凶手又回到了他之前的问题上。

“我们知道是谁在操纵一切，不是吗?”

"谁?"丹尼问。

"最上层的人。"

丹尼等着他说下去。

"出卖这个国家的人，那才是最上层的。"

"谁?"

普拉卡什嘘了一声："最上层。"然后挂了电话。

他在说谁？丹尼想知道。

上方堡垒般的建筑里，观察动静的中国人点了点头，似乎他也在想同样的事情，然后伸了个懒腰，打了个哈欠，走进了漆黑的屋里。

一场伏击。一个敞开的棚子，里面露出二十几个黑色的引擎盖，一个个冲着丹尼发着微光。这是一条荒凉的街道，位于从国王十字区到乌洛莫洛区的下山道路的半道上，丹尼站在街道中央，凝视着那些时髦而邪恶的欧洲玩意儿——一家意大利汽车展示厅。

他看到展示厅外面有一个被碾碎的东西——一只老鼠（或者类似老鼠的东西）——而这个国家所带来的冲击、白人的恐怖、他们无节制地使用卫生纸、西兰花的恶臭、他们对橄榄球的痴迷（永远不要将它称作英式橄榄球），全都在那只已经被碾碎的老鼠或者类似老鼠的东西身上体现无疑。

单足跳，跨步跳，跳跃。丹尼，从老鼠身上跳过去，继续向前走。

在离车展厅三米远的地方，他看到一座混凝土桥梁的上方出现了哥特式大教堂高耸的石头尖塔，叠加在悉尼塔大楼蜘蛛网状的钢索上。它看起来多可怕啊，丹尼想，他几乎每天都看到它。

在普拉卡什的眼里，目前的一切肯定就是这样的。杀人犯眼中的世界一定和移民眼中的世界一样耀眼、恐怖。任何一个澳大利亚警察都不会理解的。

丹尼听到周围传来了啃咬声：夜间活动的袋鼠在啃咬着……咀嚼骨头来获得鲜活的盐分。

他转身回到意大利车展厅。三只黄腹凤头鹦鹉，它们灰色的爪子牢牢地抓住一辆黑色轿车的引擎盖，宛如一个紧张不安的新豪华品牌的标志——丹尼的电话响了起来。又是未知号码吗？

“喂？”丹尼看着车顶上的凤头鹦鹉说。是警察，是的——但不是上次那个警察。

“听着。我是总探长杰弗里斯，我是特别行动指挥官，也就是说我是队长，在这个案子中，你应该接到我的电话，而不是米切洛斯探长的电话。我为出现这样的问题感到抱歉，因为程序不对。我讨厌出现这种情况，我相信你也一样。我很感谢你和米切洛斯探长谈过，但我还得再问你几个问题。先生，我可以问你几个问题吗？”

“可以，先生。”丹尼回答道。他一面在桥下行走，一面再次回答了相同问题。

你认识这个女人多久了？

你经常打扫她的住处吗？

你注意到有什么异常吗？

“没有，先生。”丹尼回答。

你知道有谁可能想伤害她吗？

“不知道。”丹尼说，这次他更为自信，尽管他的腿还在颤抖。

“没有什么可以告诉我们的吗？”

“没有，先生。我现在可以走了吗？我还有工作。”

“是的，”警察停了一下说，“你可以。”

丹尼知道混凝土桥下的眼睛正盯着他，也许是在观察他大汗淋漓、极不舒服的样子，还有他那张因为说了谎话而满脸是汗的脸，但没什么好担心的：那是无家可归的澳大利亚人的眼睛。

“当移民局最终抓住你的时候，纳尔逊，你需要做的就是看着那些家伙的眼睛，告诉他们，放了我，我来帮你们修管道。”一天，丹尼正跪着擦洗浴缸里的一圈污渍，拉达·托马斯走进浴室，用冷霜擦着脸。“纳尔逊，你听到我说话了吗？听着：我们只是表面上显得喜欢规章制度。我们真正喜欢的是铺设管道。”

丹尼继续擦洗浴缸。他从来不知道，就她所说的一半的话而言，她究竟是在开玩笑还是认真的？也许是半真半假，这似乎就是澳大利亚人所说的反话。

然而，过了一段时间，不管那是笑话还是反话或者是其他的什么，反正在拉达·托马斯的脑海里消失了。

“会计一直在问，”她开始说，“那套公寓的钱到哪儿去了，他总有一天会跟马克提起这件事的。”在悉尼，没有什么能逃避房租——哪怕是疯狂的爱情。普拉卡什一定知道月光下的锡克邦葛拉舞即将结束。丹尼想，对我来说，正是离开的好时刻。

然而，丹尼留了下来。

继续留了下来。

她像个诚实的女人，按时付钱，还给小费，不是吗？她从来没有让他清理外面人行道上的狗屎，对吧？

一周又一周，他不断推迟将自己的决定告诉拉达，只是在打扫完她的住处后对她微笑；直到六个半月前的某个星期二，他清洁了地毯，（特别仔细地）打扫了卫生间，在确保公寓里一尘不染之后，接受了付给他的60澳元。然后，他深吸了一口气，挺起腰杆，告诉第五户房主他以后不再来这里搞卫生了。永远不来了。

那天，窗户开着，她站在红郁金香旁，用力按着手机按键，没有看他一眼。她随身带着一份赛马报纸。

透过敞开的窗户，丹尼可以看到第四户达里尔律师家的背面——那里看上去既是一种宽慰，也是一种心灵的平静。

他站在那里，用右手捋着头发，咧嘴笑着。最后，为了引起她的注意，他开口了。

“我得辞去这份工作了。”他说。

他知道他那天的笑容太丑了。在他第三次说出要辞掉这份工作时，她终于听懂了他的意思。她问：“你认为我们是怪胎，对吗?”

她走到沙发前，坐了下来。“你是个伪君子。你知道吗?”她说，“有些人被关在维拉伍德，写着关于自杀的诗，而你却衣冠楚楚地在悉尼转悠，拿着现金，享受着澳洲各种生活方式。你这该死的伪君子。”

丹尼不再微笑。他鼓起勇气说道：“普拉卡什是一个小痴颠，拉达小姐。”

“痴颠?”

他已经转过身去，她突然厉声说道：“嘿。你不能说了这话就走。你他妈的什么意思?”

于是他解释道：这就是泰米尔电影里的人物说的，丹尼的父亲在他从迪拜回来后也是这样告诉邻居们的（“我儿子是个痴颠”）。

疯子，这就是它的意思。就像学校里那个讲离奇故事的男孩。

拉达把手机面朝下放在沙发前的桌子上。“疯子吗?”她说，“这就是你对我们的看法吗？知道吗？对于我们来说，对于我和普拉卡什来说，你就像我们的家人。我……已经跟别人说过你的非法身份。我已经……请求别人帮助你了。”

丹尼说：“谢谢。”

“痴颠。”拉达抱起双臂看着他，“别他妈笑了。你笑起来的时候样子很丑。听着。普拉卡什和拉达，拉达和她的普拉卡什。住在西郊的那些印度人，他们讨厌普拉卡什，他不能去那里。他们恨我们俩。因为我们是雌雄赌王。我们在悉尼的生活方式与其他印度人不同，他们的生活方式就是买越来越大的车，每年在帕拉马塔越来越喧嚣地庆祝印度教的各种节日。别他妈笑了，我说。”

她的手机响了，她拿起手机，玩弄着，却又一直在和丹尼说话。“他有印度背景，全家人都是外科医生，所以他觉得自己必须成为外科医生，就像他哥哥一样。相反，你知道他经历了什么吗？在昆士兰当兵，然后在金伯利当矿工。他走遍了全世界，你知道的。该死的全世界……你在听我说吗，清洁工？”她微笑着，抬头看着丹尼。“生活亏欠他太多。他本该成为甘地。或者弗雷德·霍洛斯①。”

“或者纳尔逊·曼德拉。”丹尼笑着说。

“你在嘲笑我吗？”拉达看着他，“你他妈在嘲笑我吗？我发明

---

① 弗雷德·霍洛斯：澳大利亚著名的眼科专家、社会活动家，世界防盲治盲工作的倡导者和先行者。

了你。你在给我干活之前根本不存在。看看我在网上找到了什么，清洁工。”

丹尼脸上的笑容消失殆尽。她给他看了手机屏幕——她根本没有下注。

“看，读。‘任何知道某个个人、企业或雇主可能会协……协……”

丹尼走近了一步。他看着电话。

“协助。”

“别再装模作样了。‘协助签证欺诈或非法工作行为的人应联系澳大利亚边境警备网站，网址是 Australia.gov.au/...border//...’”

拉达把手机面朝下放在桌上。“斜杠，斜杠。”她说。

丹尼盯着她。

片刻的沉默之后，她说：“我不是那个意思。是你逼我说的。你根本不了解普拉卡什。他经历了那么多可怕的事情。”

“我不能再给你搞卫生了。”

“纳尔逊。我是说，我们可以去香港。那里有个工作适合我，一份医院行政管理人员的工作。但我不能离开这道亮光。悉尼，这亮光太强了，强到你无法轻易离开。知道吗？有时候我觉得他会伤害我。他会伤害他自己，然后伤害我，然后再伤害马克。他的嫉妒心越来越强了。”

“去警察局，”丹尼说，“告诉他们。”

她转身望着他，冷笑了一声。“警察，”她摇了摇头，“没有地方可去。在这个城市里无处可藏。没有人会给我工作，也没有人会公平对待我。我知道他们到处都在谈论我。医保局办公室的那个疯女人。偷了政府的钱就跑了，她自己的丈夫举报了她。让我身败名裂的正是警察。”

她把手机丢到桌上。“我们整天都在赌博，却不能把赌注押在自己身上。”

她用左手擦去眼泪。丹尼握紧了手中的清洁袋，里面有一个装满纸巾的盒子。

“‘普拉卡什’，我一直告诉他，‘监狱里的人有两个选择：要么越狱，要么让他的牢房变得像这个世界一样大。’我一直这样对他说。”

丹尼看着门。如果有两种生活，那么你想要逃离的地方就会多一倍。

“纳尔逊。你知道兰德维克吗？你当然知道。这是《碟中谍 2》里出现的地方。那部该死的电影，你们一直在谈论它。听着。有一群黑色凤头鹦鹉，秘密地生活在悉尼的中心地带，每个夏夜，大约六七点钟，它们会在兰德威克上空翻飞，画出一个个半圆，就在那里的大酒吧前面——你在看日落的天空，这些头上有冠的家伙，它们黑色的翅膀伸展着，就像当年该死的西班牙无敌舰队。如果你看到那些黑色的凤头鹦鹉，那就想想我，想想拉达。想想那个你不想帮的女人。你想滚就滚吧。”

我是不是应该再求她一次，丹尼想，求她不要告诉普拉卡什我是非法移民？

拉达警告丹尼，让他就在那里站着，她自己则走进卧室，给他拿来了一个女人的名片。她在火车上认识了这个女人，而且这个女人恰好是一位出色的移民律师。十分钟后，丹尼离开拉达的公寓。

的确，在那之后她给他打了很多次电话。他的手机震动过，他看到过来电显示为：

第五户。

也许她把她所知道的关于这个神奇清洁工的一切都告诉了普拉卡什，包括他是非法移民这一点，因为她很生气。也许在他们喝醉的时候，她当着普拉卡什的面给移民局热线打了个电话，差一点把一切都告诉他们——然后又突然后悔，挂了电话，和他一起大笑。

也许这就是她出卖丹尼的原因。报复。

她也许出卖了你，但她现在已经死了，丹尼对自己说。不要评判她。尼罗河女王。

砂岩悬崖底部有一丛多肉植物，一缕蛛丝缠住了一片小叶子，在这片没有风的地方，叶子不停地扭动着，转动着。他跪下来观察。

她吗？不，需要评判的不是她——不是拉达·托马斯。

几个月来，她就在律师达里尔家的后面——种有红色郁金香的窗户就在那里，要么在马路后面，要么在马路对面——清洁工纳尔逊紧握自己的清洁装备，本可以走过来，打声招呼，看看拉达怎么样了。五分钟就够了。

但那是一条他从未越过的黑线。

下午2点52分

丹尼依然蹲在多肉植物旁。被蛛丝缠住的叶子像一台永动机一样不停地转动着。

下午2点54分

不是谋杀，是算计。

不是疯狂，而是暴怒后的平静汗水。所以他才杀了她。

丹尼跪在地上，看着那片不停地翻动着的小叶子。他看到了医生脖子上的伤疤，一个鲜红的半圆，无比清晰，绝对不是剃须刀留下的伤口。好像是有指甲深深插进了那里。越来越亮，越来越红。

她与他搏斗到了最后一刻。

她说了什么让他生气了？

比如，她有没有说：

很好。我们不需要去印度。你可以在这里找份工作，一切重新开始。但我们不能再这样下去了。你一直免费住在波茨角，可是在悉尼有谁能住房子不付房租呢？你得重新开始，普拉卡什。

她想帮他吗？就像她想帮丹尼一样？所以他才杀了她吗？

那个戴着私立学校领带的家伙，那个痴迷于赌博的家伙，那个从不与周围人打交道的家伙，那个喜欢在国王十字区他自己的笼子里怒吼的家伙：有一天他攻击了拉达，就像狮子攻击它的驯兽师一样。

蚱蜢又一次从被扰动的灌木丛中飞到了丹尼的身上，他不停地拍打它们，把一些蚱蜢打晕了，另一些却没打中。

也许……是他在说话。是的。他一直在告诉她，他将戒酒、戒赌……他们得逃到南非去，为什么他们不一起去呢……突然，她回答说，一切都结束了，普拉卡什，你必须离开波茨角这套公寓，那个该死的会计真的在问问题……

明天就是上师节了，他说。你是要在上师节把我赶出去吗？但她说：马克开始怀疑了，你必须离开那个地方。你得搬到寄宿公寓之类的地方去住，我能付一部分账单，但马克越来越……

别他妈的提他的名字。

他就叫马克，好吧？

不要提他的名字。

普拉卡什现在仰望夜空，是希望天空能让他平静下来吗？是的。他常常这么做。星星越清晰，他越不安。是的。他把手伸进红夹克里，发现——里面有一把刀。太好了。他带着它来真是太聪明了。拉达，快到水边来。是的，快到这儿来。我们再跳一次林迪舞好吗？

也许他们在河边跳了舞——是的，肯定跳了。

正当某个冷静、理智的东西在一个疯子身上低声说着“干吧”的时候，她还在喋喋不休地说着：可怜的马克，我得告诉他我要晚点回家，我这就给他发个短信，可怜的马克，因为她提到了他的名字，或者因为星星改变了位置，他嚷了起来，她不是什么摇滚明星，只是一个半老徐娘，他忍受不了该死的郊区那种炫耀的印度文化，即便是在那个时候，他也不想伤害她，或许他用强有力的双臂将她压在了地上，而只有在那一刻他才发现自己带了一把刀，带来了一件多么好的东西啊，在他一刀又一刀地刺向她的时候，他的嘴里哼哼着——什么是文明？什么是文明？——然后他用一件昂贵的皮夹克裹住她，往口袋里塞满冰冷的石头，这样她就会一路沉到河底。然后，悉尼的环境光全部灭掉了。

丹尼的手机响了一下。

来自电话公司的信息：

随着我们继续为未来建设移动网络，我们将不得不……

眨眼间，丹尼从口袋里掏出手机，高高举起，砸到马路上：手机摔成了几块，飞向多肉植物。

我再也不回老家了。

下午2点55分

作为回应，头顶上方传来了三声半的鸟鸣声（短——短——长——半声），在悉尼如同鞭炮般此起彼伏的鸟鸣声中，丹尼始终觉得这种独特的鸟鸣声就像一个训练有素的射手的枪声。即便是在他抬头望向树冠、寻找那只鸟的时候，那三声长一声短的叫声又响了起来……

丹尼嘲笑着自己。盛夏的正午，他因恐惧而颤抖，鼻窦疼得厉害，他用双手一遍又一遍地拍打着残破的手机。

不会这样发生的，丹尼。这一天你无法重新来过。

他跪在地上，重新把手机拼装到一起，再用创可贴把电池绑好，然后启动手机。手机高高兴兴地复活了。它无法被杀死或谋杀。它太便宜了。

来自电话公司的信息：

随着我们继续为未来建设移动网络，我们将不得不——

但是，手机上现在显示的时间却是

0:00

而且还在闪烁。从现在到下午 6 点 45 分还有多长时间？丹尼想。丹尼琢磨着是否可以向别人打听一下时间，于是便转身朝大桥走去，结果看到一个无家可归的人让他的朋友从五个精美的烟头中挑一个，这是展示伙伴关系的举动。丹尼注视着，被吸引住了。他真希望能再走近一些。就连烟草的气味也能让人变得更加理性。

这真他妈的疯狂。居然会在澳大利亚一条繁忙的马路中间改变主意。

丹尼刚刚开始横穿威廉大街，朝着一栋用政府大楼才使用的砂岩建造的宏大建筑，建筑外面悬挂着一幅幅卷轴似的宣传画，上面绘制着来自澳大利亚内陆的巨型红蜘蛛。丹尼停下了脚步，想起了那建筑肯定是什么博物馆，如果他走得太近，就会在那里见到来自斯里兰卡、印度南部或马来西亚的游客，这就是他多年来一直没有靠近那个地方的原因。尽管他知道红绿灯已经改变了颜色，他还是停了下来，转过身，重新穿过威廉大街，跑到迎面而来的车流前面，任凭汽车喇叭不停地响着——在那一刻，这条悉尼马路变得像南亚的马路一样喧闹——继续向前奔跑，自己的不幸遭遇给他带来了奔跑的动力，跨过人行道，经过行人，然后越过绿色的河岸，上了几级台阶。这些台阶陡然向右倾斜，不由分说地就带着他来到了一座恢宏的教堂前。

丹尼前方三米远的地方，一个亚洲女人身穿白色婚纱，手捧一束红玫瑰，在圣玛丽大教堂外摆出各种姿势，一个穿着燕尾服的男人蹲在地上，给她拍照。有那么一瞬间，丹尼觉得自己恍惚间置身在一个东亚版的迪士尼乐园中——然而束缚他的皮带又将他带回到了现实中。

他裤子里的手机响了起来。

第六户。

“清洁工，你现在在哪里？”

丹尼没有吭声。

“你不肯告诉我。很好，清洁工。猜猜我在哪里？你老板想摆脱掉我。托莫。他是叫那名字吧？他说：‘去图书馆，在那儿等丹尼。’这一定是你最喜欢待的地方，对吧？”

“是的。”

“坐在这里的其他人也是非法移民吗？”

“不是。”丹尼说。

亚洲女子再次摆出姿势让人拍照，这次她胸前捧着一束黄玫瑰。

“你不想让他们陷入麻烦。你真善良。你正在打扫的房子在哪里？”

“纽敦，”丹尼说，“轰隆——轰隆。”

凶手考虑着丹尼给出的答案。“你打扫的这些地方，你是怎么进去的？”

“钥匙通常放在门口的小地毯下。或者放在邮箱里。在第一个字母下面。”

“钱呢？”

“他们就把钱放在桌子上。60 澳元。现金，”丹尼停顿了一下，“他们信任我。”

“大家都不信任我，”普拉卡什说，“你走了之后，有人逼我把这该死的地方打扫干净。但我告诉你。我今天不打算打扫这个地方。6 点 45 分，我要赶飞机。如果我不打扫，猜猜谁会来打扫？该死的纳尔逊……”

圣玛丽教堂的钟声敲响了，丹尼挂了电话。

前四次钟声响起的时候，丹尼变得很虚弱，因为他想起了索尼娅，而随着此后每一次钟声的响起，他又变得坚强起来。

一位亚洲新娘高兴地鼓着掌，手机又响了。

如果你不知道自己要去哪里，他告诉自己，那不妨去医院看她。

丹尼抬起头，他能透过威廉大街的建筑物看到圣文森特医院。现在是午餐休息时间。她会和另外两个穿着靛蓝制服的护士一起走到圣文森特医院外青山上的咖啡亭。

“那么，就是一杯豆奶拿铁，加脱脂奶，外加一大杯小白咖啡，对吗?”

我加入“素食者之约网”是为了认识你这样的女人，我那时候还不是素食者。我还抽烟。遇见你之后，我成了一个素食者，而更加困难、需要更大意志力的是，我把烟戒了。

然而，仅凭意志力，我却无法成为合法移民。

一群凤头鹦鹉悄无声息地翱翔在砂岩建筑的上空，也许就是把他带进国王十字区的那群鹦鹉。它们保持着白云般的飞行阵型，宛如城市上空的一个思想泡泡。

回去干活吧，清洁工。

纽敦区布朗街53号。罗德尼会计家，他输入数字密码1987后走了进去。

当然，丹尼的后背上没有背吸尘器，这意味着他必须用会计家架子上的旧吸尘器。退而求其次，他安慰着自己，只能退而求其次。

如果教堂还不足以刺激游客的话，那么玻璃屋顶可以让他们窥视脚下的公共游泳池。游客们明白这才是这个国家真正的宗教：游泳。下面，在与教堂中心平行的地下中殿里，一条条泳道构成他们水中的祈祷线路，戴着护目镜的朝圣者在里面来回劈波斩浪。

丹尼站在玻璃屋顶旁，望着泳道里游泳的人，眼前浮现出了一个死去的女人，但是还活着……

一天早上，她和普拉卡什想做点不一样的事，便开车送丹尼去市中心附近的一个游泳池……他用手指捏着 2 澳元一张的游客票，站在那里看着。拉达和普拉卡什穿着泳裤，游到泳池的儿童区，在一条不断扩大的蛇身下嬉戏打闹，彩色马赛克瓷砖组成的蛇神，而澳洲孩子们戴着护目镜，望着这两个游泳的快乐印度人；然后，拉达和普拉卡什在水边叫丹尼，把水泼到他身上：乡巴佬！乡——巴佬，回来！

第五户主人。他捅你的时候，你肯定在拼命反抗。你是个强壮的女人。一个游泳能手。两个家庭的女主人。

没有人会报警告诉他们是谁杀了你吗？

就在丹尼透过玻璃板往下盯着池子深处时，蓝色的水张开了大嘴，一眨眼的工夫就把游泳的人吞没了。

一个月前，他坐在开往马里克维尔的公共汽车上，两个穿蓝色衬衫的人，像警察那样，上了车——“检票”——丹尼几乎骄傲地给他们看了他的车票——他像所有非法移民一样，在这些事情上很谨慎，检票员说：很好，先生，你很好。但是，丹尼后面一排的一个澳大利亚青年却没有买票。检票员瞬间变成了一个卡通形象，扬起眉毛，发出一连串刺耳的怒骂声，好像他认为他必须看起来而且听起来像个小丑才能执法；但他的行为只是激怒了那个没有买票的澳大利亚青年，他的争执声也越来越大，穿蓝衬衫的检票员和他的同事——“我说现在”——最后只能抓住逃票的青年，差点把他带下车。那个可怜的合法公民男孩，丹尼心想，看他那副样子，是不是仿佛所有那些巨大的砂岩堆、环形码头所有建于十九世纪的政府建筑，都滑到了他身上，压碎了他的呼吸。如果当时丹尼手里有一份报纸，他会把一根手指伸进水中，在充斥着澳大利亚式英语的报纸上用泰米尔语写上：合法公民和其他人一样是不受欢迎的人。

长指甲刮擦着玻璃。圣玛丽大教堂下方的游泳池里，年轻澳大利亚人的躯体重新化虚为实：那是丹尼的触摸召唤而来的。

乘坐十次的蓝色公交卡被迅速插进了绿色的计时器，计时器先是一阵抱怨，并且吐出了公交卡，然后又突然把卡吞了下去，咔啦咔啦地在卡上打印了些东西，最后才极不情愿地把卡退了出来。

15点31分12秒

丹尼冲阿拉伯人模样的司机笑了笑，然后朝车厢后面走去。他看了看塑料公交卡背面刚刷打印上去的黑色墨水，又用传统的方式看了一遍时间。15点30分。

丹尼回到了中央车站。他朝公共汽车后面走去的时候，有着四个钟面的砂岩钟楼就在他身后的某个地方。他要找一个感觉安全的座位。忘掉可口可乐广告牌和它后面的一切吧。忘掉上山去国王十字区步行那么长距离的经历吧。丹尼的这一天又回到了早上11点的地方：他回到了这座城市平坦、诚实的地方。他要去干活。

坐在中间一排的是一个留着大胡子的印度人，他拿起一盒两升装的全脂牛奶，大口大口地将它喝了下去：丹尼口水直流。但普拉卡什这会儿肯定也在干着同样的事，他想。不停地喝着，越来越生气。

他坐了下来。

阳光照在公共汽车的窗户上。玻璃上有划痕，要么是某个学生的钥匙留下的，要么是某人平生第一瓶啤酒的瓶盖留下的，在丹尼周围投下一圈圈银线般的光圈。

下午 3 点 39 分

公共汽车穿过施工所带来的噪声——这座充满渴望、不安分的城市里到处都能听到巨大的钻机发出的相同的呜咽声，不过，丹尼向窗外瞥了一眼，却只看到两台非常听话的挖土机，金属挖斗像是在嘲笑路过的人类一样顺从地低头行礼，而在挖土机的上方，绿草坪再过去一点，便是一系列高不可攀的砂岩山峰：悉尼大学。

公共汽车上的空调效果不好。

悉尼大学的草坪上，一棵盛开的蓝花楹旁边竖着一根灰色的北美图腾柱，柱子顶端是一只长着黄色鸟喙的凶猛的老鹰。鹰的脸上有蓬乱浓密的毛发，榛子色的大眼睛上架着一副黑框眼镜。丹尼汗流浃背。

下午 3 点 49 分

公共汽车停了下来，上来了一群中国学生，个个穿着崭新的悉尼大学 T 恤衫。每个人都在车厢里站着，一根手指夹在红色护照内，护照封面上印有金色五角星，好像他们以为售票员会要求查看护照一样。丹尼心想，中国的生活一定就是这样的。

在他眼里，他们的脸过于稚嫩，过于可怕。他闭上眼睛，努力想象着这一切。

老家。

他有时仍然在梦中见到她，他们在拜蒂克洛的邻居：一个女人，一头剪短的白发，丹尼给她起了个绰号——“厚颜无耻的偷窥女人”，因为从“迪拜的丹尼”回到老家那天起，这个邻居就站在他家对面新砌的一栋楼房的二楼阳台上，手放在臀部两边，胳膊肘朝外。她就那样站着，盯着他看。她可以从自家的阳台上看到丹尼家的门，难道她不知道吗？丹尼毫不掩饰地冲着她龇牙咧嘴，但那个厚颜无耻的偷窥女人根本不在乎。在她下面的街道上，人们来来往往，宛如不断变化的分母，而她双手搁在屁股上的形象就是永恒的分子：丹尼进门或者出门，这个永远咧着嘴狞笑的生物一直站在那里看着——不，她是在吞噬他的形象，正如她一定从其他邻居那里吞噬了他的故事一样：迪拜？酷刑？我们的丹尼？哦，再告诉我一遍。迪拜吗？酷刑吗？我们的丹尼？老家的八卦无处不在，牢不可破，应该给它重新起个名字。九卦。泰米尔人能用来填饱肚子的九卦。想象一下，就算你想法子从维拉伍德监狱活了下来，从引渡中活了下来，从回国的航班中活了下来，从斯里兰卡军队的手中活了下来，从情报人员的手下活了下来——想象一下，在经历了所有那一切之后，你不得不回到老家，不得不忍受那个厚颜无耻的偷窥女人在二楼阳台上咧嘴大笑的嘴脸：澳大利亚？非法移民？被逮捕后再被遣送回来？他还牵连进了什么谋杀案？我们的丹尼？再给我讲一遍。

丹尼确信他宁愿自杀。

下午3点50分

“格里伯真热，丹尼。你为什么不过来呢？”

“我现在得干活，先生。”

“我说过，现在就过来。”

丹尼环顾四周，想知道是否有人会猜到他正和一个杀人凶手说话，于是他压低了声音。“我晚上会过去的。我得睡在杂货店里。”

“可我那时候已经在南非了。我今晚坐豪华经济舱。前后排的空间比较大，纳尔逊。”

“对的。”

你今天怎么能谈论高级经济舱呢，丹尼真想冲着普拉卡什大吼。

但是，他也许早就知道答案了。记住，丹尼对自己说。他记得六七岁时的一个早晨，他站在拜蒂克洛市场的人群中，看着一条湿漉漉的黄鳍金枪鱼。这条鱼从头到尾有一米多长。一个男人驾着小船在大海里捕捞到了它，然后把它带到市场，给大家看看：在向公众展示了这头怪物之后，渔夫刮掉鱼鳞，一刀插进鱼鳃，将鱼剖开，然后再将刀深深地扎进鱼身，将粉红色的鱼片堆在鱼鳞上，再将更多粉红色的鱼片堆在前面的鱼片上。丹尼踮着脚尖站在那里。这场表演结束时，怪物般的金枪鱼只剩下一串湿漉漉的深色器官连着鱼头，渔夫再次把它举了起来，让观众看一看——不是说要他们将它买下来，不是，而是要他们在鼓掌的时候再一次体会到成为活着的生命中的一分子所带来的激动。

所以，你在今天这样的日子还要坐豪华经济舱。

“纳尔逊。你在想什么事情。你没有回答我。”

“对不起，先生。你问什么来着？”

仿佛要给丹尼足够的时间思考，医生慢慢地重复着自己之前说过的话：“这一切是怎么开始的，曼德拉？你为什么今天给我打电话？”

“因为我忘了，先生。”

“你忘了什么？”

“忘了我在这里是非法移民。”

凶手吐了口气。“清洁工。今天上午给我打电话的时候，你在哪里？”

“我在给人搞卫生。律师家。警察进来询问她的情况。律师的公寓在厄斯基维尔。靠近……她家。”

“有多近？”

“就在她家后面。弗洛拉街 36 号。”

“对。然后呢？”

“我告诉过你，警察来问了几个问题。所以我才知道她死了。”

“你为什么不待在那儿？你为什么要卷进这一切当中来，纳尔逊？”

“因为那个蓝色的球。”

“什么？”

丹尼叹了口气。“没什么。”

电话挂断了。

丹尼计算了一下。飞机 6 点 45 分起飞。国际航班。他必须在 5 点 45 分到机场。所以，远没有到 5 点 45 分，普拉卡什就会把几条领带装进行李箱，然后动身去机场。还有两个小时，普拉卡什就会销声匿迹。丹尼拍了拍手。

车上立刻坐满了年轻的亚洲学生，也就是说他们离大学很近，而大学的附近就是国王街——纽敦的中央大街。

希望是一种严谨。绝望是白糖。记住，丹尼提醒自己，记住你在麦肯齐工学院犯的错误。被玩绳降的安倍引诱了。今天不要绝望。只要两个小时。让普拉卡什走吧。

他最后看了一眼手拿牛奶盒、留着大胡子的印度人，那张脸在牛奶的加持下，流露出南亚村庄的平静与安宁。

但是，万一在接下来的两个小时里所有的事都出了差错，维拉伍德监狱会提供冰牛奶的，对吧？就算他们把我从那里送到太平洋某个岛屿上，也总会有冷牛奶喝的。生活还会继续。

丹尼按下红色按钮，让公共汽车立刻停下来。

他的公交卡上打印着：

15 点 51 分 56 秒

然后他在国王街下了车。他几乎寸步难行。熔炉的门在那一刻猛地全部打开。热风向他迎面扑来，仿佛吹过沙漠一样。回到斯里兰卡，他们肯定不会给你冷牛奶的，孩子。

下午 4 点 02 分

如果咖啡有了“小白咖啡”“拿铁咖啡”或者“双重浓咖啡”这样的名称，而且是由穿着围裙的男男女女手工烹制的，装在瓷杯里，每杯售价 4 澳元，那么它就是澳大利亚白人口中的咖啡。他们坚持认为，这种咖啡非常好——甚至可能是世界上最好的——或

者至少足够证明（与全民医疗保险、枪支管制一样），他们的国家不是美国，不是美国的，也不只是美国太平洋舰队的一个远程加油站。

但对于悉尼的移民来说，咖啡是从中国制造的自助咖啡机里流出来的，而且这种机器进口后放在了全市所有的 7-11 便利店里。黑色的塑料杯子非常坚固，用它装的咖啡每杯 1 澳元。如果你按某个按钮，这台机器甚至还会为你加入牛奶。是的，热牛奶。

在任何一家 7-11 便利店里，总是会有出租车司机、外国学生和背包客排队买咖啡，但国王街的这家店却空无一人。丹尼走进去，发现了原因：告示牌上写着“机器正在清洗”。

不管怎么样，当丹尼看到黑色的水滴从机器上滴下来时，他改变了主意。他能感觉到自己的血压在升高。也许现在到了 145/110。咖啡让血压变得更高。

他应该把黑金牌奶酪片带在身边的。

收银台旁边堆放着晚报，仍然散发着高温留下的热度，上面可能有一张遇害女人的照片。他看到收银台旁有一个塑料包装的金色玉米松饼。上面标着 2 澳元，他知道它已经不新鲜了。看一眼就知道了。

这正是旭日杂货店出售的那种松饼。

“谷蛋白？”他用两个手指夹着塑料包装的松饼，把它给那个

棕色皮肤的年轻人看。年轻人待在玻璃柜台后面，貌似来自印度北方。“谷蛋白？”

什么呀？柜台后面的青年做了个鬼脸。什么？

“我有鼻窦炎，谷蛋白对鼻窦炎有害。”索尼娅对他说过这一点。“这个含谷蛋白吗？”

柜台后面的印度人耸了耸肩。

丹尼叹了口气。“给我打个折吧。”

如果这个印度人没有听说过谷蛋白，那么他肯定也没有听说过打折。

丹尼撕开塑料包装，坐在7-11便利店外面的长凳上，吃着这个2澳元的金色玉米松饼。他意识到手机在嗡嗡作响。是普拉卡什，也许吧。

他用手指捡起落在长凳上的玉米片，将它们舔进嘴里。

肠胃里现在有了谷蛋白，还有常识，丹尼觉得自己生存的几率很高。他不停地舔着。普拉卡什会在6点前出门。我得去打扫罗德尼会计的家，给自己找点事做。

他每次吃完东西之后，总会把指关节按得噼啪作响，但这一会儿，正准备故伎重演时，却停了下来。他环顾四周。白人不喜欢指关节被按得噼啪作响的声音。“停下。”他们说，就如同他在公共场合吐痰或者放屁一样。

“滚开。”他大声说。然后开始把右手的指关节按得噼啪作响。

一个身穿黑西装但是没有打领带的白人，手里拿着一本黑色皮面的日记本，瞥了丹尼一眼，走了过去。接着，另一个与他穿着一模一样、拿着相同黑色日记本的男人跟着他。丹尼站起来，跟在他们身后。两人走上台阶，进了一座宏伟的建筑。建筑正面挂着一个牌子，上面写着几个字，仿佛来自儿童“大富翁游戏”一样：法院。

丹尼走上台阶，进入了澳大利亚的一个法庭。

天花板上悬挂着六个柠檬色的球形吊灯，在摆满木凳的大厅里投下朦胧的微光。十几个不同种族的人分散坐在长凳上。一个身着黑色长袍的男人坐在高高的木质审判员席上，他的上方是同样木质的审判长席，上面装饰着一头金色的狮子和一头银色的独角兽。丹尼估计这个人就是法官。

他对着麦克风说道：“十五年里十六次违反交通规则可不是一件小事。”

“是的，法官大人，但是……”法官的下方有一位年轻的律师，他把手放在一个汗如雨下、看上去像被告的超重男子的肩膀上，同时尽力回答着法官的问题。“你会注意到，所有这些违法行为都发生在 2004 年之前。”

“没错，但这次他是在高速公路上开车。”法官回答道。丹尼觉得，这位法官看上去越来越像前总理马尔科姆·弗雷泽。

“法官大人，我既不否认也不请求减轻他的罪行，我只是再次请求你考虑被告的家庭情况。他是个好父亲，我向你保证，他的两个儿子都很爱他……”

这就像基兰·拉奥的书中的一幕搬到了活生生的世界中一样：每个人都很有逻辑性，也很文明。虽然这位老法官本可以在法庭上扮演恶霸的角色，但他没有动用威势，而是说着简单的英语——在丹尼的耳朵里，法官的澳大利亚口音听上去比以往任何时候都动听——似乎在尽力弄明白为什么受审的这个人会犯下他所犯的错误。轮到律师说话时，法官一手托着下巴，听着。

庇护！丹尼经常当着想象中的观众的面为自己辩护，但这是真实的。上面的狮子和独角兽就是法律：它们不像任何与斯里兰卡政府有关的符号那样令人毛骨悚然。丹尼听着法官和律师的互相争论，再次感受到澳大利亚法律的吸引力，它的承诺，比他所见过的任何海洋都更质朴：公平。但是，这个公平的法律来自何处？丹尼环顾了一下法庭。无论是白人、黑人还是阿拉伯人，生活在悉尼的人都不是特别体面和文明。

那么，是谁建造了这个木质大厅，是谁从天花板上悬挂了那六盏柠檬色的球形灯，是谁创造了这种在座的每个人似乎都感觉到的期待，即期待这场听证会可能会得到公正的结果？

丹尼想，这不正是他在斯里兰卡每天都要问的那个问题的正面吗？因为就个体而言，不管是泰米尔人、僧伽罗人还是穆斯林，没有人看上去是坏人。但是，邪恶确实存在。一个人只要穿上制服，就变成了制服。丹尼摸了摸自己的左前臂：他前臂上的隆起千真万确。

如果你能接受邪恶的神秘之处，为什么你就不能接受一个或多或少公正的法律的神秘之处呢？

“你现在可以自由离开了。”法官说。虽然法官解放的是大厅里的另一个人，可丹尼的心脏也跳得更快了。

也许他可以径直走到那个高高的木椅前，让马尔科姆·弗雷泽摸一下他前臂上的隆起，然后说：“伙计，你不觉得这是一个很好的避难理由吗？接下来，我想给你说一说一个叫普拉卡什医生的人。你愿意听吗？”

就好像法庭直接回答了他。一扇木门猛地打开了，一个穿蓝色背心的男人走进大厅，背心上写着“司法警察”的字样。他把黑皮带往上拉了拉，环顾着四周。

丹尼心想，这个人在确保社会秩序中也有自己的一席之地。他马上就会像电视卡通片里的人物一样说话和行事——恃强凌弱，推搡别人。刺是用来保护玫瑰的。

丹尼推开另一扇木门，溜出了被六盏灯照亮的大厅。离开了昏暗的法院之后，他回到了夏日的午后中。他再次把双手的指关节按得噼啪作响。

下午 4 点 10 分

太阳在柏油路面上晒出来的裂缝越来越宽，在他穿过马路向会计家（布朗街 53 号）走去的时候，他甚至有点担心会看到脚底下有烟冒出来。为什么不呢？他以前见过这种情况。夏天，如果有小雨落在炙热的柏油路上，悉尼的道路经常会冒出蒸汽。去吧，丹尼敢于挑战心胸狭窄的悉尼，去吧，他敢于挑战小心眼的道路——哪怕我走在上面的时候，你们突然冒起烟，变成一堆熊熊燃烧的煤炭。我将生存下去。我将再次战胜你。（但他也在想：今天就让别人走在这些煤块上吧。我已经在上面走了四年。）

作为非法移民的第四年

“他们永远抓不到我们，”安倍开始这样说，“我现在已经了解这个国家了。”

整整八个月，皮特街和卡斯尔雷街的摩天大楼上都没有玩绳降的安倍的踪影。他离开了悉尼，坐上澳洲灰狗大巴，到乡下去非法打工。养牛场，粉刷栅栏，摘水果，在八个月的时间里，只要有机会，安倍什么都干。口袋里装满了澳元之后，他回到了悉尼。

“你看到袋鼠了吗?”丹尼问。

袋鼠，公牛，马，兔子。其他动物一个个低着头，整天吃草，只有袋鼠除外。无论正在干什么，它们都会停下来，呆呆地看着路过的公共汽车，耳朵也会这样竖起来（安倍用手比画了一下）。“他们知道我们是坏人。”

在公共汽车上坐了两天后，安倍大声喊道：“停车，司机。”他们来到了一个地方，四周一片火红：鲜花怒放的樱桃树。这个地方叫米尔杜拉。安倍摘樱桃挣钱，而那个农场就像是联合国——摘樱桃的人来自越南、印度尼西亚、汤加、斐济，除了老板，周围没有一个白人。农场的附近有一条河，时不时农场主会吹响哨子，哨声很长，工人们听到后就会丢下一切跑到河边。这是预先约定好的信号。移民官员正在对田野进行突然搜查，他们不得不躲起来。这条河叫墨累河，河中伸出一根根枯死的白色树干。安倍和其他人在河边挤作一团，向乘船经过、喝着杯中香槟酒的中国游客挥手。接着又传来了一声长长的哨子声——意思是，移民局的人员已经走了，他们必须回去干活。

“我摘水果的时候瘦了 5.8 公斤，”安倍说着，用手戳了戳自己的肚子，“而且是那种一旦失去就再也不会回来的体重。”

“农场主们难道就没有因为雇用非法移民而被捕过吗？”丹尼问。

“没有。”安笑着说，“没人会逮捕一个澳大利亚农场主。农场主是个该死的传奇。你知道他干什么吗？他让贫穷的马来西亚人给他的果树浇水，给他摘樱桃，替他把樱桃装进盒子里，然后再把盒子运到吉隆坡。吉隆坡那些富有的马来西亚人不管多高的价格都会购买，因为他们认为这些樱桃是白人种的。这就是传奇。”

瞧，安倍解开了这个谜。富有的亚洲人和贫穷的亚洲人相互之间似乎没有多少交流，这就是澳大利亚人赚钱的方式。

“所有的移民官员都很腐败，是的。在你干活的时候，他们在看整个赛季的各种比赛，而在你应该得到报酬的那一天，农场主会打电话给移民局——然后他们立刻带着狗、开着面包车过来抓你。”

不过，移民局还不是乡下真正的危险。你总是可以避开那些穿蓝衣服的胖子，躲在河边，看着黑色的鸟儿栖息在水中毫无生命的白色树干上。但是有一天，安倍正朝他干活的果园走去，一条黑色的斗牛犬开始跟着他。这家伙看上去要么是被太阳灼伤了，要么是神志不清，或者饥肠辘辘。安倍停下脚步时，那条狗直立起来，扑向他的胸前。他一动，它就咬他的牛仔裤，一小口，又一小口。它不停地咆哮。安倍心想，如果它咬了我，我就必须去医院，他们就会发现我没有医疗保险。他站在公路旁，试图拦下一辆汽车。“救命啊，”安倍喊道，“救救我。”在澳大利亚，你只要一喊救命，周围立刻会变得空无一人。这是事实。安倍躲避着斗牛犬，跑了半个小时后，一个警察骑着自行车过来了。“我们可不想让那条狗被车撞到。”他说着就把狗带走了。（那个白人警察在远处停下自行车，扭头瞥了一眼，安倍直到那一刻才认出了他的眼神：一个失去了对大陆控制的民族才有的眼神。）

离开米尔杜拉后，安倍沿着墨累河一直走到南澳大利亚州。你在这里可以看到很多白人男孩在摘葡萄。他们都是年轻的欧洲背包客。到了晚上，在葡萄园里干了一天的累活后，白人男孩们回到他们居住的青年旅社，拨了个号码，一个棕色皮肤的中年男子骑着自行车，满头大汗地赶来，给他们送来了十六盒比萨。十六盒！这些白人男孩光着上身，站在青年旅社的阳台上，喊着：“快点，快点！”他们在二十分钟内吃掉了所有的披萨，打电话给那个人要更多的披萨，然后在阳台上等着，只为了能大声喊叫：“快点，再快点！”这些白人男孩在白天是农场主的奴隶，但是到了晚上，这个棕色皮肤的人就是他们的奴隶。这是不是很可笑？安倍是这么想的。但这正是澳大利亚的问题所在：永远没有人能听懂你的笑话，因为他们的眼睛什么都看不到。

在澳大利亚南部一个叫贝里的小镇上，安倍遇到了来自马来西亚的五十二岁水果采摘者张，他成为非法移民已经九年了。马来西亚华人，他们最擅长非法滞留。安倍出于尊重，开始叫他张伯伯。

九年了，丹尼心想。如果一个叫张伯伯的人能成功地待上九年，丹尼就能待上十年。

二十年！

然后，就这样，回到悉尼一周后，安倍被捕了。就在他给自己系上绳降装备时，移民局突袭了建筑公司。这位汤姆·克鲁斯般飞檐走壁的高手被拘留了两周，然后被驱逐出境。有一天，他从维拉伍德给丹尼打来了电话。“你知道吗？丹尼，滑稽的是，所有留在麦肯齐工学院的人最后都得到了一份工作。我走到哪里都能看到他们。他们甚至还买了车。总有一天你会打扫他们的房子。这是不是很滑稽？”

丹尼因此知道，这对安倍来说一直是场游戏。那家伙离开澳大利亚的时候可能还和移民局官员握了手。

两天后，丹尼在看当地报纸时，得知一名来自塞内加尔的非法移民死在了一辆公共汽车的最后一排座位上；警方说他患有糖尿病，但可能因为过于害怕，没有及时得到治疗。

那天晚上，天下着雨，丹尼漫无目的地在格里伯游荡，直到看见那两栋白色的双子建筑，悉尼的门户。丹尼看着每栋建筑顶上的绿色球形结构——雨雾袅绕，这两个结构朦朦胧胧，宛如一些看不见的巨人托举起的两个发光的微型地球，而且都在说着同一件事：可是你放弃了你本该携带的世界，丹尼。你得到了什么回报？一对中国制造的熊猫玩具，让你晚上搂着睡觉。

丹尼在黑暗中醒来，走进旭日杂货店的卫生间，往脸上泼水。

诚实的丹尼。勇敢的丹尼。聪明的丹尼。

丹尼抖掉脸上的水，用托莫的毛巾把脸擦干。

他那天在玫瑰湾给人定期搞卫生，然后从那里坐公共汽车进城。公共汽车穿过悉尼的心脏地带，经过东亚人经营的那些给白人提供垃圾食品的餐厅，又经过白人经营的那些给东亚人提供奢侈品的精品店。自由，精致的皮革，西服，丹尼看着所有这一切从自己的身边经过。到了中央车站，他站在站台上，看着一列闪烁着终点站为维拉伍德的火车进站；他的心怦怦直跳。

“穆卢干大神啊，”他祈祷道，“请一定要把我带回到站台上的这个地方。”

一位母亲推着一辆婴儿车，里面有一个孩子。丹尼帮她把婴儿车抬过了火车边缘，一名身穿蓝色制服、腰带上别着黑色枪套的男子从旁边走过。这三个人的身体——孩子、母亲、警察——如亘古真理一般重叠在了一起。

然后他就去了维拉伍德。

“穆卢干大神啊。”火车每次停靠某个车站时，他都会说。他在最后一站下了车，说了声“穆卢干大神”，然后走到维拉伍德移民拘留中心，站在外面，双臂交叉。厚厚的砖墙里面有希腊人、穆斯林、中国人、印度人、巴基斯坦人；他们强烈的目光穿过砖墙，对他说道：只是时间早晚的问题，丹尼。这里没有人能战胜法律。

在澳大利亚，而且是在光天化日下，丹尼把头扭向一边，吐了一口唾沫。不。我会找到办法的。我不会进去的。总会有办法的。但我不会为四年前的事道歉，我也不会再生活在恐惧中。

下午 4 点 12 分

白猫正等着他。会计家位于布朗街一栋建筑的六楼。丹尼刚一进去，白猫就径直朝门冲去，丹尼只好一脚踢得门关上。白猫见计策失败，便在紧闭的大门上蹭着它那毛茸茸的身体，一面发出呼噜声来引诱丹尼。丹尼脱下鞋子，把它们放在书架上，免得它们受到白猫的报复。

在进入布朗街 53 号 6 单元之前必须脱掉鞋子，因为街上的灰尘会引起过敏。还有花粉、风、亚麻籽、大部分花、所有蜜蜂、铁锈、树皮、石棉和许多其他东西也会引起过敏。

第八户的主人是罗德尼会计师，因为神经衰弱接受过各种检查，每周雇用丹尼一次，但是有严格的要求：丹尼必须遵守各种条件，包括丹尼不得在他来打扫的那天上午使用合成除臭剂和非有机肥皂，而继一长串粗心的清洁工之后，丹尼严格遵守所有这些要求，成功地坚持了六个月零两周。

他知道，没有过敏源的壁橱里有一个时好时坏的真空吸尘器，就在贴着进步口号的冰箱后面。他找到了吸尘器，插上电源，在房间里踱来踱去，心想：也许我今天不该从会计那里拿60澳元。活儿干得不好。也许50澳元就够了。

45澳元。就这样吧。我下次再做解释。我的鼻窦炎很严重。他患有过敏症，应该会理解的。

丹尼可以从这里看到纽敦图书馆对面的公用电话。马路对面有三个并排的澳洲电信公司公用电话亭，其中两个是红色的，中间的那个是粉色的。

教堂的灰色尖顶耸立在房屋上方。

他拉上了百叶窗。

哒哒哒——咚咚——吧嗒……白猫竖起尾巴进了房间，注视着他。

当然，善良的会计根本不会考虑这只猫才是他过敏的根源。丹尼一路吸尘，进了书房。

由于位于纽敦市的高处，会计家的每扇窗户都能看到一幅不同风格的大型涂鸦艺术作品，从文艺复兴时期的风格到当代风格，一应俱全。

“爱就是答案”，一栋白色建筑背面挂着的一条巨大的蓝红相间的标语上写着，从书房的窗户可以看得清清楚楚。这话也许今天不对，伙计。哈哈。

下一间是卧室。

他看到窗户关着，就把吸尘器的吸嘴夹在腋下，打开了窗户。

他又看到了——一所房子的侧面画有一幅壁画，上面画着一头弯角鹿、一只苍鹭和一只兔子，被捆绑着吊在屠夫的案台上方。

原来这就是他看到那个画面的地方。从这个窗口。

三只动物，三具尸体，用电线捆绑着，吊在天花板上；在它们的下方，屠夫的案台上躺着一只公羊，嘴被绳子绑着，舌头伸在外面。吊在空中的苍鹭只有一个侧面，一只眼睛睁得老大。望着观看它的人。世界就是这样被偷走的。就在你的眼前。这是多么可怕的画面啊，用如此蹂躏感官、如此精确的手法描绘出来，只是为了说一句：你的一切被夺走的时候，你们甚至都没有尖叫一声。

坎南堂兄，丹尼想。堂兄坎南确实尖叫了。这就是他现在成为加拿大公民的原因，这也是他应得的。

下面传来了狗叫声。

吸尘器掉在了地上，吸走了他脚踝周围的空气，他把手指伸向鼻子。他觉得他能闻出手指上有什么气味。西兰花吗？

不，不是的。不是西兰花，也不是鱼肝油。

血。

你会看到她的，丹尼。当玫瑰湾或拉什卡特尔斯湾林立的白色桅杆刺痛你的眼睛时，你就会看到她；当亮光如同软木屑一样透过无花果树洒落到大地上时，你就会看到她；当环形码头上的银行和人寿保险公司的建筑（它们如闪闪发光的玻璃红树林）抓住最后一缕夕阳不放时，你就会看到她；甚至当自行车车轮折射出过往车辆的光线时，你就会看到她，还是那天她在泳池中的样子，在那蛇神之下，冲着孩子们泼水。

空中回荡着一个被谋杀的女人的笑声。

丹尼任由吸尘器在地毯上嗡嗡地响着，留给白猫去照看，自己则走回客厅，往上提起百叶窗，低头看着外面国王街上那三部澳洲电信公司的公用电话亭。

三只老鼠跳到公用电话亭上，然后径直爬上一堵粉刷过的墙壁，变成鸽子的黑色翅膀，消散在炽热的街道上。

他选了那个粉红色的电话亭，就是中间那个。

下午 4 点 50 分

一个巨大的起重机，油漆成红白相间的颜色，如摩天大楼般高耸着，在国王街上空清晰地宣告着自己的几何图案：一个垂直立柱，一个横向臂杆，两个缆绳形成的等腰三角形，缆绳将长方形的集装箱吊在城市上方八百米的高空。起重机的顶上有一面金白色的旗帜，在碧蓝的天空中飘动，宛如一个欧几里得式的共和国，宣告其独立于下面混乱的人类城市。

丹尼朝澳洲电信公司的电话亭走去时注意到了这个结构。

下午 4 点 51 分

警察热线响了起来。

他现在已经在电话亭里，粉色的那个，也就是中间那个电话亭。他没有改变主意。活干完之后，他把吸尘器放回到会计家的壁橱里，从书架上拿下鞋子，系上鞋带，然后来到这里，一边拨号一边看着手掌上已经褪色的号码

1-800-333-000。

他一边听着电话铃响，一边用指甲在凉凉的塑料听筒上用泰米尔语写起字来。

我的信仰：

一岁至十三岁：没有原创思想。母亲一直有病。这就是问题所在。所以：父亲的创造。宗教，迷信。没有政治。

十三岁至十四岁：上帝存在吗？我开始怀疑。我暗中支持猛虎

组织，公开支持切·格瓦拉。有一天我在父亲的柜子里发现了色情照片。小的黑白照片。穿胸罩的女人。

十四岁到十六岁：总体变化：百分之五十信仰无神论，百分之五十信仰共产主义。我每天早上都吃生鸡蛋，因为我读到拳王阿里训练时也是这么做的。

十六岁：百分之百信仰无神论，百分之百信仰共产主义。我不再吃生鸡蛋了。

他的手指顺着电话听筒向下滑，继续在前臂上写着，越来越靠近那个隆起的地方。

政治：我开始憎恨猛虎组织，但不恨格瓦拉。

十七岁：回到百分之五十信仰共产主义。我很晚才变声。父亲叫我“痴颠”。

电话响了又响，无人接听。他把电话从一个耳朵换到另一个耳朵旁。

“身上有烟吗，伙计?”

这个声音吓了丹尼一跳。他立刻意识到有人在他周围转悠，嘴里喃喃自语，围着他转圈。

这个白人男子身穿灰色连体衣，像个超大号的婴儿，有着一张因服用药物而呆滞的脸庞，但一双蓝眼睛非常敏锐。他拍了拍丹尼的肩膀。“给我支烟，伙计，给一个澳洲人一支烟。”

“不要再抽烟了。”丹尼说。

男孩般的男人眯起了他的蓝眼睛。“他不会抽烟的，我早就知道。就算他抽烟，他也不会给一个澳洲人香烟的，对吧？”

丹尼抬起头来，寻求安慰。

下午4点52分

一只鸟从无花果树的空隙中掉下来，犹如一块滚烫的白石。

下午4点52分20秒

上帝啊，帮帮我吧。丹尼克服了想放下电话的冲动。他听到警察热线电话响了一遍又一遍。

1-800-333-000。

然后有人接听了。

这次接电话的是个男人。“新南威尔士州警方热线电话……”

他能看见那个声音的主人：穿着令人窒息的蓝色制服，坐在他那把巨大的椅子上。

“需要帮忙吗，先生？”

“每天早上，”丹尼告诉警察，“妈妈都让我坐火车，从彭里斯镇到城里去诺克斯文法学校。”

“你说什么？”警察说。

“多亏了我妈妈‘永不放弃’的态度，我现在给第九频道的多元文化事务提供建议。”

“先生。你知道为了无聊的目的打这个号码是违法的吗？”

告诉他们，丹尼。他捏了捏前臂上的隆起。告诉他们是谁杀了拉达·托马斯并把她的尸体扔进了小溪。裹着一件装满石头的意大利皮夹克。

电话亭里贴着一张广告。

外国毕业生注意：你的大学学位完成了吗？

学生

配偶

移民

GSM 签证

澳大利亚国际移民顾问公司（IMCA）

99% 的就业成功率

下午 4 点 53 分

“先生，”接听警方热线的人说，“先生？”

穿着灰色连衣裤的澳大利亚男人闷闷不乐地看着丹尼，依然绕着澳洲电信公司的粉色电话亭转圈，嘴里喃喃地说着："他不会给一个澳大利亚人一支烟的，是不是？"

丹尼的左腿又颤抖了起来。

马路对面站着几个警察。

他们就在那儿，在公共汽车和车流的另一边，几个身材魁梧、方下巴的金发女人，蓝色腰带上挂着会令锁匠引以为傲的银色弹药盒、饰带和镣铐，外加一个鼓鼓囊囊、扣着扣子的皮套。

丹尼确信尿液正顺着自己的左腿往下流。

他看到马路对面的一个警察正直勾勾地望着他。

小子，你叫什么名字？你父亲叫什么？

把你的名字给我写下来，小子。

现在用官方语言把它写出来

丹尼将目光从警察身上移到一栋旧建筑油漆成绿色的阳台上。

小心点，丹尼：那个铸铁阳台，那种姜黄色的油漆，难道它们不会让你想起另一个城市吗？

他现在能听到他们的声音，拥挤的公共汽车喷着柴油尾气，他能在空气中闻到炸鱼的香味，他能看到夏日里的一个个凹室。凹室里一片漆黑，只有一个象牙般朦朦胧胧的人影，守着尚未卖完的面包。

你不是说再也不回家了吗?

丹尼感到有一只指甲在刮挠着他湿漉漉的脖子一侧。

维拉伍德的人经常这么做，要么吞下什么东西，要么割破手腕，要么吃钉子，要么找燃料自焚。

“先生?”电话那头的人说，“你有什么信息吗?”

他啪一声把听筒挂到了座机上。

他立刻放声大笑。这么说，你又这么做了，勇敢的丹尼。走到电话旁，然后打了退堂鼓。过了好几个小时，丹尼仍然坐在那条一直不停转动的3澳元寿司传菜带旁，旁边就是鱼块和生鳗鱼：普拉卡什现在也和他一起坐在了传菜带旁。整个城市都在那条传菜带旁。

“他不会给一个澳洲人一支烟的，对吗?”穿着连衣裤的澳大利亚男子嘴里念叨着，仍然绕着电话亭转圈。

丹尼正要说“滚开”，却注意到那个男人的眼睛是熟悉的颜色。

榛子色。

他在这张澳大利亚人的脸上看到了另一张脸：一对透着凶狠的眉毛，一副厚厚的黑色老花镜，架在一团乱蓬蓬的灰白头发上。

纽敦的所有墙壁立刻都印上了榛子色的眼睛。

你差点搞砸了，清洁工。你差点就打了那个电话。一旦你打了电话，你就会失去一切。

他朝火车站跑去。

下午4点58分

火车驶近国王十字车站的2号站台时，凉风从他身上吹过，他感觉到索尼娅在用手指梳理着他的头发，他知道自己做了正确的事。

绝对是正确的事。

一张木椅子上坐着一个男孩。男孩不赶这趟车，所以打开了一本有插图的书，对旁边的女人念着："我们吃鸡，另一种鸡吃我们。"

下午5点12分

在这个世界上没有权利的人仍然有爱的权利。

丹尼站在一栋宏伟建筑前，建筑有两排柱子，让他想起了老家的政府办公大楼。圣文森特医院。

医院对面的一个绿色山丘上有一个咖啡亭，身穿靛蓝色医用长褂的护士们来到这里，和她们的男朋友打电话聊天。丹尼抬头看了一眼，确定她不在。

丹尼走进大厅时，一辆救护车开了过去。

赢，宝贝，赢。

赢，赢，宝贝，赢，赢。

玻璃嵌板上写着“接待处”，嵌板的后面是那位印度裔秘书，此刻的她正将胳膊肘支在医院的白色办公桌上，用 iPad 看一首朗朗上口的宝莱坞歌曲视频。

“我找特兰护士，”丹尼说，“我是她男朋友。”

“我看看能不能找到她，好吗？”

印度裔接待员慢慢地从她的 iPad 上转过来，在绿色电话上拨了一个号码，然后把话筒递给丹尼。丹尼等待着对方接电话，因而有时间更多地看看那首宝莱坞歌曲的视频，直到电话那头终于有人说道：“丹尼，我今天要上班。”

“我弄丢了你要的仙人掌。”他说，她没有作声。

“索尼娅，”他压低声音说，心里知道这一招准能打动她，“我们今晚能一起吃饭吗？”

“不行。我今天晚上还有一个班，你知道的。”

他没有吭声。

她停顿了一下。“我的第一个班六点半结束。你六点半准时来，好吗？”

“好吧。”

他放下绿色听筒的时候，接待处的印度女人已经开始随着歌曲的节拍晃动脑袋了。

丹尼从医院走了出来，听到了钢制品咬合的咔嗒声；一个男人坐在长凳上，从一件宽松的灰色病号服里伸出胳膊，颤抖着试图用一把剪刀剪指甲。

下午 5 点 30 分

一门大炮从城市中心虎视眈眈地盯着丹尼。他离开圣文森特医院之后，沿着牛津街一路往前，步行到了牛津街与海德公园的交界处。他死死地盯着马路对面一门古代海军大炮。

“这门老炮，”每当丹尼想象自己站在一群逻辑清晰、富有理性的澳大利亚人面前为自己辩护时，他有时会说，“四年来，它一直是我在这个国家唯一的家人。”

四年前，他刚来到悉尼，在阅读大炮旁边的碑文时，惊讶地得知这门古老的大炮居然是战利品，从埃姆登号战舰上缴获的。这艘德国战舰第一次世界大战期间曾经炮轰过印度的金奈，就连在说泰米尔语的斯里兰卡也成了一个恐怖的代名词。埃姆登号。在那里曾经是巨龙，在这里却成了已经灭绝的渡渡鸟，彻底被毁；也许正是这门大炮把码头边的海水变成了一片火海，并且成为了金奈几代人的噩梦，如今它却作为埃姆登号的最后一块残骸，被安放在了悉尼的一个公园里。

在澳大利亚什么事都可能发生，因为这里的世界是颠倒的。丹尼在这个庞然大物面前拍着手。

海德公园这里依然光线明亮，但是可口可乐广告牌后面却暗了许多。丹尼知道国王十字区已经到了晚上，那些穿着黑色 T 恤衫的光头皮条客不知道吗？每过去一分钟，热浪就会消退一点，而他们的双手却会因为拍手揽客而变得越来越烫；此刻的国王十字区已经没有了纯粹的过路人，也找不到清白的人。普拉卡什会步行回波茨角，回到他能看到歌剧院的公寓。一路上，皮条客会蜂拥而来，围着他。是的，丹尼能看到那里的情况，看到悉尼最高处那个沸腾的肉锅里的情况。

就在他站在埃姆登号的大炮旁边时，他的手机响了起来。

第六户。

电话里的声音说道：“弗隆……姆，弗隆……姆。”

丹尼笑了。他听懂了这个笑话。凶手正在波茨角打扫公寓。

“这地方一团糟，纳尔逊。”

丹尼丝毫不怀疑。私立学校的领带肯定都在地上。

“纳尔逊，我跟你说过那些尿渍吗？黑色的尿渍。”

“说过。”

“马桶座圈背面的黑色尿渍。我得在走之前把它们弄干净，这应该是你替我做的。”

“对不起，先生。”

普拉卡什笑了。“豪华经济舱。我现在只想着这个，清洁工。快结束了，不是吗？我没有举报你，伙计。警察来找你了吗？给你老板打个电话，问问他警察是不是在那里。他会说不在。我没有出卖你。不过你知道吗？他出卖了你。”

“他？”丹尼问，“托莫？”

“查夫达里迪斯，是的，他出卖了你。我没有告诉你。可是你知道的，在我离开那家便利店之前，他给了我一块很小的糖。一块巧克力。我吮吸了一下。味道很差。然后他说：‘格里伯是个好地方。从这里看板球比赛很容易。’你知道吗？他在推销他的店，纳尔逊。他想摆脱你。也许你要的太多了？他问我知不知道有谁愿意在他的店里干活。你能相信吗？他问了我。以为我们印度人都认识非法移民。我告诉你，清洁工，这就是白人。”

“别给我上课。”丹尼说。

绝对别给他上课。他可以看到老托莫在他的店里，早已在计划摆脱丹尼了。凶杀案的事沸沸扬扬，让他变得非常紧张。是的。他又开始向别人打听了。有没有别人？你认识什么人愿意在店里干活吗？

“普拉卡什，先生，”丹尼问，“那个仙人掌还在你手里吗？”

“在呢，怎么啦？”

“你能为我做件事吗，先生？”

“什么事？”

因为在悉尼的某个地方，有人在告诉年轻的印度、斯里兰卡或斐济学生：活由你来干，报酬是法定最低工资的一半，而且你要睡在楼下，行吗？因为在格里伯中心那幅克利什那的壁画旁，托莫·查夫达里迪斯正手持一支点燃的香烟，把左臂伸到旭日杂货店的窗户外，将烟灰掸到悉尼的街道上，并且在等待着。等待下一个非法滞留的年轻人走进他的商店找工作。这老家伙还在想：新来的伙计最好是中国人，英语说得不太好。那样他就会在这儿待久一点。因为他在悉尼的日子刚刚开始。就像在那里一样——南澳大利亚州和维多利亚州那些茂盛的葡萄种植地，墨累河的沿岸，如果没有外国人的汗水，那里什么也长不出来，但是在收获后的第二天，当外国人排队领取他们的辛劳所得时，却被警犬和警方的面包车追赶，仿佛他们是害虫。

“你能拿上那个仙人掌吗，普拉卡什先生？”丹尼问，“你能回格里伯，用它杀了那个希腊老混蛋吗？在你去南非之前，你能帮我做这件事吗？”

我不是在开玩笑。你去那儿，我像张伯伯一样，再在这里生活二十年。

普拉卡什听到了，他放声大笑。

“我现在知道你没有出卖我了，丹尼。我现在知道你没有报警。对吧？”

“对。”

普拉卡什回答说：“我现在就去机场。我已经办完了登机手续。别坏了我的好事，清洁工。这一天就要过去了。”

“再见，先生。”丹尼说。

只剩下半小时了。他所要做的就是确保自己没有屈服于血压的飙升，没有再次报警。

去南非吧，疯狂的普拉卡什——丹尼双手合十放在前额上——在那里自由生活吧。

丹尼离开了埃姆登号上的大炮，朝医院走去。为了消磨时间，他绕到医院后面，走进一条条街道，两旁的房屋静悄悄的。他绕了一圈，看见了一所老房子，里面有一头灰泥狮子，爪子搭在天花板上的地球仪上。这栋房子非常古老，电源线接在门边的盒子里，就像拜蒂克洛的住户一样。是的，古老，但保存得很好，每一个不同的表面都在闪烁；无论是郊区、市区，乃至澳洲大陆的所有坚固材料，似乎都在这个维护良好的结构中发挥着作用。锡、木材、砖、瓦、粗糙的石头、熟铁、油漆和天然漆在这里合为一体；在所有这一切的顶上刻着铭文："美宝莲 1924"，铭文的上面则是大英帝国的老雄狮。

当然，篱笆外面还有一条非常结实的长凳。

一个烟头被人竖着放在人行道上，投出了长长的影子，宛如日晷；丹尼挠了挠身上的背心，坐在长凳上，面对着那栋房子。在那上面。阁楼上那个舒适的房间。那是他们的卧室，在上面。

埃塔，埃蒂，他想起来了。乔治街上空那架飞机打着求婚的条幅，被求婚的女人叫什么名字？

然后他把脸埋在手中。埃塔，埃蒂。

他将胳膊肘放在膝盖上。很快，他就变成了一个由各种压力点组成的平行四边形：厚实的屁股坐在冰冷的长凳上，两根骨头一直延伸进膝盖，一个长指甲在右脸颊上留下的划痕。他身体的其余部分只是……

烟。

丹尼大吃一惊，抬起头，发现了音乐的来源。一名裹着橙黄色头巾的锡克教徒，摇下了他那辆银色车顶出租车的车窗，一面播放着欢快的印度旁遮普音乐，一面在悉尼直线型的街道上左拐右拐。丹尼盯着那辆路过的出租车，然后又盯着那栋房子，知道自己自由了。

皮蒙特周围的悬崖消失了，法律消失了，白圈消失了。

现在已经六点多了。

普拉卡什去了机场。

我想他肯定在路上了，丹尼想。我想他正在去南非的路上。索尼娅今天的第二个班现在该结束了。

“你好，伙计。”丹尼说，他又以一个隐形澳大利亚人的身份复活了。

下午 6 点 12 分

仿佛是在庆祝，这一天的第一批蝙蝠纷纷出现。

穆卢干大神的孔雀，在南半球化身为一种会飞的害虫，靠近时发出尖锐的吱吱声。丹尼举起右手，弯起有着华丽指甲的无名指，算是敬礼。

穆卢干大神，作为非法移民的日子还会持续很久很久，很多年。

蝙蝠翅膀上一抹棕红色的血迹被照亮了片刻，然后它便消失在了丹尼身后。丹尼的鼻窦立刻就好了。

有些东西需要时间才能显现，就像黑暗的椰林深处闪闪发光的芭蕉。有些事情却立即就会显现。

丹尼现在可以看到，普拉卡什肯定不是在去机场的路上。

他其实根本就不在机场附近。

下午 6 点 13 分

他想起了安倍说过的话。

一条黑狗在田野里攻击你，突然，周围没有人了。这个国家空无一人。这片大陆空无一人。

索尼娅说过，下午六点半以前不要回来。所以他不能去那里，但他必须请人在互联网上为他查找一些东西。

飞往南非的航班时间。

当然，这些澳大利亚人，在你需要他们的时候，他们永远不会在你身旁。

这时，在一条空无一人的街道中央，丹尼看到了一个被丢弃的白色沙发，就跑了过去，心想，有东西的地方一定有人。就在他跑过去的时候，三个看起来像是在那里等着他的人从沙发上站了起来。

三个白人。

其中一个戴着一顶帽子，阿库布拉牌子的宽檐帽。“伙计，”他说，“你也是来抗议的吗？”

丹尼看着戴帽子的白人，摇了摇头。

“对不起。你看起来像我们的人，”那人说，“你的头发。”他笑了，“我说的是反话。”

直到那时，丹尼才注意到白色沙发上有一个手写的纸板牌子

抗议西联高速

我们被迫离开家园

五年后，你们的城市会变得面目全非

丹尼一看到柔软的白色沙发皮，就忍不住了。整整一天，他一直在做着成年人才做的各种决定，所以此刻才会像孩子般快乐地坐在那可爱的白色废弃沙发上。他咧嘴一笑。他觉得自己要放屁了。

一个身材特别矮小的家伙，一张红脸油光发亮。他瞥了丹尼一眼，借助敏锐的眼睛开始在白色沙发旁边的垃圾桶里翻找。毛细血管，就像外科手术用的细红线，就像他的法律知识，在他肥胖的右脸颊上形成了一个个圆圈、弧形和半圆形。他的手在垃圾中移动，发出一阵阵响声，仿佛在对丹尼说话。

你正坐在白沙发上呢，伙计。一张澳洲的沙发上。从法律上说，不是给你那屁股准备的。

这沙发感觉很舒服。丹尼朝左右两边踢着腿。没有走的意思。

年长的那个人，也就是戴着宽檐帽的那一位，明白了现在的情况，还有那些没有说出口的话。他笑了。

“你不用管他。睡在露天也不是什么有伤大雅的事。那个小家伙，对于驱逐和不可抗力等法律条款，对于每一个细节，他都了如指掌。我告诉你，他会在新闻发布会上帮我们的。他明天会上晚间新闻。如果你不是来抗议的，”戴帽子的人狡猾地看着丹尼，“你来这儿想干什么，伙计？”

不可抗力，丹尼心中暗想。我应该知道那是什么意思，但我不知道。他看着那些无家可归的澳大利亚人。

“有人能帮我一个忙吗？”他问道，“航班时间。你们能上网吗？用手机上网？”

戴宽檐帽的人当然能上网。丹尼再次解释了他想要干什么。了解从悉尼到南非的航班时间。目的地是约翰内斯堡。

“今晚吗？”戴帽子的人问。小矮人丢下垃圾桶，走过来站在他身边。

“今晚。”丹尼说。

“我在Expedia网站上查一下。不，还有一个网站可以告诉你所有的航班信息，查一下机场的网站就知道了。”

小矮人知道丹尼有些不对劲。

“你自己没有手机吗，伙计？自己查一下航班信息。怎么，你要去那儿吗？”

丹尼给他们看了自己的手机。抗议的人把手机从一个人传给另一个人，认为这“有点坑人……有点坑人”。

这些白人男子大惊失色，同意用手机帮他查一下。“你是哪儿来的，伙计？哪个国家？你们那里就没有好的手机吗？”

戴帽子的人查了几个网站后说道：“什么也没有。对不起。什么也没有。今晚没有飞往南非的航班。下一个航班的出发时间在……明天。”

“你确定吗？”

“互联网上查到的就是这个，互联网会撒谎吗？”戴帽子的人打量着丹尼，“你为什么问这个？你要去南非吗？”

兰斯道恩酒店对面的悉尼门户上，两个钟上的分针在一起移动。

他要干掉的人从来都不是你，丹尼。你只是个清洁工。

丹尼现在看到了他今天早上看到过的那个脸色苍白的男人，那个从种着红色郁金香的窗台走出来的男人：那个流泪的男人，那个与警察说话的男人。那个顶尖的男人。

那才是普拉卡什想要干掉的人。

那个他永远不能说出名字的人。那个房地产商。那个在马桶座圈背面留下黑色尿渍的人。

马克，她愚蠢的丈夫。

是的，早上的时候，他的周围全是警察。不过警察现在肯定已经走了。而且今天是上师节。满月之夜。大家都知道印度人多喜欢在这样的夜晚赌博。

在给普拉卡什打电话的那一刻，你就已经让他相信，肯定有人要为这起杀人案承担责任。他知道他逃不了多久，所以他想，为什么不呢。至少让我去干掉马克。杀一个人是杀，杀两个人也是杀。

四个黑色的方尖碑，圣彼得斯的烟囱群，再次在丹尼的眼前升起。

他一定是从格里伯开车去厄斯基维尔的。普拉卡什此刻一定在监视着五号房。他一定正从马路对面的某个地方监视。

或者你应该说是从马路后面。

弗洛拉街 36 号。

地址是你告诉他的。

普拉卡什此刻可能就在那里。他当然知道如何进入那个公寓。这些地方的钥匙都放在哪里，清洁工？在迎客地毯下面——或者在邮箱里。

找到了钥匙，上了两段楼梯，打开了门，现在正站在窗前，望着对面种着红色郁金香的那一家。他可能会这么做的。

也许，他手里还拿着那个蓝色的球。

或者，他正坐在台式电脑前，拿开了上面有树袋熊图案的电脑罩。只是像按回车键那么简单的问题。他已经弄明白了。也许他一边监视着对面的窗户一边在电脑上阅读最新的赛马和赛狗的结果。他把厚厚的黑眼镜放在桌上。他用手指在电脑屏幕上画着一个个圆圈。

噗隆姆噗。

一旦他看到马克一个人在那边，一旦看到马路对面种着红色郁金香的窗户里出现马克的身影，他就会跑过去。吧嗒嘣——吧嗒嘣。他会把刀插进那个人的胸膛。或许还是同一把刀。

“嘿，伙计，”有人和气地说道，“伙计，你没事吧?”

丹尼低下头，捂住耳朵。他感到血液在冲击他捂着的耳垂。顶尖的人。

一个非法移民举报另一个杀人凶手，可是他居然愚蠢到忘记了一点，忘记了自己是非法移民，忘记了自己会被驱逐出境。澳大利亚人，看着报道，放声大笑。看着报道，然后……

他现在可以看到它在他面前，报纸上的那篇文章。他连《电讯报》和《先驱报》都上不了。只是刊登在那种只有两页的社区报纸上，就是必胜客免费提供的那种报纸。

“我觉得他可能不舒服，你们觉得呢?”

在他身后的屋顶上，一只画眉在叫着。就算他试图堵住耳朵，它的叫声也没有停止。他听到鸟儿的叫声越来越低，变成了一个低沉而焦灼的音符，几乎是一种幸灾乐祸的聒噪：他可以看到身后那只画眉黑色的喉部膨胀得如同牛蛙一样。

他听到周围有脚步声，以为又是那小矮人过来奚落他。“我不会从这白沙发上起来的，我不会……”

下午 6 点 22 分

但是，丹尼抬起头来时，一个女孩正盯着他看。

卡达尔·坎尼，这是他的第一个想法。美人鱼。小美人鱼。

他从沙发上站起来，朝她走了一步，而那小女孩则从他身边走开了一步。

“萨姆。”一个男人叫道，她父母跟了过来。女孩失去了她的魔力，又变成了一个焦躁不安的孩子，然后沿着马路往前跑，她父母跟在后面。

一个泰米尔人坐在白沙发上，看着那个女孩。

他在想：丹尼，你不可能今天保持沉默，明天还活着。

“不，他没事。这家伙站了起来。他不是骗子。”

“不过，他可以感谢我们帮助了他。”

“也许他要去南非。”

丹尼走得越来越快，但从马路远处，还是能听到小女孩咯咯的笑声。

他朝着牛津街的方向走去，他认为离他最近的公用电话就在那里，这时，他的手机又亮了起来。

第六户。

没有人说话，但是丹尼接电话的时候，听到了类似哭泣的声音。他在哭吗？丹尼琢磨着，他是不是猜到我已经猜到了？

普拉卡什医生，不管你要去哪里，希望不会像我要去的地方那么糟糕。

丹尼冲着手机叹了口气，然后挂了电话。他看了看手机，意识到自己根本没有必要去找公用电话。他可以用右手握着的这个老古董给警察热线打电话。

他把手机换到左手，用长长的指甲一个个按下电话号码。

1-800-333-000。

铃声一直响着，终于，一个女人的声音接了电话：

“喂？”

他听到自己的声音在说：“我有昨晚发生的那起凶杀案的消息。”丹尼已经不在悉尼，因为厚颜无耻的偷窥女人，在她家二楼的阳台上，双手放在屁股上，正低头冲他咧着嘴笑着，她旁边是一个身材矮小、面容枯槁的老人。那是他父亲，他四年未见的父亲。丹尼将手机紧紧贴着耳垂，用劲太大，手机在头颅的一侧开始发热。他第三次对接听警方热线的澳大利亚女子说道：“是的，她叫拉达·托马斯。R-A-D-H……”

下午7点02分

还记得2004年的海啸吗？它发生在远离澳大利亚的地方。许多遇难者都在斯里兰卡。海边有一座城市，一座虽小但很有名的古城。它在海啸中部分被毁。丹尼在那些日子里到全国各地去帮助别人。他刚到的时候，这座古城的情况糟糕透顶。水直接涌入市场，淹死了所有卖菜的人和买菜的人。那天早上，仅仅两个小时，那座城市就有一千多人遇难。但是，在受灾最严重的地区，有一群人却毫发无伤地活了下来——一群男人。你知道他们是谁吗？那座城市的山上有一家电影院，所有在那里看电影的人在整个海啸期间都平安无事。那地方在放什么电影？那是一家色情电影院。所以，在市场上，诚实的人都死了；在山上，那些看色情片的男人——而且是在上午十点——上帝却让他们活了下来。

丹尼在去圣文森特医院的路上回想起了这个故事，他的旧手机握在手里，还是热的。回想起往事，丹尼笑了。他突然想到，这就是一种“反话”，也是这个词在澳大利亚的意思。

他在圣文森特医院外面停下脚步，抬头看着一棵树：他看到一个脖子上有着怪异颜色条纹的东西，宛如一只由多种维生素组成的鹦鹉，飞上一棵桉树，然后倒挂在一根白色树枝上。

吸蜜鹦鹉。

被人叫对了名字之后，这只澳大利亚鸟飞走了。

下午7点03分

进了医院之后，就在丹尼跑上楼去见索尼娅的时候，有人跑了下来。

那是一个男人，用洗发水洗过的黑发盖住了耳朵，依然保留着二十世纪九十年代的发型，而且他的背上，背着一个真空吸尘器。

一名宇航员——肯定是尼泊尔人，可能来自尼泊尔最不繁荣的地区；他背上那个闪闪发光的蓝色罐子是在凯马特买的，84澳元，是丹尼背了将近四年的那个79澳元的银色罐子吸尘器的新款。这名男子的右手提着一个塑料袋，里面装着备用的海绵和喷雾剂。你知道那里面含有大量次氯酸钠消毒剂。也许这个宇航员刚刚在医院打扫过厕所。

这个年轻人看到了丹尼——眼睛里随即流露出震惊之色，这是一个棕色皮肤的人在悉尼看到另一个棕色皮肤的人时经常发生的事。

然后，他们中的一个下楼消失了，而丹尼则上楼进入了人造光中。

“你不是来过吗?”标有“接待处”字样的玻璃隔板后面，那个印度女人很好奇。她放下了手中的 iPad。

“是的。我来找索尼娅护士。”

“你是说特兰。索尼娅·特兰。我想她的第二个班已经开始了。我得找到她。”丹尼坐下来等着。

他的手机响了起来，破裂的显示屏上写着：

第十三户。

丹尼接了电话，听到了罗德尼会计微弱的声音。

“是的，是我。”

“丹尼。我刚回到家，然后……我不是指责你，伙计，可是我到家的时候，空气中有一股气味。我不停地打着喷嚏，各种过敏又发作了。你也知道，我们之所以能合作这么久，是因为你的诚信给我留下了深刻的印象。所以我得问问你，朋友，你今天有没有在我家用了什么新东西？某种没有经过过敏原检查的新材料?”

你可以告诉他，我用了你家的吸尘器。我用了你家的刷子清扫了你家的卫生间。你家的猫一直在监视我。

“对不起。”丹尼说。

“对不起？你知道我对这些东西很敏感。”

丹尼注意到，之前在外面的那个穿灰色病号服的病人现在坐在这里，坐在候诊室，还在试图剪指甲。

“下次我给你打九折。”

会计没有说话。

“八折。”丹尼叹了口气，“好吧，下次我给你百分之百的折扣。”

“这有点太多了，”会计回答说，“但我感谢你的好意。八折就行了。请一定要注意。这就是我的全部要求。”

“不，”丹尼说，“下次我他妈给你百分之百的折扣。”然后他关掉手机，笑了起来。

“出什么事了？”索尼娅走出来，脱下那件宽松的靛蓝罩衫，那是护士们，甚至像她这样的合同工，也必须穿在衣服外面的。她把罩衫放在地板上，在候诊区丹尼旁边的椅子上坐了下来。“你迟到了，你知道吗？”她戳了戳丹尼。

他也戳了她一下。“是的，我知道。我知道。我必须告诉你一件事，”他开口说道，“我不是素食主义者。”

她等待着。然后，她笑了。“是的。我知道。”

即使是上了一天的班，她身上仍然散发着鲜花香水的芳香，非常好闻，就像赤素馨。

“我想说的是，在我遇见你的时候，我甚至还不是一个素食主义者。”

索尼娅笑了。“这我也知道。你告诉过我。你忘记了吗？没关系的。吃素的男人是全悉尼最自恋的家伙。”她问：“你把那只蜘蛛处理掉了吗？”

丹尼拍了拍双手。

“哦，你不应该，你真的不应该。它们是无害的。”她说。

是的，她不怕蜘蛛，丹尼想，但她那天还是太害怕了，不敢进旭日杂货店。

你住在哪里？她问了他很久，甚至在一个星期六顺便到格里伯去看他，直到他带着她走到旭日杂货店附近，指着商店上方的小窗户，她似乎一下子接受不了，顿时目瞪口呆。你住在仓库里？真的吗？因为她真的不想知道更多，她拒绝看他的房间，也拒绝看他的那两个熊猫玩具。他去给她买了一个奇巧巧克力棒，后来还是付钱给了托莫。丹尼当然是诚实的。

那天你本可以成为勇敢的索尼娅——只要你来到房间，看到你的丹尼的真相。

那天晚上，他们后来在必胜客吃了晚饭，然后去了帕拉马塔的河边——他们俩一起匆匆往前走，一想到夜晚从漆黑的河面吹来的微风就兴奋不已。“你想在生活中得到什么，丹尼？”索尼娅问道。他们这时站在桥上，桥下的河水在他们眼前流淌。

“在悉尼得到祝贺，”他回答道，“就像基兰·拉奥那样。”

“像谁？”

他向她解释了祝贺的含义，她立刻笑了起来。然后，她开了一个拐弯抹角但显然是恶作剧的玩笑，宣布她很快就会向他祝贺，他作为回报，也向她表示祝贺。哦，他听明白了，听懂了，伸手去抓她的胳膊——然后停了下来。因为帕拉马塔人行道上的一小块方砖突然在他脚下动了一下。索尼娅看着，丹尼用鞋尖拨弄着那块方砖：方砖颤抖的时候，他感觉整个悉尼，从里士满到曼利，包括中间的帕拉马塔，都随着它一起颤抖。“我在这里，”丹尼告诉所有的人，“我再也不回去了。”

“你在干什么，丹尼？”索尼娅靠近了一点。她皱起眉头，看着他晃动着人行道上的那块方砖，仿佛明白了。然后，她踢了踢他的鞋子，喊道：“祝贺我吧！祝贺我！”——然后就沿河向前跑去。对她来说，这只是个游戏。

你那天应该再勇敢一点的，索尼娅。

丹尼用鞋子摩擦着医院锃亮的地板。他看到地上有一个指甲，很高兴那个穿灰色病号服的家伙终于鼓起勇气做到了。即使是在医院里，也要保持个人卫生。即使是在监狱里也一样。

“还有别的事吗？”她问，“我的第二个班马上就要开始了。”

“我有个故事要讲给你听。”他说。

她伸出手，摸了摸他的鼻尖。“丹尼总是有故事讲给我听。太多的故事。你的鼻窦又疼了，是不是？你今天的声音不一样。”

她用手指勾勒着他鼻子里的裂纹。著名的鼻中隔偏曲。

“怎么说呢，我认为手术不是一个好的选择。我们看到有这种问题的孩子，然后……问题只会变得更糟。我不知道有什么治疗方法，丹尼。也许你该试试旧石器生活方式，那也许会有帮助。你知道的，只有水果和坚果？不过我现在得回去了。第二个班。我说过让你六点半来的。我们本可以讨论这些，可是你迟到了。”

“我知道，”他说，“我很抱歉。”

对任何男人来说，失去她是件多么痛苦的事啊。

“但我现在必须告诉你我为什么迟到了。”

她往后一靠，等待着。在医院冷飕飕的空气中，丹尼揉搓着自己的前臂。

“我打了个电话。花了很长时间才打完，”他压低了声音，“一个非常重要的电话。有很多事情需要解释。”

她皱起了眉头。“你给谁打了电话？”

丹尼看了索尼娅一会儿，然后用指甲挠了挠自己的脖子，说道：“警察。”

《南悉尼快报》

发行量：16000

创办于：二〇〇二年

警方逮捕了一名四十四岁的男子，他涉嫌谋杀当地居民拉达·托马斯，前联邦医疗保险主管。

根据密报，新南威尔士州的一队警察在弗洛拉街的一套公寓里拘留了这名凶手，公寓就在死者家的马路对面。

该男子名叫普拉卡什·瓦德华，是一名有赌瘾病史的退伍军人。他随身携带一把刀，警方在刀上发现了血迹，并认为属于死者。

“我们怀疑他是在等待合适的时机来伤害他的目标，也就是前一天晚上被他杀害的女人的丈夫。”警官 J.T. 米切洛斯说。

他补充说，通过热线电话向警方举报的人在讯问中承认自己非法滞留在澳大利亚，目前已进入被驱逐回国的程序。

（房地产新闻见第 2—5 页；房地产广告，第 8—11 页）。

致谢

书中丹尼与澳大利亚移民官员之间的交流是根据大约七年前一个在线移民论坛上的真实交流改编的。

《特赦》的创作念头是我在詹姆斯·佩登位于厄斯基维尔的旧居做客时产生的。如果没有詹姆斯的好客、宽容和对法律的了解，如果没有沙利尼·佩雷拉的许多善举，这部小说无法问世。

悉尼的杰里米·柯克和凯特·格鲁索文，墨尔本的斯蒂芬·雷比克夫和班加罗尔的科沙瓦·古哈阅读了手稿的早期版本并提出了建议，安德里亚·卡诺比奥和杰夫·尤尔坎也是如此。

斯里兰卡：感谢多明尼克和纳兹林·桑松尼；还有已故的哈里·米勒神父，他长期居住在拜蒂克洛，并向我讲述了这座城市的过往历史。

金奈：A. R. 文卡塔查拉帕蒂耐心地回答了许多问题。我还要感谢杰出的泰米尔演员卡迈勒·哈桑，感谢他对我提问的回答。

吉隆坡和槟城：我感谢所有给我讲述他们在澳大利亚作为非法海外农场工人经历的人们。我希望他们每个人都有机会合法回到澳大利亚。

我的编辑，斯克里布纳出版社的丹尼尔·洛德尔给了我许多绝妙的建议，这些建议让我在创作了五年之后终于完成了这部小说。